JN146270

行徳の文学

鈴木和明
Suzuki Kazuaki

文芸社

序

行徳の郷土史を綴る時、行徳のことに触れた紀行文その他の文献に親しく接し、利用させていただいてまいりました。

しかし、惜しむらくはそれらの文章を一冊の本に集約したものがありませんでした。筆者は長年そのことを心にとどめ、いつの日か行徳に関する文学の著作をたとえ一部分であろうとも抜粋して、一覧ができるようにしたいと考えていました。

昭和五七年（一九八二）に市川市教育委員会が刊行した『市川の文学』は既にありますが、筆者は「行徳」に関するものを中心に構成したいと思っていました。

古い文献としては中古（平安時代）の『伊勢物語』から中世、近世、近現代まであり、新しいところでは永井荷風、三島由紀夫、山本周五郎となります。それは行徳の郷土史を探求する筆者を始めとする多くの方々の行徳の歴史の一助としたいと思ったからです。最今の著名作家が行徳の地名を用いた小説を書いていたとしても、それは他の方々の筆に譲りたいと思います。

また、収録した文献は、市川市の史料、紀行文、小説、その他、巷の見聞集など多岐に亘りました。筆者が各種の郷土史関連の文献を執筆した際に使用した文書《もんじょ》など、文学の範疇に収まりきれないものも多数加えました。これは筆者の執筆上の便宜のためだけでなく、行徳の歴史や郷土史に興味を持たれる多くのみなさんが手軽に利用することができるものにしたかったからです。

ただし、神社・仏閣などに建立されている俳句などの文学碑については収録いたしませんでした。『明解　行徳の歴史大事典』に収録しておりますので参照願いたいと思います。

本書は次の点に留意して執筆いたしました。
一、字句の検索にあたっては『広辞苑（第四版）』『新版漢語林』を参照しました。
一、収録にあたっては、原文を忠実に再現するよう努めました。ただし、読みにくい文字にはルビ（ふりがな）をふりました。また、原文にルビがふられていたものは、そのままにいたしました。
一、原文の踊り字（繰り返し符号㊎〳〵）は読みやすく語句を繰り返して表記してあります。
一、説明や補遺の必要性を感じたところには番号（1）（2）……をふり、脚注を入れた部分があります。
一、本文中に（　）を付けて説明を加えた部分があります。
本書の刊行が市川及び行徳の郷土史研究に役立つことができればこの上ない幸せです。

二〇一七年三月吉日　　鈴木和明

行徳の文学　目次

櫟木文書 33
下総国の葛西《かさい》御厨《みくりや》の内の篠崎に行徳の本地があった 33
東路のつと 38
連歌師柴屋軒宗長《さいおくけんそうちょう》 往復とも今井の津を利用して上総国小弓《おゆみ》へ往く 38
むさし野紀行 47
第二次国府台合戦前に北条氏康が鷹狩りの途次、今井に来た 47

近世（江戸時代）―― 50

鹿島詣（鹿島紀行） 50
松尾芭蕉が行徳を通過して鹿島の仏頂上人を訪ねて句を詠んだ 50
寛政三年紀行 58
小林一茶、一宿一飯を乞いながら房州を行脚して行徳船で江戸へ帰る 58
七番日記 64
新井村名主鈴木清兵衛（行徳金堤）と小林一茶の交遊 64
沿海測量日記抄 73
着替えもない伊能忠敬一行は本行徳宿名主加藤惣右衛門の世話になり宿泊 73

関八州古戦録抄　125
国府台合戦の軍勢が行徳筋を進軍した　125
南総里見八犬伝　128
下総葛飾なる行徳の入江の旅店文五兵衛の蘆原に船が流れ着く　128
〝笹屋〟の屏風　140
笹屋の家名と看板の笹りんどうについてのいわれ　140
慶長見聞集　156
江戸の町大焼亡のこと、行徳に七尺の六枚屏風が降ってくる　156
事蹟合考　159
行徳の塩路　159
雑兵物語　161
戦をするために一日にどれほどの塩と米が必要なのか　161
江戸府内絵本風俗往来　164
葛西船という肥船、エ塩エ志ほーと叫び歩く塩やの行商　164
天明事跡　蛛の糸巻　169
浅間山噴火、硯箱に積った灰で字を書く　169

近現代（明治～昭和）——269

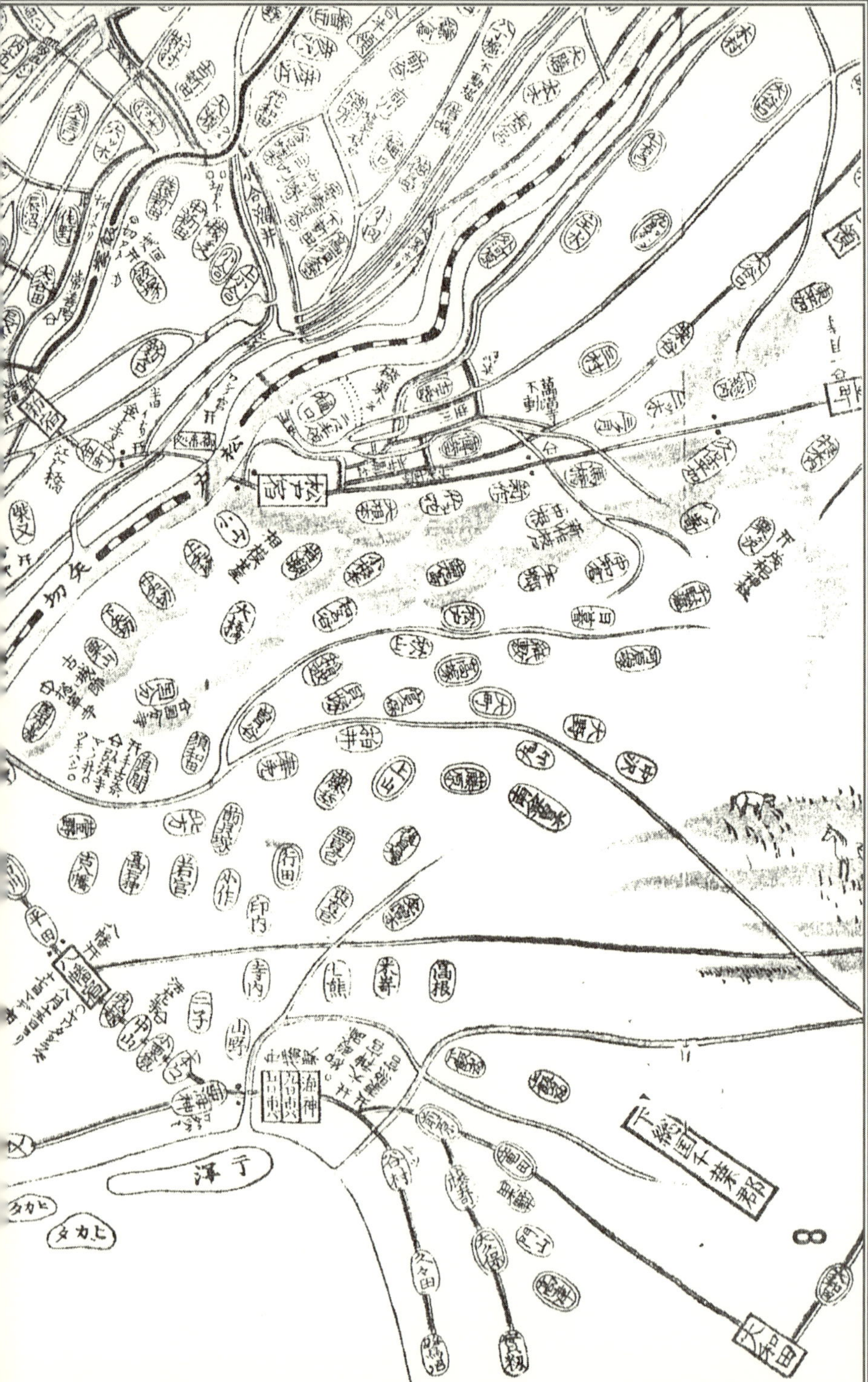
下総国千葉郡
寺内
高根
行田
印内
若宮
小作
山野
大和田

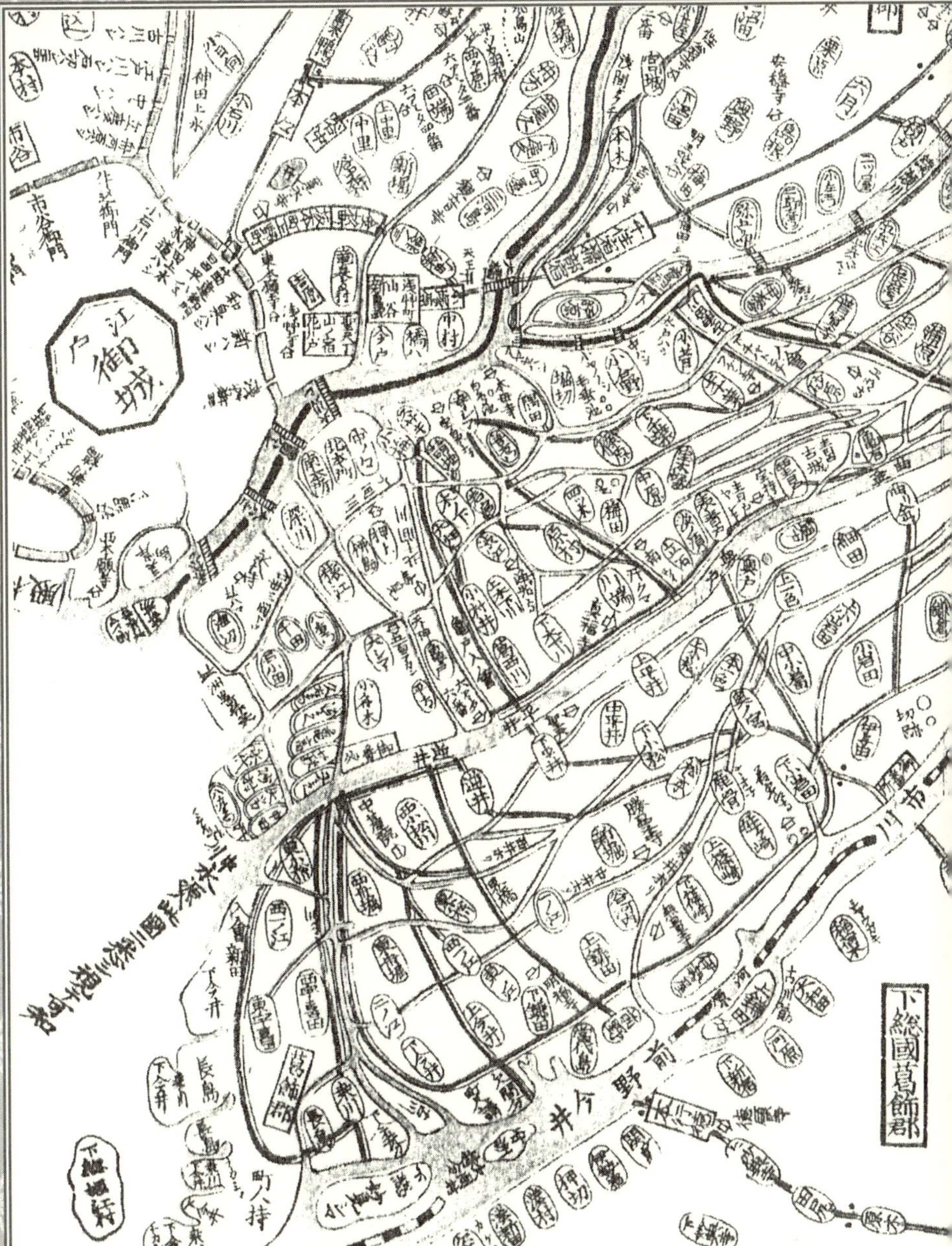

『行徳レポート その(1)』(江戸近郊図・1844・弘化元年版)

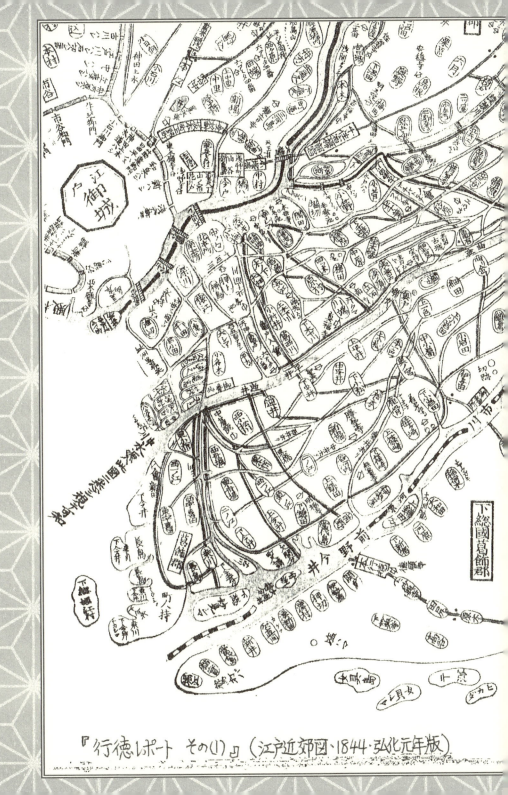

中古（平安時代）

二七一　類聚三代格　十六　船瀬幷浮橋布施屋事

『市川市史』第五巻　史料（古代・中世）

下総国太日河《ふとゐがわ》（江戸川）の渡船を四艘に加増したこと

太政官符《だいじょうかんぷ》(1)

応造浮橋・布施屋(2)幷置渡船事

一浮橋二処

駿河国富士河　相摸国鮎河

右二河、流水《りゅうすい》甚《はなはだ》速《はやく》、渡船《とせん》多難《たなん》、往還人馬《おうかんじんば》損没《そんぼつ》不少《すくなからず》、仍造件橋《よってくだんのはしをつくる》、

一加増渡船十六艘

尾張《おわり》・美濃《みの》両国界《りょうごくさかい》墨俣河四艘《そう》元二艘、今加二艘《いまにそうをくわえる》、尾張国草津渡三艘元一艘、今加二艘、参河国飽海・矢作両河各四艘元各二艘、今加各二艘、遠江・駿河両国堺大井河四艘元二艘、今加二艘、駿河国阿倍河三艘元一艘、今加二艘、下総国太日河《しもうさのくにふとゐがわ》(3)四艘元二艘、今加二艘、武蔵《むさし》国石瀬河三艘元一艘、今加二艘、武蔵・下総《しもうさ》両国堺住田河《すみだがわ》(3)四艘

右河等崖岸広遠《がけきしこうえん》、不得造橋《ぞうきょうをえず》、仍増件船《よってくだんのふねをます》、

一布施屋二処

右造立《ぞうりゅうす》美濃・尾張両国堺墨俣河左右辺《すみまたかわさゆうへんに》、

（中略）

但渡船者以正税買備之《とせんはせいぜいをもってこれをかいそなえ》、浮橋幷布施屋料以救急稲充之《うきはしならびにふせやりょうはきゅうきゅうのいねをもってこれにあてる》(4)、一作之後、講読師・国司、以同色稲相続修理、不得令損失、

承和《じょうわ》(5)二年六月廿九日

---

(1) 太政官　だいじょうかん、だじょうかん。律令制で、八省諸司及び諸国を総管し、国政を総括する最高機関。政務審議部門として左大臣・右大臣・大納言（のち中納言・参議・内大臣が加わり公卿《くぎょう》と呼ばれる）、その事務局として少納言・外記・史生、行政執

行・命令部門として弁官の三部門によって構成されている。太政官符。律令制の太政官から八省諸司または諸国に下した公文書。官符。

（２）布施屋　ふせや。奈良・平安時代、調《ちょう》・庸《よう》の運搬者や旅行者のために駅路に設けた宿泊所。

（３）この時代の江戸川は太日河と表記されている。また、武蔵国と下総国の国境は住田河（隅田川）だったと知れる。この時代の江戸川の渡し場がどことどこにあったのか記述がない。

（４）なお、渡船については正税をもってこれを買い備えること、浮橋並びに布施屋については稲をもってこれに充てるとしている。

（５）承和二年は八三五年。

伊勢物語（1）

九　東下り―限りなく遠い都

『新潮日本古典集成（第二回）伊勢物語』渡辺実　校注

塩焼の前工程が終了した時の「しおじり」の言葉が出てくる

九

むかし、男ありけり。その男、身を要なきものに思ひなして、京にはあらじ、東《あづま》のかたに住むべき国求めに、とてゆきけり。もとより友とする人、ひとりふたりしていきけり。道知れる人もなくてまどひいきけり。三河《みかは》の国、八橋《やつはし》といふところにいたりぬ。そこを八橋といひけるは、水ゆく河のくもでなれば、橋を八《や》つわたせるによりてなむ、八橋といひける。その沢のほとりの木のかげに下《お》り居て、かれいひ食ひけり。その沢にかきつばたいとおもしろく咲きたり。それを見て、ある人のいはく、「かきつばたといふ五文字《いつもじ》を句のかみにすゑて、旅の心をよめ」といひければ、よめる。

唐衣《からころも》きつつなれにしつましあれば

　　はるばるきぬる旅をしぞ思ふ

とよめりければ、みな人かれいひの上に涙落してほとびにけり。

ゆきゆきて駿河《するが》の国にいたりぬ。宇津《うつ》の山にいたりて、わが入らむとする道はいと暗う細きに、つたかへでは茂り、もの心ぼそく、すずろなるめを見ることと思ふに、修行者《すぎやうじや》あひたり。「かかる道はいかでかいまする」といふを見れば、見し人なりけり。京に、その人の御もとにとて、ふみ書きてつく。

　駿河なる宇津《うつ》の山辺のうつつにも
　　夢にも人に逢はぬなりけり

富士の山を見れば、五月《さつき》のつごもりに、雪いとしろう降れり。

　時しらぬ山は富士の嶺《ね》いつとてか
　　鹿《か》の子《こ》まだらに雪の降るらむ

その山は、ここにたとへば、比叡《ひえ》の山を二十《はたち》ばかり重ねあげたらむほどして、なりはしほじりのやうになむありける。(2)

なほゆきゆきて、武蔵《むさし》の国と下総《しもつふさ》の国との中に、いとおほきなる河あり。それを角田河《すみだがは》といふ。(3)その河のほとりにむれゐて、「思ひやれば、かぎりなく、遠くもきにけるかな」と、わびあへるに、渡守《わたしもり》、「はや舟に乗れ。日も暮れぬ」といふに、乗りて渡らむとするに、みな人ものわびしくて、京に思ふ人なきにしもあらず。さる折しも、しろき鳥の嘴《はし》と脚とあかき、鴫《しぎ》のおほきさなる、水のうへに遊びつつ魚《いを》をくふ。京には見えぬ鳥なれば、みな人見知らず。渡守に問ひければ、「これなむ都鳥《みやこどり》」といふを聞きて、

名にしおはばいざこと問はむ都鳥
わが思ふ人は在《あ》りやなしやと(4)

とよめりければ、舟こぞりて泣きにけり。

［口語訳］

むかし、男ありけり。その男、わが身をねうちのないものと思い込んで、京にはあらじ、東のかたに安住の地を求めるために、とてゆきけり。以前から友とする人、ひとりふたりしていきけり。道の案内を知る者もなく迷いながらいきけり。三河の国（今の愛知県東部）、八橋といふところにいたりぬ。そこを八橋と名づけた理由は、水ゆく河のくもでなれば（川の水が蜘蛛の足のように八方に流れているので）、橋を八つわたせるのにもとづいて、八橋といひける。［一同は］その沢の附近の木のかげに坐って、かれいひ（乾飯《ほしいい》）食ひけり。その沢にかきつばたいと面白い風情で咲きたり。それを見て、「仲間の」一人が「かきつばたといふ五文字を句の最初に使って、旅の心を［歌に］よめ」といひければ、よめる。

着馴《な》れた唐衣のように添い馴れた妻が都にいるから、

はるばる来た旅の遠さが思われる

とよめりければ、一同はかれいひの上に涙落して［乾飯］はふやけてしまった。

旅をつづけて駿河の国（今の静岡県中央部）にいたりぬ。宇津の山までやって来て、［これから］わが入らむとする道はいと暗くて狭い上に、蔦や楓は茂り、もの心ぼそく、とんでもないひどい目にあうことだと思ふに、修行者に出逢った。「こんな［遠い］所へどうして来られたのですか」といふを見れば、［かねて都で］見し人なりけり。京に、誰それのお手もとにとて、手紙書きて託した。

駿河の宇津の山近くまで来てしまって、

現実にも夢にもあなたにお目にかかれないことです

富士の山を見れば、五月の月末だというのに、雪いとしろう降り積っている。

季節というものを知らないのは富士山であるよ。

今をいつと思って、鹿の子まだらに雪が積っているのだろうか

その山は、京都に例をとると、比叡の山を二十ほど積み重ねでもしたほどの高さで、形はしほじりのやうになむありける。

更に都を遠ざかって、武蔵の国と下総の国との境に、いとおほきなる河あり。それを角田河といふ。その河のほとりにひとかたまりに坐って、「思ひやれば、かぎりなく、［都を離れて］遠くもきにけるかな」と、嘆きあっていると、渡守、「はや舟に乗れ。日

が暮れてしまう」といふに、［更に下総の国へ］乗りて渡らむとするに、みな人何とも言えずさびしく、京に残してきた人を想わぬではない。ちょうどその時、白い鳥で嘴と脚とあかき、鴫の大きさぐらいなのが、水のうへに泳ぎながら魚をくふ。都では見かけない鳥なれば、みな人見知らず。渡守に問ひければ、「この鳥が都鳥」といふを聞きて、

都鳥という名を負い持つなら、さあ尋ねてみたい、都鳥よ。
私が想う妻は都に無事でいるかどうか

とよめりければ、舟中の者が全部泣きにけり。

（1）伊勢物語　平安時代の歌物語。作者、成立年代共に不詳。九世紀末から約一世紀にわたって段階的に成立したものと考えられている。本項は嘉祥《かしょう》三年（八五〇）成立か。在原業平《ありわらのなりひら》らしき男性の一代記風の形で、色好み、すなわち男女の情事を中心に風流な生活を叙した約一二五の説話から成る。業平の歌集を原型として生長したかという。現存の形になったのは平安中期か。在五が物語。在五中将の日記。勢語。

（2）注目すべき記述は、「なりはしほじりのやうになむありける」で、「しほじり」とは塩尻のこと。塩尻とは、塩焼をするための前工程のすべてが終了した時の塩田面の状態を述べたもので、古来の伝統的な採鹹《さいかん》方法は笊取法《ざるとりほう》だったから、鹹水《かんすい》を採取した後の笊に盛

らている砂を再利用するために塩田面に規則正しく列を作って空けていく。笊をうつ伏せに地面に丁寧にあけるから笊の形のままに円錐形の砂の小山がたくさんできる。この形がちょうど富士山の形に似ていたのである。だから富士山を形容するのに塩尻のようだと言ったのである。このことから奈良時代、平安時代の都の人々が塩焼のことをよく承知していたことがわかる。また、塩尻という言葉も伊勢物語の時代に、既に、塩焼に関係するものとして定着していたことがわかる。行徳塩浜での採鹹方法は昭和四年（一九二九）九月三〇日、第二回塩業地整理により製塩が禁止されるまで笊取法で行われていた。

（３）角田河は現隅田川で、ここを境にして武蔵国と下総国が対していた。国境が江戸川とされたのは正徳《しょうとく》三年（一七一三）である。だから赤穂浪士《あこうろうし》の討ち入りがあった元禄《げんろく》十五年（一七〇二）当時の本所松坂町は下総国だったことになる。つまり、江戸の御府内《ごふない》ではなかったのである。江戸城を離れて隅田川の対岸に引越しすることを武家は嫌っていた。

（４）あまりにも有名な歌。

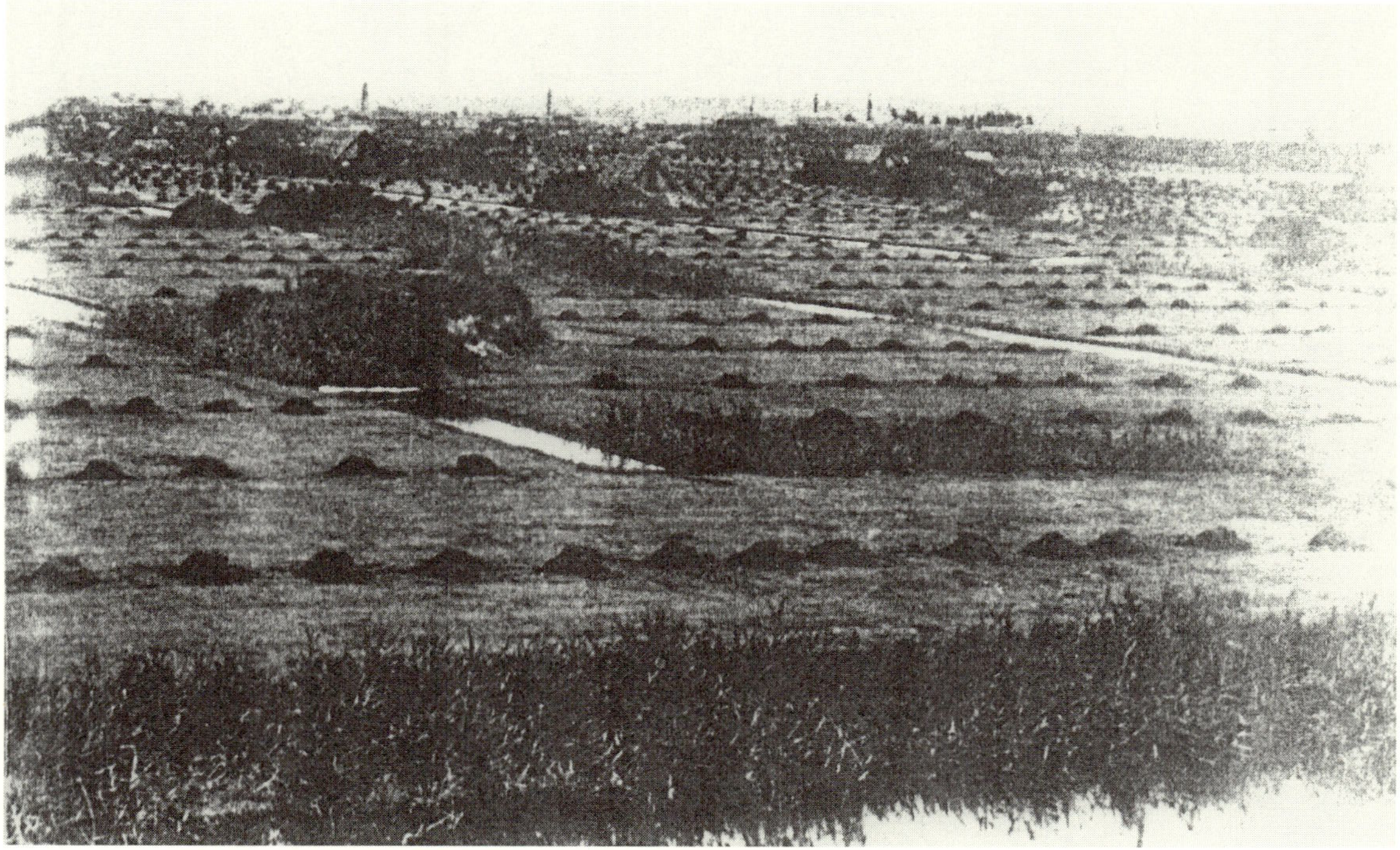

塩尻が無数にある。竈家に煙突がないので明治時代と思われる
(『写真集　躍進 みどりと汐風のまち』市川市農業協同組合)

更級日記(1)

『新潮日本古典集成(第三九回) 更級日記《さらしなにっき》』秋山虔 校注

一三歳の少女が父に連れられて太井川《ふといがわ》(江戸川)を渡って京都へ帰る

あづま路《ぢ》の道の果《は》てよりも、なほ奥つ方《かた》に生ひ出でたる人、いかばかりかはあやしかりけむを、いかに思ひはじめけることにか、

(中略)

門出したる所は、めぐりなどもなくて、かりそめのかや屋の、蔀《しとみ》(2)などもなし。簾《すだれ》かけ、幕など引きたり。(中略)同じ月の十五日、雨かきくらし降るに、境を出でて、下総《しもつさ》の国のいかだといふ所にとまりぬ。

(中略)

そのつとめて、そこを立ちて、下総《しもつさ》の国と武蔵《むさし》との境にてある太井川《ふとゐ》(3)といふが上《かみ》の瀬、まつさとの渡りの津にとまりて、夜ひとよ、舟にてかつがつ物など渡す。

(中略)

つとめて、舟に車かき据ゑて渡して、あなたの岸に車ひき立てて、送りに来つる人々これよりみな帰りぬ。(4)のぼるは止まりなどして、行《い》き別るるほど、ゆくもとまるもみな泣きなどす。幼な心地《ごこち》にもあはれに見ゆ。

（後略）

［口語訳］

あづま路《ぢ》の道の果《は》てよりも、なほ奥つ方《かた》に生い育った人（私）は、今から思うとどんなにか田舎びいていただろうに、いかに思《おも》ひはじめけることにか、

（中略）

門出したる所は、塀とか垣根とかもなくて、ほんの間に合せの茅ぶきの家で、蔀《しとみ》などもなし。わずかに簾《すだれ》かけ、幕など引いてあるきりだ。（中略）同じ月の十五日、空も暗鬱な土砂降りの雨の中を、国境を出でて、下総《しもつさ》の国のいかだといふ所にとまりぬ。

（中略）

その翌朝、そこを立ちて、下総《しもつさ》の国と武蔵《むさし》との境にてある太井《ふとゐ》川という川の上《かみ》の瀬、まつさとの渡し場の舟着き場にとまりて、夜ひとよ、舟にて少しずつ荷物などを対岸に運ぶ。

（中略）

翌朝、舟に車をしっかりと積みこんで渡し、あなたの岸に車ひき立てて、送りに来つる人々これよりみな帰りぬ。上京する私たちは立ち去りがたくて、行《い》き別るるほど、ゆくもとまるもみな泣きなどす。幼な心地《ごこち》にもあはれに見ゆ。

（後略）

（1）菅原孝標《すがわらたかすえ》の女《むすめ》の日記。一巻。寛仁《かんにん》四年（一〇二〇）九月、一三歳の時、父の任国上総《かずさ》国《のくに》を出発したことに筆を起こし、康平《こうへい》元年（一〇五八）、夫 橘 俊通《たちばなとしみち》と死別した頃までの追憶が流麗な筆致で書れている。夢の記事が多い。行徳の記述はないのだが、郷土史を語る時に触れることがある。孝標は菅原道真の子孫である。

（2）蔀 しとみ。雨戸の意。蔀がないということは粗末な家ということ。塀とか垣根もないというのだから、住まいとしてはひどいものだったろう。仮屋である。

（3）太井川 ふといがわ。太日川とも表記される。本項は江戸川の古称を確認するために掲載した。『類聚《るいじゅう》三代格』の太政官符には太日河とある。一〇二〇年頃の下総と武蔵の国境《くにざかい》は江戸川だったと知れる。いつの頃か国境は隅田川となり、江戸時代になって江戸川に戻される。

（4）一三歳の少女は父に従い上京する時に「車」にも乗ったのだろう。見送りは松戸の

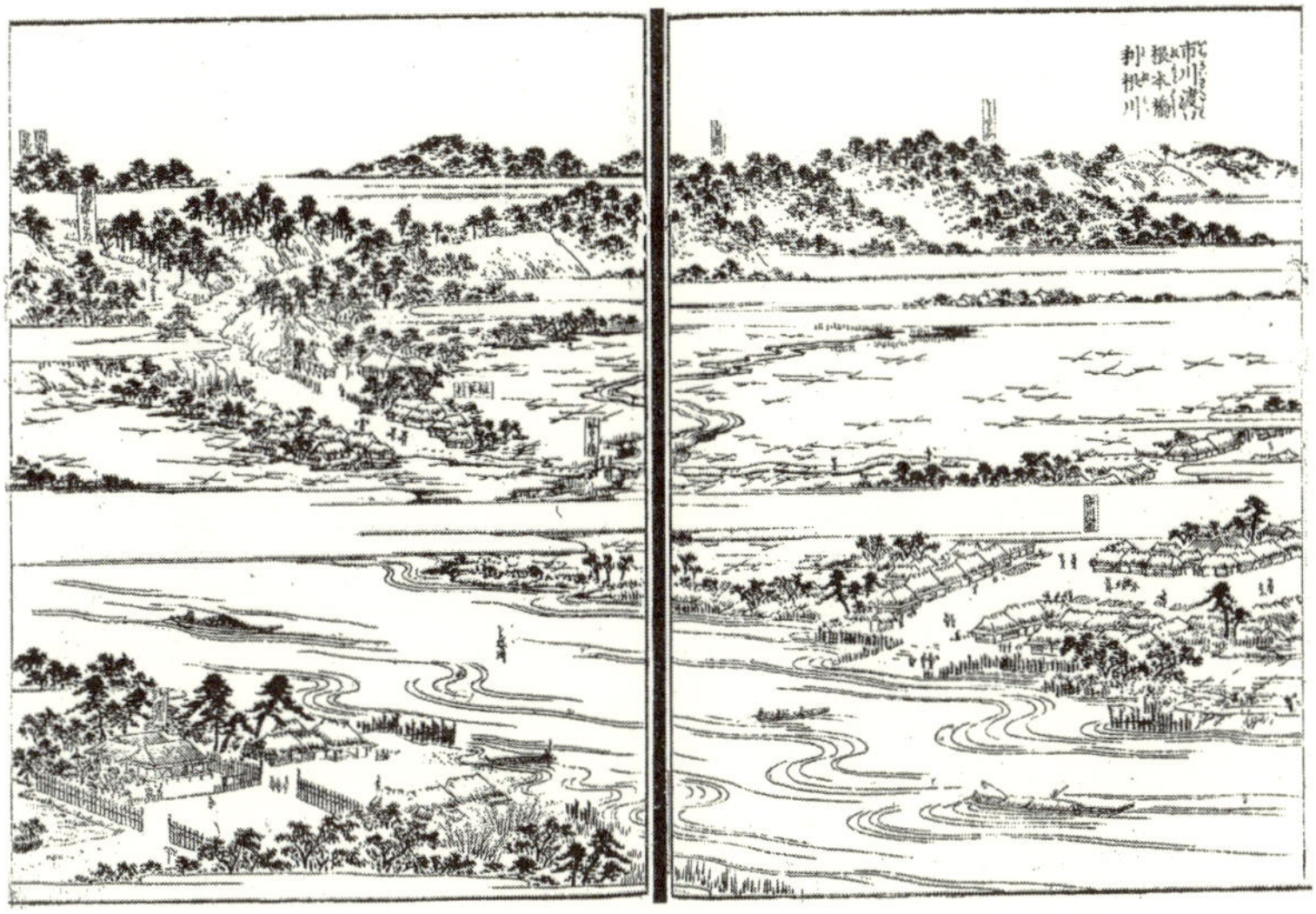

市川渡口の図（『江戸名所図会』国立国会図書館デジタルコレクション）

渡しまでで帰って行った。市川の渡しは登場しない。ということは、今の国道14号線を市川に進んだのではなくて、船橋海神から右折、「浜道」を通り、市川大野付近を抜けて松戸へ出たのだろう。

中世（鎌倉時代～安土桃山時代）

香取文書(1)

『市川市史』第五巻　史料（古代・中世）

文書の年代から「ぎょうとく」の地名発祥年代を考える

四　藤氏長者宣写

香取大禰宜神主両職・常陸下総両国海夫　并《ならびに》　戸崎・大堺・行徳等関務《ぎょうとくなどせきむ》、可令知行者、長
者宣如此悉之以状

応安《おうあん》五年(2)十一月九日　　左中弁在御判

香取長房館《かとりながふさやかた》

（1）香取文書　かとりもんじょ。下総国一の宮である佐原の香取にある香取神宮関係文書。幕末に国学者色川三中が整理し、六十一巻、千五百通を数えた。明治四一年（一九〇八）までに時の禰宜中臣泰蔵により『香取文書纂《さん》』として刊行される。昭和三二年（一九五七）に『千葉県史料中世編・香取文書』として収録された。市川関連部分は『市川市史』第五巻に収録。

（2）応安五年は一三七二年。地名として「行徳」の文字が使われている。行徳の地名発祥時期は更に遡るに違いない。筆者の著書でこの点を指摘している。金海法印の逸話も時代を錯誤していると思える。

五　室町将軍家御教書写

香取社大禰宜長房中条々

一戸崎関務事

一大堺関務事

一行徳関務事（3）
以前条々、自関白家就被執申所有吹嘘也（3）、神訴異其他、早厳密可被遵行之状、依仰執達如件、

応安五年十二月十四日　武蔵守《細川頼之》在判

上椙《うえすぎ》兵部《能憲》少輔入道殿

（3）行徳の関で関銭が徴収されていたことは想像できる。千葉県佐原の香取神宮の関である。所有権を巡って嘘などが流布されていたと推察できる。

六　大中臣長房譲状

ゆづりあたうる志もつさ《下総国》のくにかんとり《香取》（4）の御神領ならひニ所職おなしき志りやう《私領》田畠等事
司名下地田畠者
　合
一大禰宜職志りやう《私領》おの《小野》・おりわた《織幡》・つなはら《綱原》村　十二ヶ村うちのさんさひ《散在》の犬丸
かねまる《金丸》・司ミやう《名》・大神田以下のミやうミやう《名々》とんちやうもくろく《取帳目録》にまかせて

ちきやう《（知行）》すへし
一志もふくたのかう《（下福田郷）》大志やうとの《（将殿）》ゝ御き志ん《（寄進）》なり
一さうま《（相馬）》のとか志らのかう《（戸頭郷）》の事、たかうち《（尊氏）》の御き志ん《（寄進）》
一てんか《（殿下）》の御き志ん《（寄進）》、ちんたのしやう《（千田庄）》のうちたへ《（田部）》の御きしん《（寄進）》
一小見・木内神田畠等の事
一こくきやう志よく《（國行事職）》ならひニらう《（粮）》田畠等の事
一かさはやの志やう《（風早庄）》のうちとかさき《（戸崎）》ならひニ大さか《（堺）》へ、志もかわへ《（下河辺）》のうちひこな《（彦名）》のせき《（関）》つるかそね《（鶴曾根）》のせき《（関）》、きやうとく《（行徳）》のせき《（関）》、合五ケせき《（関）》の事
一うちのうみ《（海）》のかいふ《（海夫）》、くさひれう《（供祭料）》の文志よ《（書）》ニ見えたり
一大戸かうさき《（神崎）》の神もつ《（物）》の事た、志まつとうけち志よの時
一にんてらのたう《（堂）》の事
一当社まち《（町）》の事
右この所々ハ、長房かちうたひさうてん《（重代相傳）》の志よりやう《（所領）》なり、あるひハ代々御神領のためニ御き志ん《（寄進）》なり、代々御けち《（下知）》御下文あひそへてちやくし《（嫡子）》たる間、まんしゆまる《（満珠丸）》ニ永代をかきんてゆつり《（譲）》あたうるところ也、此内ニによし《（女子）》ならひニまこ《（孫）》ともニ、せうせう《（少々）》一後《（期）》分にゆる《（つ脱カ）》ところあり、いちこ《（一期）》のうちたりとゆふとも、まんしゆ《（満珠）》かめい《（命）》を、そむ《（背）》かんともから《（輩）》においては、上へ申て、此事をさきとしてひろう《（披露）》申てとりかへ《（取返）》すへし、されはとてとか《（咎）》もなからん

にこと《（事）》をかすめ《（掠）》とるへからす、又かのゆつり《（譲）》をせうふん《（少分）》たりとゆふとも、ゆつりあたへ《（譲与）》られてもちなから、そうりやう《（惣領）》のめい《（命）》をそむき《（背）》てき《（敵）》人ニかたらわれ、他人にもくミして、うしろくらくて、まんしゆ《（満珠）》かめい《（命）》を一こん《（言）》もそむき《（背）》したかわ《（従）》さらんともから《（輩）》は、長房かふけう《（不孝）》のこ《（子）》たるべし、其上ハ御神領ならひニしよくをかすめ給候とも、神官一同して其とかに申おこなうへし、此上ハちきやう《（知行）》をまたく《（全）》して、社家をまほり《（守）》、神官等をふち《（扶持）》して、天長ちきう《（地久）》ふけはんしやう《（武家繁昌）》を、《（の脱カ）》いりたてまつるへき状如件、

しとく《（至徳）》四年（5）五月一日

香取大禰宜兼大宮司大中臣長房（花押）

（４）かんとり。香取。香取《かとり》神宮の古称は「かんとり」である。かんとりは楫取である。千葉県市川市香取《かんどり》の香取神社は、「かんどりじんじゃ」と読む。かんどり様とも尊称される。佐原の香取神宮を分祀し遷社したのだが、本宮と区別するために古称の「かんとり」としている。地名・神社名はかん「ど」りである。「ど」と濁音なのは地元の訛である。

（５）至徳四年は一三八七年。行徳は仮名で書けば「きやうとく」である。行徳の関は下河辺の庄の内であったことが知れる。支配の飛び地であろう。であれば、利権をめぐる争いがあっても不思議はない。

櫟《くぬ》木《ぎ》文書《もんじょ》（1）

『市川市史』第五巻　史料（古代・中世）

下総国の葛西《かさい》御《み》厨《くりや》の内の篠崎に行徳の本地があった

一三　占部安光文書紛失状寫

寮頭占部宿禰安光解申請粉（紛カ）失日記事

皇太神宮御領下総国葛西御厨領（2）家口（3）入職者、為先祖相伝数代相続、以来毎年式日厳重神役幷万雑公事物等、為一円神領、遂入部、致神税上分勤仕、幷欲令専　天下長久安全御祈祷処、去動乱年中、件安光譜代本文書等令粉（紛カ）失間、任神宮定例、令立申日記條々、

合参拾参郷（上葛西・下葛西）者

右、当御厨者、本願（領）（4）主葛西三郎散位平朝臣清重先（祖脱カ）以来、任本田数之員数、永令奉寄　伊勢太神宮、所為厳重一円神領也、而爰安光時代、寄文次第證文等悉皆粉（紛カ）失、元者去年中世上窂籠之刻、悪党乱妨之間、令粉（紛カ）失畢云云具也、所申無相違者歟、此上者後代彼本文書至出対之輩等者、不日可被処于盗人之重科者也、因茲安光依祈願成就、外宮御上分令加進、

可為　二宮御領旨所申請也、就之任先規傍例、為末代龜鏡、與判如件、

永萬《えいまん》元年（5）三月廿一日

禰宜《ねぎ》度會《わたらい》神主《じんしゅ》在判

使

御郷内　在地権禰宜《ごんねぎ》光富在判

○永萬の改元は六月五日。

（1）櫟木文書　くぬぎもんじょ。「鏑矢《かぶらや》伊勢宮方記」「桧垣兵庫家証文旧記案集」「桧垣兵庫家古文書集」「桧垣文書」とも称される。伊勢神宮の外宮の神官度会《わたらい》貞惟（桧垣兵庫家）に所蔵されていた文書を度会常基と度会常副の二人が筆写、整理したものである。

（2）御厨　みくりや。古代・中世、皇室の供御《くご》や神社の神饌《しんせん》の料を献納した、皇室・神社所属の領地。古代末には荘園の一種となる。神領。みくり。東京都江戸川区・葛飾区を中心に葛西御厨があり江戸川区の本行徳中洲には伊勢神宮の末社である神明社が祀られていた。寛永《かんえい》一二年（一六三五）、千葉県市川市本行徳（一丁目）の現在地に遷座、行徳塩浜の総鎮守とされる。

（3）下総国葛西御厨は伊勢神宮の御領だと知れる。江戸川区の上篠崎に神明社があり、

下篠崎の本行徳中洲にも神明社があった。後者は寛永一二年（一六三五）に本行徳へ遷座《せんざ》された。

（４）領家。荘園において本家に次ぐ地位にある領有者。本家は名義上の領有者で、領家が実際に荘務の権利を持つ場合が多い。領主とも言うが、普通、領主が三位《さんみ》以上の位階を持つ者である場合に領家といった。

（５）永万元年は一一六五年。平安時代末期。

七一　葛西御厨田數注文寫

一嶋　俣⑥　七十五反　二ケ郷分
一今　井　卅二丁六反大　公田⑦六段四反半
一東一江　八十丁　公田九十八反
一上小岩　十一丁反半（マヽ）　公田一丁六反
一上篠崎　二十二丁六反大　二ケ村分
一下篠崎　卅五丁二反六十歩　公田四丁七反
一寺　嶋　八十丁　公田六丁
一澁　江　二十四丁　公田四丁

一上木毛河　三十丁　公田六丁
一下木毛河　二十一丁　公田一丁四反
一松　本　十六丁　公田九反小
一東小松河　五十丁　公田六十八反
一一　色　四十丁　公田四丁五反
一奥　戸　廿七丁九反六十歩　公田一丁六反
一小　松　廿八丁一反半　西東公田二丁三反
一西小松河　二十五丁　公田三丁三反
一上平江　四十丁　公田四丁三反
一隅　田　十二丁　公田二丁一反半
一堀　切　十二丁　公田二丁一反半
一立　石　廿一丁　公田一丁三反
一木庭袋堀内　七十丁　公田八十五反内六十五反堀内主戸分二丁半木庭袋
一小村江　十五丁
一龜津村　十丁　合公田四丁
一上　袋　十二丁　公田二丁半
一龜　無　三十六丁　公田四丁三反

一蒲　田　八十丁　公田六町
一西一江　廿丁五反　公田一丁八反
一中曾祢　四丁八反　公田三反大
一下平江　六十五丁　公田四丁三反
已上三十八郷村加定　都合公田百三十二丁六十歩
應永五年（8）八月　日
内外宮日食米時一反別二三百五十宛取納畢《おわんぬ》
一以上　惣田數千百三十六町五段歟《か》
又曲金内荒張二町七段三百分

（6）嶋俣は柴又。寺嶋は墨田区寺島。平江は平井。小村江は墨田区小村井。亀無は亀有。
蒲田は鎌田。澁江・木毛河・木庭袋《堀内》・亀津村・上袋・中曽祢・曲金荒張は不詳。
（7）公田　くでん。こうでん。君主の田地。官有の田地。
（8）応永五年は一三九八年。室町時代初期。内外宮は伊勢神宮の内宮と外宮。

東路のつと

柴屋軒宗長(1)

新編日本古典文学全集『中世日記紀行集』伊藤敬 校注・訳

連歌師柴屋軒宗長《さいおくけんそうちょう》往復とも今井の津を利用して上総国小弓《おゆみ》へ赴く

われ久しく駿河国《するがのくに》(2)にありしに、白河《しらかは》の関(3)のあらまし、霞《かすみ》とともに思ひつつなむ、幾春《いくはる》をか過ぎけん。この秋をだにとて、永正《えいしょう》六年文月《ふづき》(4)十六日と定めて思ひ立ちぬ。

(中略)

ある人、「安房《あは》の清澄《きよすみ》(5)を一見せよかし」と誘ひしに、「いづこかさして」と思ふ世なれば、また立ち帰り、江戸の館《たち》の麓《ふもと》に一宿して、隅田川《すみだがは》の河舟にて、下総国葛西庄《しもふさのくにかさいのしやう》(6)の河内《かふち》を、半日ばかりよしあしを凌《しの》ぐ折しも、霜枯れは難波《なには》(7)の浦にかよひ、隠れて住みし里々見えわたり、鴛《をし》・鴨《かも》・宮古鳥《みやこどり》(8)、堀江漕《こ》ぐ心地して、今村といふ津(9)より下《お》りて、浄土門の寺浄興寺《じやうこうじ》(10)にて、迎への馬・人待つほど、住持《ぢゆうぢ》(11)出でて物語のついでに所望《しよもう》ありしを、とかくすればほど経《ふ》るに、立ちながら、

富士の嶺《ね》は遠からぬ雪の千里《ちさと》(12)かな

方丈《ほうぢやう》(13)の西にさし向ひ、雪曇りなく見えわたるばかりなり。真間《まま》の継橋《つぎはし》(14)の渡り、中山《なかやま》の法華堂本妙寺《ほんめうじ》に一宿して、翌日一折などありしかど、発句《ほつく》ばかりを所望にまかせて、

　杉の葉や嵐《あらし》の後の夜半《よは》の雪(15)

その夜、嵐烈《はげ》しかりしことばかりなり。今日はことに日ものどかにて、葛飾《かつしか》の浦《うら》春のごとし。原宮内大輔胤隆《はらくないのたいふたねたか》の小弓《をゆみ》の館《たち》(16)の前、小浜《をばま》の村の本行寺《ほんぎやうじ》旅宿なり。

十四日五日は、千葉《ちば》の崇神妙見《めうけん》(17)の祭礼とて、三百疋《ぴき》の早馬《はやうま》(18)の見物《みもの》なり。

十六日は延年《えんねん》の猿楽《さるがく》(19)、夜に入りて事果てぬ。

十七日、連歌(20)あり。

　梓弓磯辺《あづさゆみいそべ》に幾代《いくよ》霜《しも》の松

「梓弓磯辺の小松たが代《よ》にか万代《よろづよ》かけて種をまきけん」、この本歌に、小弓といふ名を加へて祝し侍るばかりなり。

この館は、南は安房・上総《かづさ》の山たち廻《めぐ》り、西・北は海はるばると入りて、鎌倉山よこたはり、富士の白雪半天にさしおほひて見ゆ。駿河国《するがのくに》にて見るよりは、なほ程近げなり。遠くて見るは、近き山なるべし。

十九日にまた連歌あり。発句胤隆、

　さえし夜の嵐やふくむ今朝の雲

心新しく、風情至極《しごく》せり。

庭にかつ散れ雪の初花《はつはな》

発句に景気事尽《ことつ》きぬれば、ただ今朝のさまばかりなり。今日は一座もするするとして、日のうちに終わりぬ。夜に入りて、延年《えんねん》の若衆《わかしゅ》、声よき限り廿余人、吹き、囃《はや》し、調《ととの》ひ、舞ひ、謡《うた》ひ、優《いう》におもしろく、杯数《さかづきかず》添《そ》ひ、百度《ももたび》心地も狂するばかりにて、暁《あかつき》近くなりぬ。残り多かりしことなるべし。

また、浜野《はまの》村、本行寺《ほんぎやうじ》にして、

声遠し月や潮干《しほひ》の浜千鳥

胤隆《たねたか》この第三、終日心ゆきし一座なり。小弓《をゆみ》にて杯たびたび、戯言《ざれごと》など言ひし、はたちばかりなる、その行方《ゆくへ》にや、明日立ちなむとする夜更《ふ》けて来りて、月待ち出づるほどもなく立ち帰りし名残《なごり》、寝られぬ老《おい》のすさびに、

思ひやれ磯の寝覚《ねざめ》の藻塩草《もしほぐさ》敷き捨てて憂《うれ》し老《おい》の白浪《しらなみ》

伴ひ来りし人の方《かた》へ、朝《あした》に申しつかはし侍《はべ》るなり。

浜野村を立ちて、検見川《けみがは》といふ所に、浦風あまり烈《はげ》しかりしかば一宿して、いまだ日も高かりしに、人々物語のついでに一折などのことにて、

玉《たま》がしは藻《も》に埋《うづ》もれぬ霰《あられ》かな

可睡軒《かすいけん》ここまでうち送りて、旅宿の慰めとりどりにして、翌日、市川《いちかは》といふわたりの折

ふし[21]、雪風吹きてしばし休らふ間に、向ひの里に言ひ合はする人ありて、馬ども乗りもて来て、やがて舟渡りして、葦《あし》の枯れ葉の雪をうち払ひ、善養寺《ぜんやうじ》といふに落ち着きぬ。おもしろかりし朝なるべし。この所は炭薪《すみたきぎ》なども稀《まれ》にして、葦を折り焼き、豆腐を焼きて一杯をすすめしは[22]、都の柳もいかで及ぶべからんとぞ興に入り侍りし。

今日の暮れほどに、会田《あひだ》弾正《だんじやう》忠《のじよう》定祐《さだすけ》の宿所にして、夕飯《ゆふめし》の後も、いろいろのことにて夜更けぬ。

明日、廿五日とて連歌の催しに、

堤行く野は冬枯れの山路かな[23]

市川・隅田川《すみだがは》二つの中の庄なり。大堤四方《よも》に廻《めぐ》りて、折しも雪降りて、山路を行く心地《ここち》し侍りしなり。

（中略）

去秋七月中旬ころより、おなじ十二月始め、鎌倉までの事を、かたのやうに書き記し侍《はべ》るものならし。

（1）宗長。室町後期の連歌師。別号、長阿。駿河の人。宗祇の高弟。師の没後、隠棲して柴屋軒と号す。連歌集『壁草』、著『宗長手記』など。一四四八～一五三二。

(2)駿河国。旧国名。今の静岡県の中央部。駿州。
(3)白河の関。古代の奥州三関の一。遺称地は福島県白河市の旗宿にある。
(4)永正六年は一五〇九年。文月はふみづき。陰暦七月の異称。ふづき。〈季・秋〉。安房。
(5)清澄　きよずみ。千葉県南部、天津《あまつ》小湊《こみなと》町北部の山。房州三山の一。山上に清澄寺がある。海抜三七七メートル。清澄寺。せいちょうじ。日蓮宗の寺。奈良時代の創建。日蓮がここで立教開宗を宣言。きよずみでら。
(6)下総国《しもふさのくに》葛西庄《かさいのしやう》。隅田川と江戸川に挟まれた地域。中世伊勢神宮の神領で葛西御《み》厨《くりや》という。東京都江戸川区・葛飾区・墨田区北部。
(7)難波。大阪市及びその付近の古称。
(8)鴛　おしどり。宮古鳥。ゆりかもめの雅称。都鳥。
(9)今村といふ津。今村は類本では「今井」。東京都江戸川区江戸川三丁目。今井の地名は消滅。今井の津は浅草からの船便が着く。対岸の欠真間《かけまま》への渡し船は百姓渡しのみ存在。旅人が欠真間の地を行くことはなかった。今井の渡しが許可されたのは寛永《かんえい》八年（一六三一）のこと。
(10)葛西《かさい》の庄浄興寺《じょうこうじ》。東京都江戸川区江戸川三丁目二一番五号。浄土宗。
(11)浄興寺の住持。昔は和歌をたしなむを教養とした。この時の住持は三七年後の天文《てんぶん》一五年（一五四六）北条氏康を出迎えて一句所望した齢《よわい》八十の寺の長老と同一人物か。

（12）富士の嶺《ね》は遠からぬ雪の千里《ちさと》かな。『江戸名所図会』の「龍亀山浄興寺《りゅうきざんじょうこうじ》」の項に「今井浄興寺琴弾松《ことひきまつ》」の画に記載されている。

（13）方丈。一丈四方のこと。住職の居間をいう。

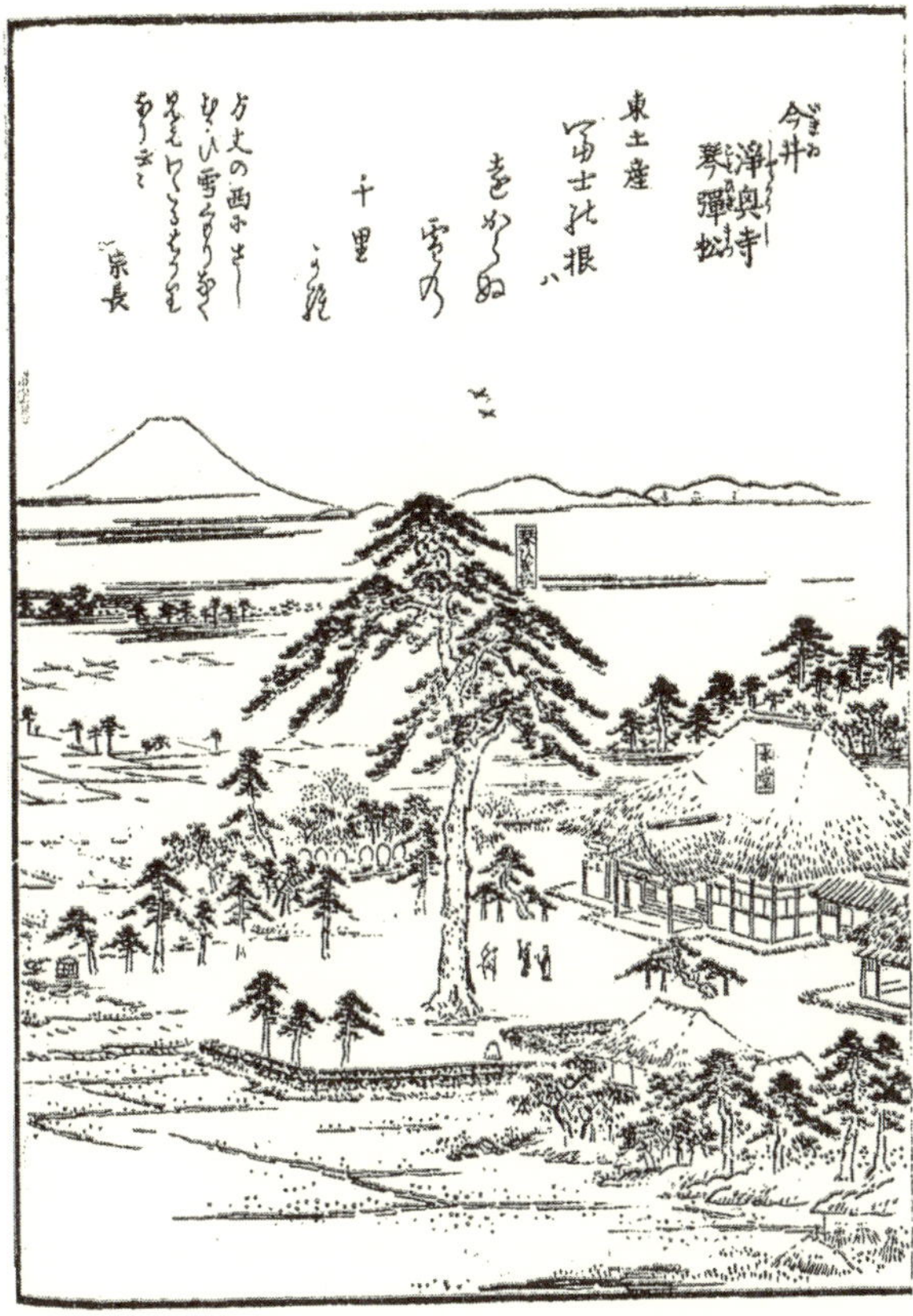

浄興寺
（『江戸名所図会』国立国会図書館デジタルコレクション）

(14) 真間の継橋。千葉県市川市真間にあったという橋。中山の法華堂本妙寺。正中山法華経寺。千葉県市川市中山。

(15) 杉の葉や嵐《あらし》の後の夜半《よは》の雪。旧暦の一〇月二〇日前後のことなので現代一二月末頃のことである。嵐とは冬の嵐のことである。翌日は日ものどかで葛飾の浦は春のようだったという。この場合の葛飾の浦は法華経寺地先の海だろうから船橋に近い場所である。

(16) 小弓《をゆみ》の館《たち》。千葉市中央区南生実《おゆみ》町。

(17) 千葉の崇神妙見《みょうけん》。千葉神社。千葉市中央区印内。

(18) 早馬。急使の乗る馬。本項の場合は現代の競馬のようなさまだったか。

(19) 延年《えんねん》の猿楽《さるがく》。法会《ほうえ》後の余興として僧侶や稚児が行った芸能の一。室町時代末には衰えたが、宗長はそれを堪能したと言える。延年舞とも。

(20) 連歌　れんが。和歌の上句と下句に相当する五・七・五の長句と七・七の短句との唱和を基本とする詩歌の形態。短連歌が長連歌に発達、中世・近世に流行。第一句を発句《ほっく》、次句を脇《わき》、第三句を第三、最終句を挙句《あげく》という。宗長は連歌師であり、戦国大名の駿河国今川家の者であり、各地の武将などを訪問して連歌の会に参加して情報収集をしていたとの説がある。

(21) 「市川《いちかは》といふわたりの折ふし」。市川の渡し。千葉県市川市。対岸に迎えの馬と人が来てから渡河。道々、葦の枯葉の雪を掃いながら善養寺に着く。真言宗星住山善養寺。東京都江戸川区東小岩二丁目二四番二号。

帰路は市川の渡しを通過している。では往きはどのようなコースだろうか。今井の浄興寺～真間の継橋～中山法華経寺のコースだが、浄興寺～真間の継橋はどのように進んだか書いていない。筆者は浄興寺～河原の渡し～国分寺道～市川新田～真間のコースを想定している。この間の往路についての宗長の記述はない。
（22）「豆腐を焼きて一杯をすすめしは……」。この記述は行徳にとってとても重要と思う。豆腐の製造には苦汁《にがり》が必需品。この苦汁は行徳塩浜の産であろう。焼き豆腐には塩を振りかけて食べる。この塩ももちろん行徳塩浜のものであろう（『行徳歴史街道３』所収「連歌師宗長と行徳塩浜」）。『東路のつと』における豆腐と行徳の塩との関連に注目した郷土史関連の文献が見当たらないので、この項で指摘しておく。
（23）「堤行く野は冬枯れの山路かな。市川・隅田川《すみだがは》二つの中の庄なり。大堤四方《よも》に廻《めぐ》りて、折しも雪降りて、山路を行く心地し侍りしなり」。何という描写だろうか。東京都江戸川区東小岩から江戸川三丁目にかけての篠崎街道沿いの一帯はとても大きな堤が四方に作られていて、そこを辿る道はアップダウンの激しい山路を行くようだったというのだ。この堤というのは塩田を囲む防潮堤では決してない。江戸川区は江戸川の氾濫でできたデルタである。だから村里の人々は自らの家・農地などを協力して堤で囲う。江戸川の土手だけではない。だから宗長は大堤四方に廻りて山路を行く心地がしたのである。

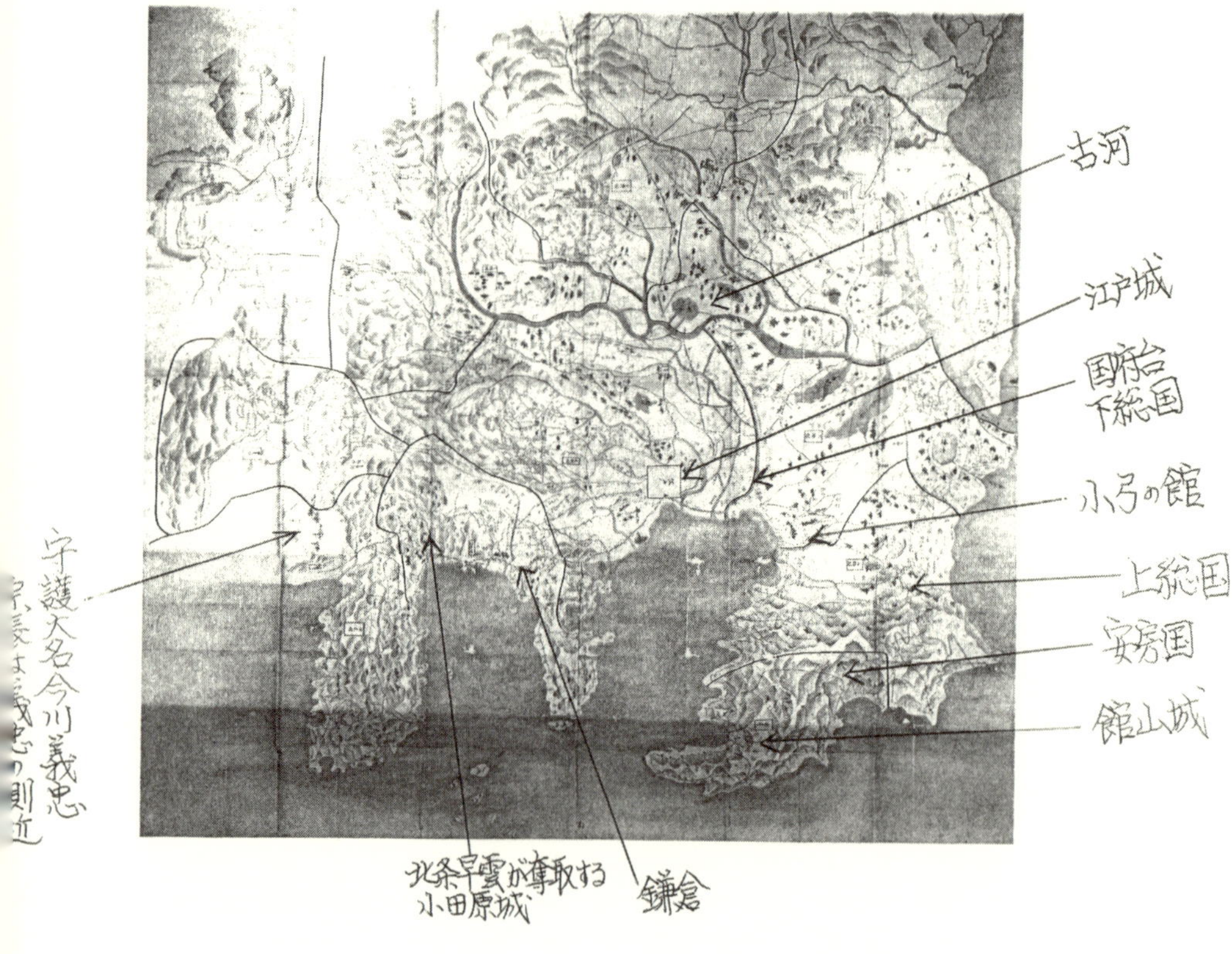

「行徳レポートその（1）」（市川市立歴史博物館発行）

むさし野紀行　北条氏康(1)

『群書類従』第十八輯　塙保己一　編纂

第二次国府台合戦前に北条氏康が鷹狩りの途次、今井に来た

天文《てんぶん》十五年(2)仲秋《ちゅうしゅう》の比《ころ》。むさしのをみんとて。此《この》とし月おもひたちぬる事なれば。人々あまたうちつれて。小鷹がりしてあそばむとて。みなみなかりの装束して馬にうち乗《のり》。まづかまくらにまうでける。あなたこなたの古跡をながめ。八幡山より四方《よも》のけしきをながめ。小磯大磯をみわたせば。をしやかもめの波にたちさはぐをみれば。

をし鴨のたつ白波の磯へよりあまのみるめを袖にうけはや

大磯の波ちを分て行舟《いくふね》はうき世を渡るたつき成《なる》らん

（中略）

河づらをみれば。まことにしろき鳥のはしとあしとあかき鳥のむれゐて。魚をくふありさま。むかしをおもひいでて。

都鳥隅田かはらに船はあれとた丶その人は名のみありはら

むかひは安房上総《あわかずさ》のあたりに見わたさる。こゝに葛西《かさい》の庄浄興寺《じょうこうじ》(3)の長老(4)。とし八十余にをよべるが迎《むかえ》にいでられ。寺内《じない》に立《たち》より一宿すべきよし申されければ。河をわたり。かの寺に行《いき》て一宿するに。夜に入《いり》。風ひやゝかに吹たり。松風入《しょうふうきんに》(5)レ琴《いる》といふ事を思ひいでゝ。

松風《まつかぜ》の吹声きけはよもすからしらへことなるねこそかはらね

あくれば。駒をはやめかへらんとて。もとの道にさしかゝり。いつこよろぎの磯づたひ。日数《ひかず》つもりてけふは八月中旬にも成《なり》ぬ。小田原にこそつきにけれ。

（1）北条氏康《ほうじょううじやす》。戦国時代の武将。氏綱《うじつな》の長子。古河城を陥れて古河公方足利晴氏を相模に移し、上杉謙信と戦って北武蔵に勢力を伸ばす。北条氏の全盛を築く。

（2）天文一五年（一五四六）。北条氏康の父氏綱が足利義明《あしかがよしあき》・里見義尭《さとみよしたか》と戦い勝利した第一次国府台《こうのだい》合戦（一五三八）の八年後。

（3）葛西《かさい》の庄浄興寺《じょうこうじ》。東京都江戸川区江戸川三丁目二二番五号。浄土宗。

（4）長老。とし八十余にをよべる。永正《えいしょう》六年（一五〇九）、連歌師柴屋軒宗長《れんがしさいおくけんそうちょう》が浄興寺《じょうこうじ》を訪れた時に応対した住持《じゅうじ》は果して、その三七年後に北条氏康を迎えた八十余歳の長老と同一人物だったのだろうか。

（5）「松風《まつかぜ》の吹声きけはよもすからしらへことなるねこそかはらね」。この歌は『江戸名所図会』の「龍亀山《りゅうきざん》浄興寺」の項に記載があり絵が添えられている。浄興寺の松を「琴弾きの松」という。

葛西の庄は下総国《しもうさのくに》で浄興寺の上流に本行徳《ほんぎょうとく》中洲《なかす》という地があり、そこに伊勢神宮の末社である神明社が祀られていた。神明社は行徳塩浜の鎮守である。行徳の本地が現在の本行徳へ移されたのは氏康が訪れた六年後の元亀《げんき》元年（一五七〇）のことである。神明社が行徳塩浜の総鎮守として本行徳へ遷座されたのは寛《かん》永《えい》一二年（一六三五）である。

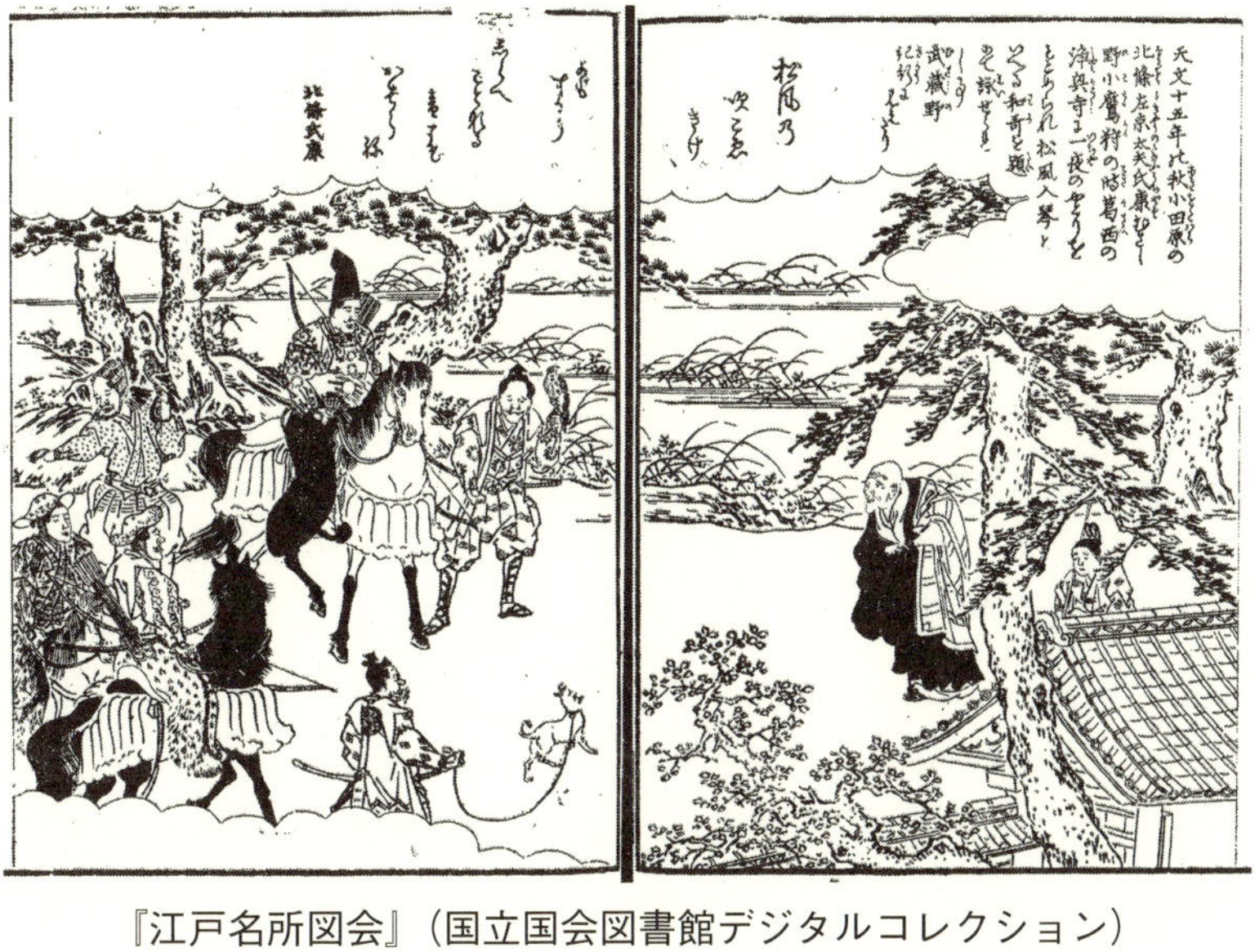

『江戸名所図会』（国立国会図書館デジタルコレクション）

近世（江戸時代）

鹿島詣（鹿島紀行）　松尾芭蕉（1）

新編日本古典文学全集『松尾芭蕉集2』紀行・日記編　俳文編／連句編

松尾芭蕉が行徳を通過して鹿島の仏頂上人を訪ねて句を詠んだ

らくの貞室《ていしつ》(2)、須磨《すま》のうらの月見にゆきて、「松陰《まつかげ》や月は三五《さんご》(3)や中納言《ちゆうなごん》」といひけむ、狂夫《きやうふ》(4)のむかしもなつかしきまゝに、このあき(5)かしま(6)の山の月見んと、おもひたつ事あり。ともなふ人ふたり、浪客《らうかく》の士(7)ひとり、〳〵ハ《ひとり》水雲《すいうん》の僧(8)。ゝ(僧)はからすのごとくなる墨のころもに、三衣《さんえ》(9)の袋をえりにうちかけ、出山《しゆつさん》の尊像をづしにあがめ入《いれ》テうしろに背負《せおひ》、拄《しゆ》杖《ぢやう》(10)ひきならして、無門《むもん》の関《くわん》もさハるものなく、あめつちに独歩していでぬ。いまひと

(11)りは、僧にもあらず、俗にもあらず、鳥鼠《てうそ》の間に名をかうぶりの、とりなきしまにもわたりぬべく、門《もん》よりふねにのりて、行徳《ぎやうとく》といふところにいたる。(12)ふねをあがれば、馬にものらず、ほそはぎのちからをためさんと、かちよりぞゆく。(13)

甲斐《かひ》のくによりある人の得させたる、檜《ひのき》もてつくれる笠を、おのおのいたゞきよそひて、(14)やはたといふ里をすぐれば、(15)かまがいの原といふ所、ひろき野あり。秦甸《しんでん》の一千里(16)とかや、めもはるかにみわたさるゝ。つくば山むかふに高く、二峯ならびたてり。かのもろこしに双剣《さうけん》のミねありときこえしは、廬山《ろさん》の一隅也《いちぐうなり》。

　ゆきは不《まう》レ申先《さずまづ》むらさきのつくばかな

と詠《ながめ》しは、我《わが》門人嵐雪《らんせつ》が句也。すべてこの山ハ、やまとだけの尊《みこと》の言葉をつたえて、連哥《れんが》する人のはじめにも名付《なづけ》たり。和歌なくバあるべからず、句なくばすぐべからず。まことに愛すべき山のすがたなりけらし。

萩《はぎ》は錦《にしき》を地にしけらんやうにて、ためなかゞ長櫃《ながびつ》に折入《をりいれ》て、ミやこのつとにもたせけるも、風流にくからず。きちかう・をみなへし・かるかや・尾花《をばな》ミだれあひて、さをしかのつまこひわたる、いとあハれ也。野の駒《こま》、ところえがほにむれありく、またあはれなり。

日既《すで》に暮《くれ》かゝるほどに、利根川《とねがは》のほとり、(17)ふさといふ所につく。此《この》川にて鮭《さけ》の網代《あじろ》といふものをたくみて、武江《ぶかう》の市《いち》にひさぐもの有《あり》。よひのほど、其漁家《そのぎよか》に入《いり》てやすらふ。よるのやどなまぐさし。月くまなくはれけるまゝに、夜舟さしくだしてかしまにいたる。

ひるよりあめしきりにふりて、月見るべくもあらず。ふもとに、根本寺《こんぽんじ》(18)のさきの和尚《をしやう》、今は世をのがれて、此《この》所におはしけるといふを聞《きき》て、尋入《たづねいり》てふしぬ。すこぶる人をして深省《しんせい》を発せしむと吟じけむ、しばらく清浄《しやうじやう》の心をうるににたり。あかつきのそら、いさゝかはれけるを、和尚起《おこ》し驚《おどろか》シ侍《はべ》れば、人ゝ起出《おきいで》ぬ。月のひかり、雨の音、たゞあハれなるけしきのミむねにみちて、いふべきことの葉もなし。はるばると月ミにきたるかひなきこそほゐなきわざなれ。かの何《なに》がしの女すら、郭公《ほととぎす》の哥《うた》、得《え》よまでかへりわづらひしも、我《わが》ためにはよき荷担《かたん》の人ならむかし。(19)

おりおりにかはらぬ空の月かげも　　和尚
　ちゞのながめは雲のまにまに

月はやし梢《こずゑ》は雨を持《もち》ながら(20)　　桃青
寺に寐《ね》てまこと顔なる月見 哉《かな》(21)　　同
雨に寝て竹起《おき》かへるつきミかな　　ソラ
月さびし堂の軒端《のきば》の雨《あま》しづく　　宗波

神前

此《この》松の実《み》ばへせし代や神の秋　桃青
ぬぐはゞや石のおましの苔《こけ》の露　宗は
膝《ひざ》折ルやかしこまり鳴《なく》鹿の声　ソラ

田《でん》家《か》

かりかけし田づらのつるや里の秋　桃青
夜《よ》田《だ》かりに我《われ》やとはれん里の月　宗波
賤《しづ》の子やいねすりかけて月をミる　桃青
いもの葉や月待《まつ》里の焼《やけ》ばたけ　タウセイ

野

もゝひきや一花摺《ひとはなずり》の萩ごろも　ソラ
はなの秋草に喰《くひ》あく野馬哉　同
萩原《はぎはら》や一《ひと》よはやどせ山のいぬ　桃青

帰路自準《じじゅん》に宿《しゅく》ス

塒《ねぐら》せよわらほす宿の友すゞめ　主人
あきをこめたるくねの指杉《さしすぎ》　客
月見んと汐引《しほひき》のぼる船とめて　ソラ

貞享丁卯仲秋末五日《じょうきょうていぼうなかのあきすえのいつか》

（1）松尾芭蕉。江戸前期の俳人。名は宗房。号は「はせを」と自署。別号、桃青・泊船堂・釣月庵・風羅坊など。伊賀上野生まれ。句は『俳諧七部集』などに結集。主な紀行・日記に『野ざらし紀行』『笈の小文』『更科紀行』『奥の細道』『嵯峨日記』などがある。一六四四〜一六九四。
（2）らくの貞室は京都の貞門派俳諧師、安原正章。
（3）三五夜は十五夜のこと。
（4）狂夫は風狂の男。
（5）このあきは貞享《じょうきょう》四年（一六八七）八月。
（6）かしまは茨城県の鹿島神宮。
（7）浪客の士は曾良《そら》のこと。
（8）水雲の僧は宗波《そうは》。
（9）三衣《さんえ》の袋は物入れの袋、袈裟《けさ》などを入れる、頭陀袋《ずだぶくろ》と同義。
（10）拄杖は行脚《あんぎゃ》の杖。
（11）「いまひとりは」とは芭蕉自身のこと。

(12) 行徳は千葉県市川市本行徳。深川の芭蕉庵から船に乗ったとしている。行徳船は渡し船だから途中乗船はできない定なので（実際はしていたらしい。紀行文などにある。しかし江戸後期の紀行文なので、芭蕉の時代にもそうだったかはわからない）、特別の仕立て船を用意したのだろう。行徳とは本行徳村の渡船場だが、芭蕉が訪れた時は新河岸《しんがし》はまだ存在していない。本行徳の浄土宗教善寺（現教信寺）と関ヶ島の旧宝性寺跡地の外側一帯、つまり、海側にあった旧行徳船津に上陸していた。新河岸は芭蕉が来た三年後の元禄三年に設置された。だから、芭蕉は新河岸のことは知らない。

(13) 芭蕉一行は、

①後に権現道《ごんげんみち》と呼ばれる道を通過したのか

②それとも現在の行徳街道へ出て進んだのか

はわからない。また、芭蕉は行徳で句を詠んでいない。理由は不明だが、急ぎ旅だったことは確かなのでそのためか、あるいは、芭蕉一行が通過した日は晴天だったことから塩焼の煙が立ち込めて「煙害」があったためではなかったのか、との推論が立つ（『郷土読本行徳の歴史・文化の探訪2』所収「松尾芭蕉が本行徳を通過して行った時代とは」）。

本塩《ほんしお》の浄土真宗法善寺の芭蕉句碑は芭蕉の百回忌に行徳の俳人戸田麦丈《とだばくじょう》・堀木以閑《ほりきいかん》・及川鼠明《おいかわそめい》らにより寛政《かんせい》九年（一七九七）建立。句は『奥の細道』を旅した芭蕉が伊勢二見浦に立寄って詠んだ「宇《う》たがふな潮《うしお》の華《はな》も浦の春」が刻まれている。

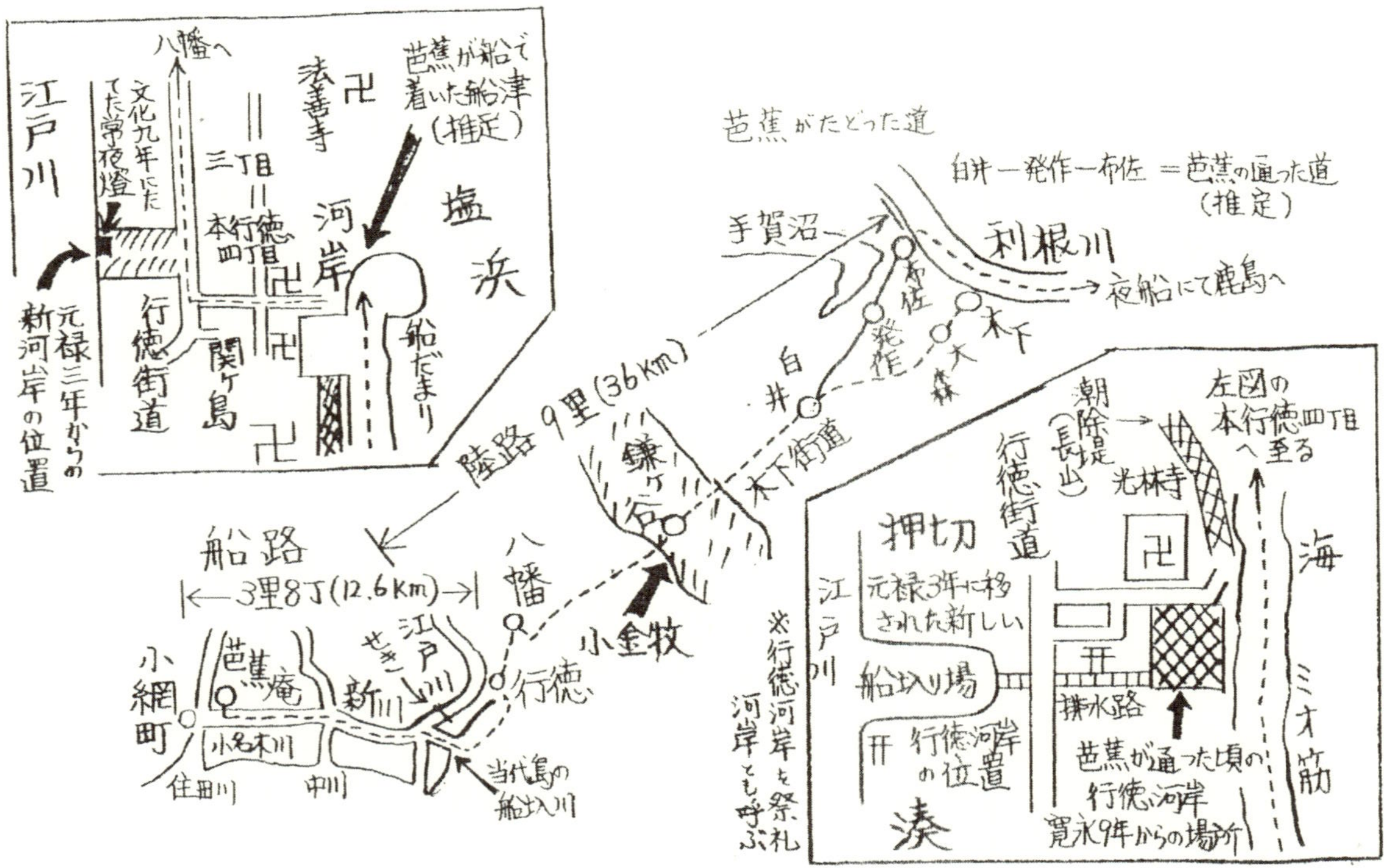

松尾芭蕉と行徳河岸（『行徳歴史街道２』）

(14) やはたは千葉県市川市八幡。
(15) かまがいは千葉県鎌ケ谷市。
(16) 秦甸《しんでん》の一千里とは地の広々としているさま。
(17) ふさとは千葉県我孫子《あびこ》市布佐。
(18) 根本寺は聖徳太子が建立したとされる寺、前《さき》の和尚とは仏頂和尚。
(19) 芭蕉庵―小名木川《おなぎがわ》―中川番所―（中川を突っ切って）―船堀川《ふなぼりがわ》（通称新川）―（江戸川へ出て）―本行徳の船場―（徒歩で新道を通過）―八幡《やわた》（右折）―佐倉道（現千葉街道）―鬼越村《おにごえむら》（左折）―木下道《きおろしみち》―木下の手前の白井《しろい》―我孫子の布佐《ふさ》。
深川から本行徳まで船路約三里（約一二キロ）、本行徳から布佐までの陸路は約三〇キロなのでかなりの急ぎ旅になる。夕方に布佐に着き、休息を兼ねて船を待つ。晴天の夜、満天の星を眺めながら利根川を夜船を差した。風流の極《きわみ》と言っていいだろう。残念なことに翌日は昼頃からの風雨で月見はできずに寺で寝る。明け方の雨の合間に詠んだ句が紀行文に載っているもの。
(20) 茨城県鹿嶋市大字宮中二六八二番地の臨済宗根本寺境内に、宝暦《ほうれき》八年（一七五八）南湖連中建立の芭蕉五十回忌の句碑に刻まれている。
(21) 同所、住持により平成七年（一九九五）建立の記念碑に刻まれている。

寛政三年紀行

『一茶全集』第5巻　紀行・日記／俳文拾遺／自筆句集／連句／俳諧歌

小林一茶(1)

小林一茶、一宿一飯を乞いながら房州を行脚して行徳船で江戸へ帰る

西にうろたへ東に冲《さすら》ひ、一所不住《いつしよふぢゆう》の狂人有《あり》(2)。旦《あした》には上総《かづさ》に喰《くら》ひ、夕には武蔵にやどりて、しら《白》波のよるべをしらず、たつ淡(泡)のきえやすき物から、名を一茶坊といふ。青雲の志なきにしもあらねど、身運《しんうん》もとより薄ければ、神仏の加護にうとく、年月恨みにうらみをかさねて、身は蓮の□□□藻《も》に住《すむ》虫のむなし［　　　　］［　　　　］に父母の［　　　　］春は草をつみて飢《うゑ》をやしなひ、秋は菓《このみ》を拾ひて貧《まづ》さを補ふ(3)。雪を積《つむ》べき□□□持たねば、目はくらきより闇《くら》きに迷ひ、齢《よはひ》は三十に足らざれど、歯は前□□□は蛤刃《はまぐりば》(4)な□□□□髪はしら《白》みて□□□□□に似たり。色は死灰《しくわい》(5)のごとく□□□□□ことな□□(3)。此度《このたび》千里□□□□するに、□□□□あらね□□□□□もなく、列子(6)にあらざれば□□□□□すべもしらず。白き笠かぶるを生涯のはれとし、竹の杖つくを一期《いちご》のほまれとして、(7)ことし寛政《かんせい》三年三月廿六日、江戸をうしろになして、おぼつかなくも立出《たちいづ》る。小《を》田《だ》の蛙《かはづ》は春しり顔に騒ぎ、木末《こずゑ》の月は有明《ありあけ》をかすみて、忽《たちまち》旅めくありさま也。

雉《きじ》鳴《ない》て梅に乞食《こじき》の世也けり(7)

其《その》日は馬橋《まばし》(8)□□□□泊《とまる》。

□

おしま□□と成《なり》にけり鳴蛙《なくかはづ》

廿九日　小金原《こがねはら》(9)にかゝる。此原は公《おほやけ》の馬をやしなふ所にして、長さ四十里なるをもて、四十野といふ。草はあく迄《まで》青み、花も稀《まれ》稀に咲《さき》て、乳を呑《のむ》駒有、水に望(臨)むあり、伏《ふす》有、仰ぐあり、皆皆食に富て、おのがさまざまにたのしぶ。是《これ》彼等が全盛といふべし。しかるに、霜おち木葉《このは》色づく比《ころ》は、いかめしき親狩《おやがり》ありて、柱のやうなるあら(荒)縄もて、口を割《わり》、首を縛《しば》り、青竹のふとくたくましきにて、息のね(根)のたゆる程に敲《たたか》れつゝ、武門の貢《みつぎ》に引《ひか》るゝ。夏は親子一所にして祝(悦)び、今は別《わかれ》別のかなしみを見る。馬の心には冥吏呵責《めいりかしゃく》のくるしみとも思《おもは》ん。余念なく狂へるにつけても、行末《ゆくすゑ》思ひやられてあはれ也。

馬の子□一所に□る雉哉《きぎすかな》

（中略）

八日(10)　晴　古郷へ足を向《むけ》んといふに、道迄同行有。二人は女、二人は男也。行徳《ぎやうとく》より舟に乗《のり》て、中川の関といふにかゝるに、防守《さきもり》、怒《いかり》の眼おそろしく、婦人をにらみ返さんとす。是おほやけの掟《おきて》ゆるがせにせざるはことわり也。又舟人いふやう、「薮《やぶ》の外より、そこそこのうちを通りて、かしこへ廻れ」といふ。とく教のまゝにすれば、直《ただち》に関を過《すぐ》る事を得たり。(11) 誠に孟嘗君《まうしやうくん》が舌もからず、浦の男の知恵もたのまず。げにげに丸木をもて方なる器《うつは》洗ふがごとく、隅《す》ミ隅ミの下闇《したやみ》を見逃すとは、ありがたき御代にぞありける。(11)

茨《ばら》の花爰《ここ》をまたげと咲《さき》にけり

（後略）

（1）小林一茶。江戸後期の俳人。名は弥太郎、信之とも称す。別号、俳諧寺。信濃柏原の人。一五歳で江戸へ出、俳諧を二六庵竹阿《にろく》に学んだ。俗語・方言を使いこなし、不幸な経験からにじみ出た主観的・個性的な句で著名。晩年は郷里で逆境のうちに没。作『おらが春』『父の終焉日記』『七番日記』『我春集』など。一七六三〜一八二七。『寛政三年紀行』は一茶が二九歳の寛政三年三月二六日に江戸を発ち、下総を巡り、長野県柏原へ帰るまでの二四日間の紀行文。

この頃、新井村名主鈴木清兵衛（俳号、行徳金堤）と知己であったかは不明。寛政三年という年は幕府直轄の塩田開発を欠真間村《かけままむら》地先海面干潟で実施されており、御手浜《おてはま》と名付けられる。金堤は名主であり、このことに当然かかわっていただろう。この時に一之浜と

一之浜竜王宮（現市川市南行徳１丁目の東京メトロ南行徳駅前の原風景）

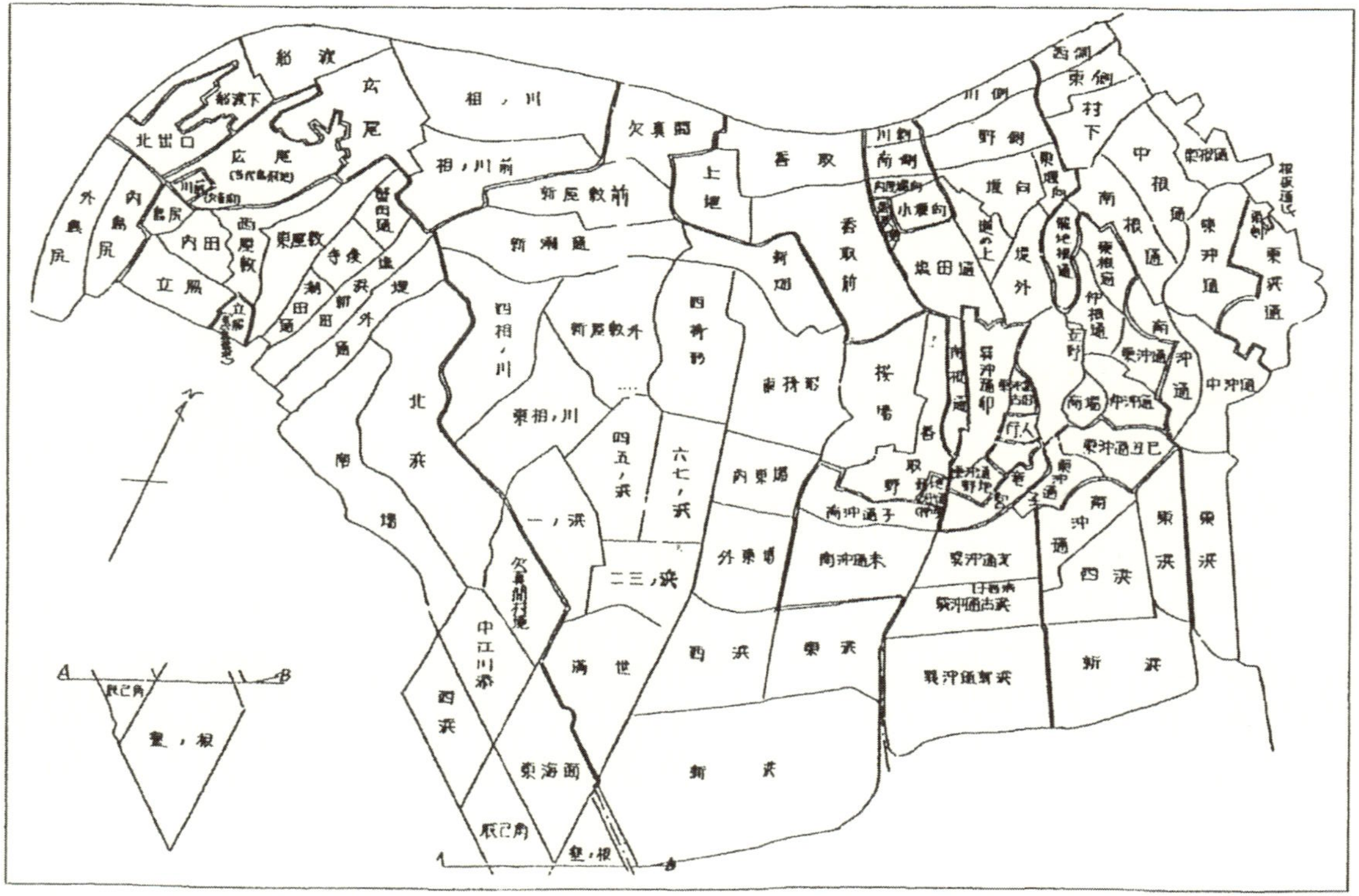

一之浜竜王宮は東海面公園に移された。一之浜から七之浜は御手浜と言い、現在の市川市南行徳1～2丁目

いう塩田に守り神が祀られて「一之浜竜王宮」と呼ばれた。

（２）一所不住の狂人。一ヶ所に定住しない人。この場合は一茶自身のこと。

（３）「春は草を……目は……歯は……髪は……（顔の）色は……」。貧しさと自身の身丈《みたけ》の貧相さを述べている。

（４）蛤刃　はまぐりば。蛤歯とも。刀のしのぎと刃との間が、蛤の貝殻のようにふくらみのある刃物。切れが悪い刃物のことをいう。

（５）死灰のごとく。顔色が悪いこと。血色がないこと。

（６）列子　れっし。中国の春秋時代の道家。老子よりややおくれ、荘子より前の人。

（７）「白き笠……竹の杖……」。気持ちを引き締めて行脚《あんぎゃ》に出るが、それは所詮、生活の糧を得るための目的があっての旅であって、「雉鳴《きじない》て梅に乞食《こじき》の世也けり」と自嘲している。乞食の世とは、一宿一飯を乞いながら行脚した一茶自身のことである。

（８）馬橋。千葉県松戸市馬橋。この記述からは一茶は江戸の千住を回って水戸街道を松戸へ出たと思われる。帰路は本行徳から行徳船に乗っている。紀行文を書く時は往きと還りの道程を変えるのが常道だろう。

（９）小金原。徳川幕府直轄の馬の放牧地の総称。上野牧《こうずけまき》・中野牧・下野牧《しもつけまき》・高田牧・印《いん》西牧《ざいまき》があった。

（10）「八日」とは四月八日のこと。

(11) 中川番所を通過する方法で抜け道があったことがわかる。しかもほぼ公認で「ありがたき御代にぞありける」と書いている。誠に平和なよき時代でもあったと思える。

七番日記(1)

小林一茶(2)

『一茶全集』第3巻　句帖Ⅱ

新井村名主鈴木清兵衛（行徳金堤）と小林一茶の交遊

（文化《ぶんか》十一年）(3) 九月

（中略）

四晴　申刻《さるのこく》(4) ヨリ雨

随斎《ずいさい》(5) ニ入《いる》

訪対竹《たいちく》(6)

五晴　松井(7) ニ入

六晴　高谷《こうや》(8) 村ニ入

七晴　ソガ[9]ノ二入

（中略）

（1）七番日記　しちばんにっき。旬日記。小林一茶著。一八一〇年（文化七年）～一八一八年（文政《ぶんせい》元年）の満九ケ年の日々の行事や見聞及び作句、俳諧歌、知友の句などを録する。行徳に関する記述は文化一一年九月二六日、文化一二年一〇月二四～二六日、文化一二年一一月一五日、文化一三年一二月四～五日である。

（2）小林一茶については『寛政三年紀行』に記す。

（3）この年、釈敬順《しゃくけいじゅん》『十方庵遊歴雑記《じっぽうあんゆうれきざっき》』刊行。前年の文化一〇年、行徳金堤『勝鹿図《かつしかず》志手《して》くりふね』刊行。文化一一年は一八一四年。下総国葛飾郡行徳領新井村名主鈴木清兵衛は行徳金堤の俳号を持っていた。金堤は地位も経済力もある人だった。一茶に対しては旦那のようにふるまっている。

（4）四はこの場合、二四日。申刻、夕方四時頃。

（5）江戸蔵前の俳人、夏目成美《なつめせいび》の庵室《あんしつ》。札差《ふださし》。一茶の庇護者《ひごしゃ》。

（6）田川東源。天保《てんぽう》俳壇の大家。熊本の産。

（7）江戸日本橋久松町の商人。一茶の親友。

(8) 千葉県市川市高谷。安養寺《あんようじ》がある。行徳船利用か。
(9) 千葉市蘇我《そが》。

（文化十二年）(10) 十月

（中略）

四陰　終日(11)　荒井《あらい》ヨリ高谷ニ入(12)

五雨

六晴　夜小雨

布川《ふかわ》(13) ニ入　逢近　嶺《きんれい》(14)

中山正中山法花(華)経寺訪(15)

山門建立　文化九年四月

当山九十一世僧正法印日顒

大鐘　文化十一年

大願主　中村歌右衛門

九十二世日慎

七雨

八陰　又晴
近嶺帰
九雨

晴　十八
陰　四⑯
雨　七
松井　十二⑰
大川　三
長久山　八⑱
高谷　二⑲
布川（四）五

（中略）

---

(10) この年、『行徳志』刊行、著者不明。
(11) 四は二四日。陰は曇り。終日曇りの意。

（12）荒井は千葉県市川市新井。高谷は市川市高谷。新井村名主鈴木清兵衛（行徳金堤）を伴って高谷の安養寺の一由（太乙）和尚を訪ね、二泊する。今井の渡し↓新井村↓行徳街道↓高谷村。酒宴で句を詠んだか。一茶の道程は、今井の渡しを渡って金堤宅へ来る、もう一つは行徳船に乗って本行徳四丁目の新河岸で下船、高谷へ行くというものだった。

（13）布川、茨城県北相馬郡利根町布川。木下道《きおろしみち》を白井《しろい》で岐《わか》れて木下の上流で利根川を渡り布川へ入《はい》る。水戸へ行く道。

（14）近嶺、下総の俳人。

（15）訪問は二五日と思われる。金堤も同行したか。

（16）雨が七日も降ったのでは行徳での塩焼稼業は不景気だっただろう。『塩浜由緒書』に一日雨降れば塩焼を休み、三～四日晴天が続かなければ塩稼ぎができない、と書いているからだ。

（17）江戸日本橋に一二日滞在。

（18）安養寺に二泊。行徳金堤も泊まっただろう。

（19）近嶺は三泊して一茶と別れる。

（文化十二年）十一月

（中略）

五陰　辰刻霰《たつのこくあられ》　未刻酉刻雨《ひつじのこくとりのこく》(20)

五文　四十四文　四十八文○

高谷入《いる》　海岸山ニ入《いる》(21)

六晴　廿八文　廿四文○

ソガノニ入

（中略）

布川　六

籠山　二

マバシ(22)　二

松井(23)　四

長久山　二

海岸山　一(24)

ソガノ　一

木皿(更)津　四

スハ原　二

百首　一

カツ山　一
元織　一
久保　一
保田　一

雨　七[25]
雪　一
陰　一
晴　十九

（中略）

---

(20) この場合の五は一五日である。辰刻、午前八時頃、霰《あられ》。未刻、午後二時頃、酉刻、午後六時頃、雨。
(21) 千葉県市川市高谷の真言宗海岸山安養寺着。
(22) 馬橋。千葉県松戸市馬橋。
(23) 江戸日本橋久松町。

(24) 千葉県市川市高谷の安養寺に一泊。
(25) 雨・雪・曇で九日ある。一一月も塩稼ぎは不景気だろう。

（文化十三年）十二月
（中略）
三晴　松井[26]二入
長沼書通（ママ）ヨリ来
四晴　荒井二入[27]
魚淵　文路　文虎二返書出[28]
五晴　高野二入[29]
当寺鉦買
（中略）
晴　卅日[30]
雨　一夜
六　松井
七　布川

一　荒井(31)
一　高野
四　長久山
三　馬橋(32)
八　籠山
廿疋　野英
卅疋　若雨
一片　金堤(33)

（後略）

(26) 江戸日本橋久松町。
(27) 千葉県市川市新井。名主鈴木清兵衛（金堤）宅に一泊。
(28) 手紙を三通書き、金堤に託す。無論、送料は金堤持ち。
(29) 茨城県北相馬郡守谷町高野。朝早く出立しただろう。
(30) 三〇日間も晴天続き。しかし、一一月～三月までは元々が塩垂《しおたれ》の滴《しずく》がとても少ないので稼ぎの額は高が知れている。また、この年の閏《うるう》八月四日に洪水、暴風雨、樹木を倒し、田畑砂土にうまった（『東葛飾郡誌』）ので、復興の最中だった。
(31) 行徳金堤宅に止宿。
(32) 千葉県松戸市馬橋。
(33) 一茶の出立の朝、別れを惜しんで金堤は金一片を贈る。

沿海測量日記抄

伊能忠敬(1)
『改訂房総叢書』第四輯

着替えもない伊能忠敬一行は本行徳宿名主加藤惣右衛門の世話になり宿泊

（前略）

寛政《かんせい》十三年（一八〇一）(2)辛酉年《かのととりのとし》三月、伊豆国より奥州《おうしゅう》まて、蝦夷地《えぞち》連続の海辺、地図し奉《たてまつる》と、蒙《たいめいを》二台命《こうむり》一、まつ《ず》、当国より相州・豆州へ発向しける。

（中略）

同（六月）十八日。又兵衛新田へ先触《さきぶれ》、並《ならびに》、泊触《とまりぶれ》を出す。此日、朝より晴。浅草高橋先生(3)へ御暇乞《おひまごい》ニ行《いく》。

覚

一、長持　壹棹《さお》。

此人足四人。

一、駕籠　壹挺《ちょう》。

此人足二人。

一、本馬《ほんま》　壹疋《びき》。

右者《は》、我等就二測量一御用ニ付、上下六人、明十九日江戸出立、海辺通、陸奥国《むつのくに》迄罷越《まかりこし》候間《そうろうかん》、書面之《の》人馬、御定之賃銭請二取之一、聊《いささかも》無二遅滞一差出し、継立、且又《かつまた》、渡船・川越・止宿等之儀、差支無レ之《さしつかえこれなき》様《よう》、且《かつ》、雨天其外逗留《とうりゅう》之儀も有レ之《これあり》候間、其心得ニ而《て》、執計《とりはからい》可レ給《たまうべく》候《そうろう》。以上。

酉《とり》六月十八日

伊能勘解由《いのうかげゆ》

従《より》二江戸海辺通一

安房国《あわのくに》洲崎迄《まで》。

右村々宿々。

名主

問屋　中

年寄

追而《おって》、申入候。止宿之儀者《は》、前泊より可二申遣一《もうしつかわすべく》候。支度之儀者、一汁一菜之外無用ニ候。且、此先触、早々順達、安房国洲崎村ニ留置《とどめおき》、我等着之節、宿所へ可レ被二相返一《あいかえさるべく》候。以上。

覚

一、明十九日、深川出立、海辺ニ沿、舟橋泊ニ致二通行一《つうこういたし》候間、村々案内致し、渡船・川越等之儀、差支無レ之《さしつかえこれなき》様、尤《もっとも》、荷物之儀、江戸表より直ニ行徳・船橋と継送候間、左様相心得《あいこころえ》、外村々人足差出候ニ不レ及《およばず》。右荷物之内、測量器致二持参一候間、人足壹人宛、用意致候様、執計可レ給候《とりはからいたまわるべくそうろう》。若《もし》、十九日雨天ニ候得者《そうらえば》、日限日送ニ相成候。為レ念《ねんのため》申入候。以上。

酉六月十八日　伊能勘解由　印

又兵衛新田　小松川新田　東西浮田《うきた》(4)

菊川新田　長嶋新田　堀井新田　猫実《ねこざね》

行徳　舟橋迄　右村々宿々　名主問屋年寄中

覚

人足貳人

天文方　高橋作左衛門弟子

馬　壹疋

伊能勘解由

長持壹棹

右者《は》、此度、伊豆・相摸・武蔵・安房・上総・下総・常陸・陸奥国海辺測量為二御用《ごようのため》一、被二差遣《さしつかわされ》一候ニ付、書面之人馬、勘解由断次第、御定之賃銭請二取之一、可二差出一者《もの》也。

酉六月

和泉 御印

下野 御印

御用ニ付無二印形一。

左近

飛騨 御印

主膳 御印

下総国

葛飾郡

千葉郡

右宿々村々

問屋

名主

年寄

組頭

追而《おって》、此触書、不限二昼夜《ちゅうやにかぎらず》一早々継送り、請書相添《うけしょあいそえ》、留り村より最寄御代官へ相達可二相返一者《もの》也。

右之通、御触書出候間、本紙相添相廻候ニ付、大切ニ取扱、御料・私料、海辺附村々不《もら》ㇾ洩《さぬ》様、此帳面へ請書、幷《ならびに》、刻付相記《あいしるし》、令二順達一、留村より江戸本所緑町自分役所へ可二相返一者也。

酉六月十一日　浅岡彦四郎

下総国
葛飾郡
千葉郡
宿々村々
問屋
名主
年寄
組頭

右、御勘定御奉行御《おん》村触、御代官御添触ハ、測量御用先ニ而《て》村々より写し置、此所へ書入申候。

同　十九日。朝より晴天。五ツ頃、深川出立《しゅったつ》。高橋扇子橋《たかばしおおぎばし》通又兵衛新田ニ至り、中川御《ご》番所へ、小松川新田渡り、幷《ならびに》、測量器之儀、小名木川《おなぎがわ》村役人を以《もって》達す。則《すなわち》、小名木川村より船を回し、小松川新田へ渡す。夫《それ》より二ノ江新田・下今井新田・桑川新田三ケ村入会字《いりあい》小嶋と云《いい》たり。西浮田村・東浮田村・堀江村此間、利根川あり。武蔵国葛飾郡・下総国葛飾郡の堺なり・猫実村《ねこざねむら》・当代嶋村・新井村・欠間々村《かけままむら》・湊新田・湊村・押切村《おしきりむら》ニ至て、日暮れんとす。舟橋へ泊触《とまりぶれ》ハ遣置《つかわしおく》とも、最早行届兼《いきとどけかね》、急ニ舟橋泊を止《やめ》て、行徳止宿《としゅく》を触遣《ふれつかわ》す。然《しか》れども、荷物ハ不レ残《のこらず》舟橋へ遣し、取帰しも間ニ合ず。六ッ頃、立の儘《まま》ニて行徳本村ニ着。宿名主《しゅくなぬし》、惣右衛門《そうえもん》。此夜、各着替も無《なけ》れとも、主《ある》しの世話ニ成て明しぬ。去る十五日、潮干ニて、海岸測量も宜《よろし》からんと、洲崎弁天より海辺中川尻、夫《それ》より中川ニ添て、御番所前迄測し、道路常ニ不二往来一の所ニて、海岸ハ泥深く、中川尻より芦野原竹藪覆《あしのはらたけやぶおお》ヒ重り、甚《はなはだ》難儀なりしニ、此日も、小松川新田より押切村道路ハ同様難渋ニて、測量も尺取《はかど》らす。方位も密ならす。斯《かくて》日暮ニハ及《および》ける。(5)

同　廿日。朝六ッ《む》半後、行徳出立此日晴曇海辺より儀兵衛新田《ぎへえしんでん》加藤新田《かとうしんでん》。本行徳村《ほんぎょうとくむら》。夫より下妙典村《しもみょうでんむら》・上妙典村・高谷村《こうやむら》・原木村《ばらきむら》此村、先年津浪《つなみ》にて、家流崩数合当数五十八軒、溺死村方百十三人、外より入込人四十人、五十四軒。(6)・二俣村《ふたまたむら》・西海神村・舟橋海神・舟橋九日市・同五日市此間下総国千葉郡に成・谷津村《やつむら》・久々田村《くくたむら》・鷺沼村《さぎぬまむら》・馬加村《まくわりむら》舟橋も此所も駅場なり。舟橋も此所も宿と云。・検見川村《けみがわむら》駅場ニて宿と云。止宿七ッ半頃ニ着。宿、清治郎此夜、曇天。

（後略）

（1）伊能忠敬。江戸後期の地理学者・測量家。通称勘解由。上総出身。下総佐倉の伊能

氏の養子。高橋至時《よしとき》に西洋天文学を学び、幕府に出願して全国を測量、わが国初めての実測地図「大日本沿海輿地全図」を作成。一七四五〜一八一八。

（２）寛政一三年は享和《きょうわ》元年。これは第二次測量（本州東海岸）日記と呼ばれるもの。出発　享和元年（一八〇一）四月二日。帰着　同年一二月七日。測量日数二三〇日。

寛政九年（一七九七）、潮塚が浄土真宗法善寺に建立される。同一〇年、『成田の道の記』刊行される。寛政一三年（一八〇一）一月、十返舎一九、行徳を通過、『南総紀行旅眼石』刊行。

（３）高橋先生。伊能忠敬の師高橋作左衛門。

（４）浮田は宇喜田。

（５）測量隊一行は芦野原竹薮泥深い海岸悪路のため、測量ははかどらず方位も窗ならずという有様で這《ほ》う這うの体《てい》で本行徳村名主惣右衛門宅へ到着した。惣右衛門とは加藤新田の経営者であり、名主であり、塩問屋の主だった。荷物は既に舟橋宿へ送られていてここにはなかった。出立した時のままで着替えもなかったが、惣右衛門の計らいで夜を明かした。翌二〇日は朝六時頃に行徳を出発、検見川《けみがわ》に着いたのが午後五時半頃だからほぼ一二時間で検見川へ行ったことになる。強行軍と言ってよい。

（６）原木村の津波被害についての記述がある。先年とは寛政三年（一七九一）八月六日の大津波のことを指す。

南総《なんそう》紀行《きこう》旅眼石《たびすゞり》

十返舎一九(1)

『日本名著全集　第二十三巻　膝栗毛其他下』

十返舎一九、歌書けと色帋《しきし》短冊《たんざく》出されしはこれ七夕《たなばた》のさゝやなるかも

発語

ことしむつき（睦月、陰暦正月）の末《ま》つかた、俄《にわか》にしもあらず、おもふことのありて、常陸《ひたち》、しもつふさ（下総）のうちなる、鹿島《かしま》、香取《かとり》、息栖《いきす》の、みつ（三）のみやしろ（御社）に、詣侍《もうではべ》らむとて、旅のまうけ、あらましにものし侍《はべ》りて、なには江のよしあ（悪）しくとも、おもひたつ日を、きちにち（吉日）となしつゝ、鳥がなく、あづまのみやこをあとになし、玉くしげ、ふたつの国の橋（両国橋）をわたり、立川（竪川）をますぐ（まっすぐ）に、ほそ竹のしも（杖の意）とをすゝめて、やがてさかさい（逆井）のわたし（渡し）を、あなた（あちら）にこえて、たどり行《ゆく》ほどに、(2)朝もよひ、如月《きさらぎ》（陰暦二月）ちかく、所まだらに、きえのこる、野つらの雪に、若くさのいと青う見えたる、うつはりの声、ほろほろときこえて、糸あそぶ空のうらゝかなる

に、おのれどらの、こゝろにかゝる雲もなくて、くはへ（咥え）ぎせる、はゞかるべくもあらねば、すり火打はなたず（離さず）、たばこのけぶり（煙り）、霞《かす》むかとおもほゆるばかりになん。はやくも市川（中川カ）の　御関所をうち過《すぎ》けるに、舟《ふな》ぼりのわたりより、道づれになりたる人(3)は、おなじたはれ歌（戯れ歌〈狂歌〉）の道草くふ、廐《むまや》の豆成といへる人のよし、これかれをかたり合つゝ、行徳《ぎやうとく》のさと（里）にいたり、笹屋(4)といへるにやすらひはべる。こゝはうどんの名所《などころ》にて、ゆきゝの人、足をとゞめ、うどんそば切たうべん（食べる）ことを、せち（切）に乞ひあへれど、うつ（打つ）もきるもあるじひとり、いまだそのこしらへ、はてしもあらず見えはべれば、

御ていしゆ（亭主）の手うちのうどんまちかねて
いづれも首をながくのばせし

さゝやのあるじ、あやし（怪し）げなる色紙《しきし》短冊を出して、予《よ》に歌かけよと乞ひはべるに、兼てよみ置《おき》たる、歌どもをかきてとらせつゝ、其包《つゝみ》たる紙のはしに、

歌かけと色帋《しきし》短冊出されしは
これ七夕《たなばた》のさゝやなるかも

あるじまた、賛《さん》せよと出したる畫《え》に、（筆者注：畫略）

その日は、舟橋《ふなばし》のゑびすやといへるに宿かりて、やすらひたるに、あるじ出て、八兵《はちべ》衛《え》なんめさるべくやといひたるを、いとあやしみて、いかにといふに、予が僕《しもべ》太吉《たきち》

なるもののいへるは、この駅の飯盛女《めしもりおんな》を八兵衛と申侍《もうしはべ》るは、古きことのやうに聞はべれど、其ゆゑは、しりはべらずと打《うち》わらひぬ。かの遊女のさまは、かみかたち異様《ことやう》にて、広袖の垢《あか》つきたるを身にまとひ、あしに紺の足袋《たび》をはきたるは、いとにげなくて、さながら、をのこ（成人の男子）のいかめしき姿なりければ、

上総《かずさ》には七兵衛景清《しちべえかげきよ》あるやらん

こゝに下総《しもうさ》八兵衛めしもり

あくる日佐倉の御城下にいたりて、

（後略）

（1）十返舎一九。『房総道中記』に記載。『旅眼石』は寛政一三年（一八〇一）正月、一九、三七歳の時の旅のもの。その後に『房総道中記』や『膝栗毛』シリーズが出る。

（2）両国橋を渡り、逆井の渡しを越したとある。陰暦一月末は新暦の三月である。まだらに融け残った雪がある。咥《くわ》え煙草の煙が霞のようだ。作者の誤りと思うが、ここは「中川」の関所のことである。市川ではない。行徳道を辿り、今井の渡しを渡るのが徒歩で行徳へ行く最短距離である。その間のことは省略されて記述がない。当時では当たり前のことだからである。

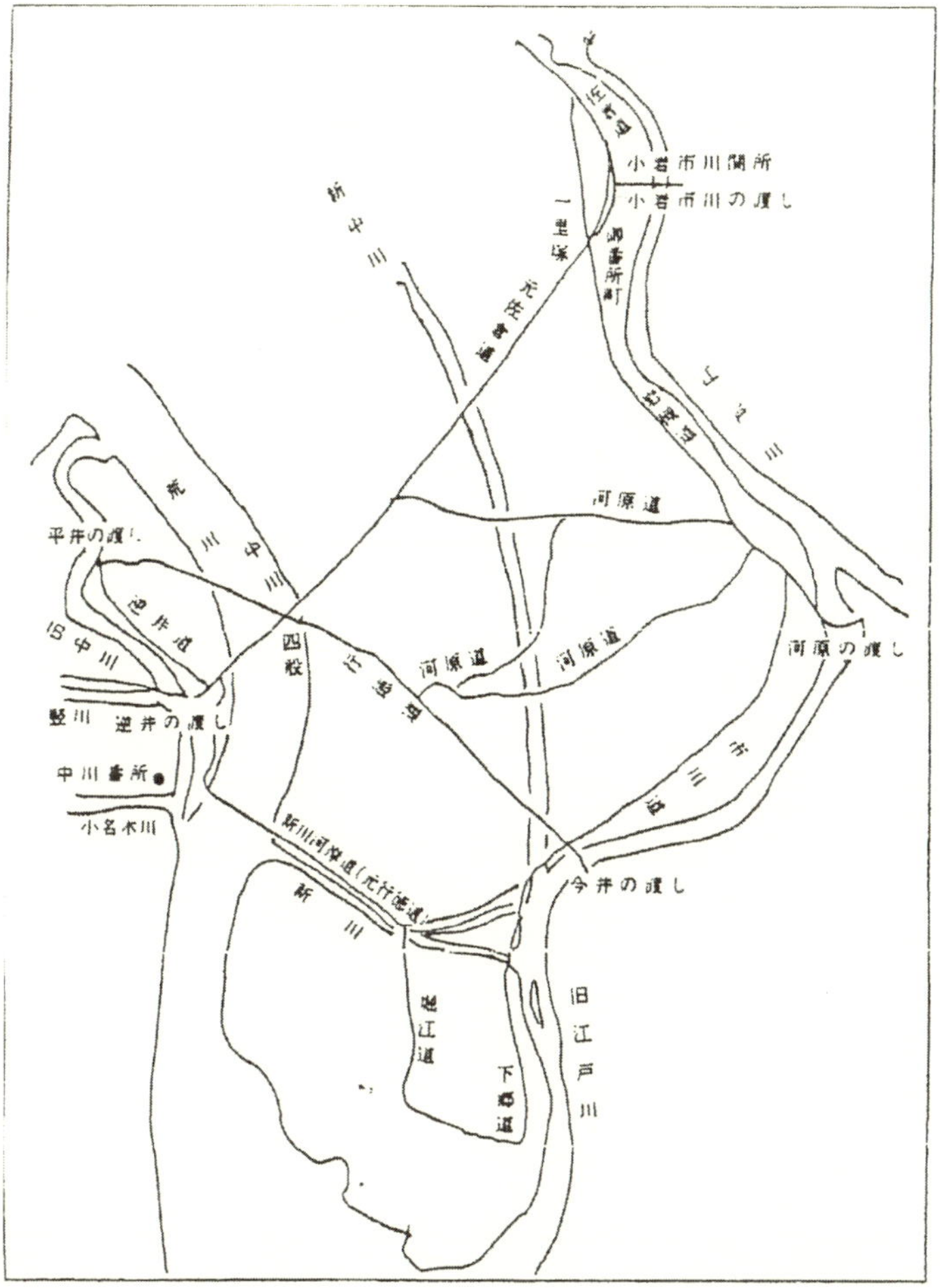

今井の渡しから市川道が始まり、河原の渡しから先は岩槻道と名を変える。現在は共に篠崎街道という。江戸川の自然堤防上の道。

紀行文の順路の説明は誤りが多く、笹屋に立ち寄ったことから、逆井の渡しからすぐに右折、元行徳道を進み、船堀の渡し～今井の渡し～本行徳のコースだろう。

荒川は大正時代に掘ったもので江戸時代にはない川。

（『古文書にみる江戸時代の村とくらし②　街道と水運』

江戸川区教育委員会）

（３）舟ぼりの渡りより道づれになったとあるので、今井の渡しに達する前に、行徳道の更に南にある旧行徳道（古道）を辿ったのかも知れない。いずれにしても地名、道程の記述は少々あやしげな部分がある。
（４）笹屋に関する記述は他の文献にも引用されている。

成田の道の記

『改訂房総叢書』第四輯

左右に塩屋の煙立て、また砂地に汐《しお》を汲み上げて干す様もあり

年毎に下《しも》つ総《ふさ》の成田山、(1) また布施《ふせ》の郷《さと》紅竜山へ願ひありて、寛政《かんせい》十午《うま》の年、午の月すゑの六日(2)ばかり、むまの貝吹くところ、唯我堂《ゆいがどう》何某を誘ひて、今日しも天《そら》いとのどやかに、旅の装ひを調《ととの》へ、立出でんとて、日を見れば丑《うし》の日にてありければ、

千《ち》さと（里）行きて帰らん寅《とら》に一日もおくれはとらぬ今日の門出《かなとで》

まづ竪川《たてかわ》（欄外注釈：竪川は東京市本所区竪川）、すぐに壱里八町を過ぎ、逆井《さかさい》の舟わた

りを越え、直に四五町を行き、右の方へ入る。是《これ》より小松川を通る。此《こ》のほとり村々を過ぎ、凡《およ》そ小二里もあらんと思ふ頃、今井の渡し場(3)（欄外注釈：今井渡は江戸川の渡で是より千葉県地内）の茶店に休らひ、夫《それ》より此の渡しを越え、向ひの岸を左へ行く(4)。是より道つゞきを四五町行きて、右の方へ行く(5)。しるしより半町ほど行き、海手まで行かず。また左へ行く。少しありて、行徳宿笹屋《ぎょうとくしゅくささや》(6)に休らひ、うんどんなどしたゝめて立出で、暫《しば》しありて海浜に至る。左右に塩屋の煙立て、また砂地に汐《しお》を汲み上げて干す様もあり(7)。其の事《ひと》業《わざ》のいと繁きを思ひ続けて、

　塩やきの手業《てわざ》を共にくみて見ればあま口ならぬ賤《しず》のいとなみ

とはかり侍《はべ》りて、夫《それ》より小半道を経《へ》、二股村《ふたまたむら》野道細く追分《おいわけ》の如《ごと》くなりて、其《そ》の先にある村なれば、二股といふならんか。（欄外注釈：二股村は今行徳町二俣）にある酒店に腰を休め、舟橋を問ふに、二十五町といふ。やゝ申《さる》の刻《こく》過ぐるやと思ふ頃なれば、急ぎ舟橋に着き、かねて爰《ここ》に宿《やど》らんと思ひしかども、まだ日の高ければ、「いでや、ひと次ぎを行き過ぎん」と、馬の脚さへ借りて十四五町を過ぐれば、前原新田村（欄外注釈：前原新田村今千葉郡二ノ宮町前原。現船橋市）、また一里余過ぎてせうはら村（欄外注釈：せうはら村今二ノ宮町正原）、此のほとりにて替馬《かえうま》など手間どり、日さへ暮れぬれば、急ぐともはかどらず。小金つゞきの原といふを廿二丁も過ぎ、小村あり。又、茂みあり。折から蛍の飛び交ふ様のいと目出度かりければ、たゝずみて、「一入《ひとしお》ながめやまさらん」とは思ひながらも、馬上の急ぎに其の志に任せねば、

乗りて行く駒の手綱《たづな》ものびるほど後《あと》に引かれる夏蟲《なつむし》の影

と口ずさみて、原より一里余り行く。すべて、舟橋より三里九町の程過ぎて、酉の半の頃やうやう大和田（欄外注釈：千葉郡大和田町）に至る。此の駅に、近江屋《おうみや》など入口にて、此方より右側、相応のやどりに侍れど、馬子《まご》の誘ひによりて宿はづれ東のかた右側、ひがし屋五兵衛といへる酒など商ふ家にて泊りもする由、今夜成田詣での殊《こと》のほか込み合ひぬれば、此のやどりの二階に休みぬ(8)。

（中略）

成田山並に布施順道則里数

○江戸両国より一里八丁。○さかさゐより今井渡二里。○行徳より汐浜一里三丁。二股廿五町。○舟橋より三里九丁。前原新田・せうはく。○大和田より一里半。○碓井より一里。○佐倉より一里。藤沢。○酒々井《しすい》より二里半。中川村・石田村・なるき。○成田より三里。松崎・酒直・大井。○安食《あじき》より二里。小林新田。○木下《きおろし》より三十町。○布佐《ふさ》より二里。下戸一里。○我孫子《あびこ》より一里。○布施《ふせ》より三里八丁。○小金《こがね》より一里。○馬橋《まばし》より一里。○松戸より渡し半里。金町一里。○新宿《にいじゅく》より一里十一丁。○世継より廿五町。引舟半里。外陸。○小梅より半里。○両国。

都合三十三里二十九町。

両国より○行徳へ三里八丁(9)。○舟橋へ五里。○大和田へ八里九丁。○碓井《うすい》（臼井）へ九里半九丁。○佐倉へ十里半九丁。○酒々井へ十一里半九丁。○成田山へ十四里九半。○松戸宿へ四里半。○馬橋へ五里半。○小金へ六里半。○布施へ九里外八丁。

（１）寛政《かんせい》〜享和《きょうわ》〜文化《ぶんか》〜文政《ぶんせい》〜天保《てんぽう》の時代は成田山詣では最盛期を迎える。

（２）出発は寛政一〇年（一七九八）七月二六日。旅は七月二六日から二九日までの四日間である。三十三里二十九町を四日で巡ったのだが、急ぎ旅と言えばそうとも言えるが、物見遊山の旅と言えばそのようでもある。普通、行徳船を利用して成田山詣でする江戸の庶民は往復三泊四日の小旅行である。

（３）今井の渡し場（現江戸川区側）に茶店があったことがわかる。千葉県側の渡しの上がり場には茶店はない。千葉県側からは旅人を渡さない。一方通行だからだ。堤防へ上った旅人はすぐに左方向へ歩を進め行徳へ向かう。

（４）土手へ上ると著者一行は左へ進む。五五〇メートルほど行くと右折して五〇メートルほどで左折する。現在のバス通りはこの部分にバイパスが通り、今はカーブした直線道路になっている。市川市立南行徳小学校校門へ通ずる脇道があるバス通りである。一行が左折して出た道は本行徳への一本道でバス通りである。右に源心寺、香取神社《かんどりじんじゃ》、善照寺、圓明院《えんみょういん》、法伝寺、神明社、徳蔵寺、宝性寺などがあるが、それらに関する記述はない。特に珍しいものでもなかったのであろう。

（５）著者一行は行徳船に乗らず、陸路を進む。記述は詳細である。逆井《さかさい》の舟わたりを越え、直に四五町を行き、右の方へ入る。是《これ》より小松川を通る、という部分の右の方へ入るとは、ここは四辻《よつじ》であり、十字路だった。四軒茶屋がある。平井の渡しからの道と逆井の渡しからの道の交差点。平井の渡しへの道の出発点は浅草、逆井の渡しへの出発点は両国である。逆井の渡しから直進すれば市川の渡しに達する。これは元佐倉道と言われた道であり、旧千葉街道と呼ばれた道でもある。平井の渡しからの道を直進すると小松川を通り今井の渡しに達する。この道のことを行徳道と呼んだ。今井から江戸へ行く時はこの道を浅草道と言う。著者一行はこの十字路を右折したわけで行徳道を今井へ向かって進んだことになる。なお、この十字路は大正時代になって荒川放水路（現荒川）が開削されたことにより川底となって消滅した。

（6）行徳では笹屋で昼食としてうどんを食べた。うどんの感想はない。新河岸《しんがし》も書かれていない。

（7）海浜では塩焼きのさまを書き、左右に塩屋の煙立て、また砂地に汐《しお》を汲み上げて干すさまもあり、とする。注目すべきは、海水を汲み上げて干す、とすることだが、桶の海水を柄杓《ひしゃく》で撒布する様子だろう。毛細管現象を促す呼び水でもあるし、表面へ浸み出した潮水へ更に上乗せして撒く海水だろう。このことから一行が出立した当日は晴天だったことがわかる。

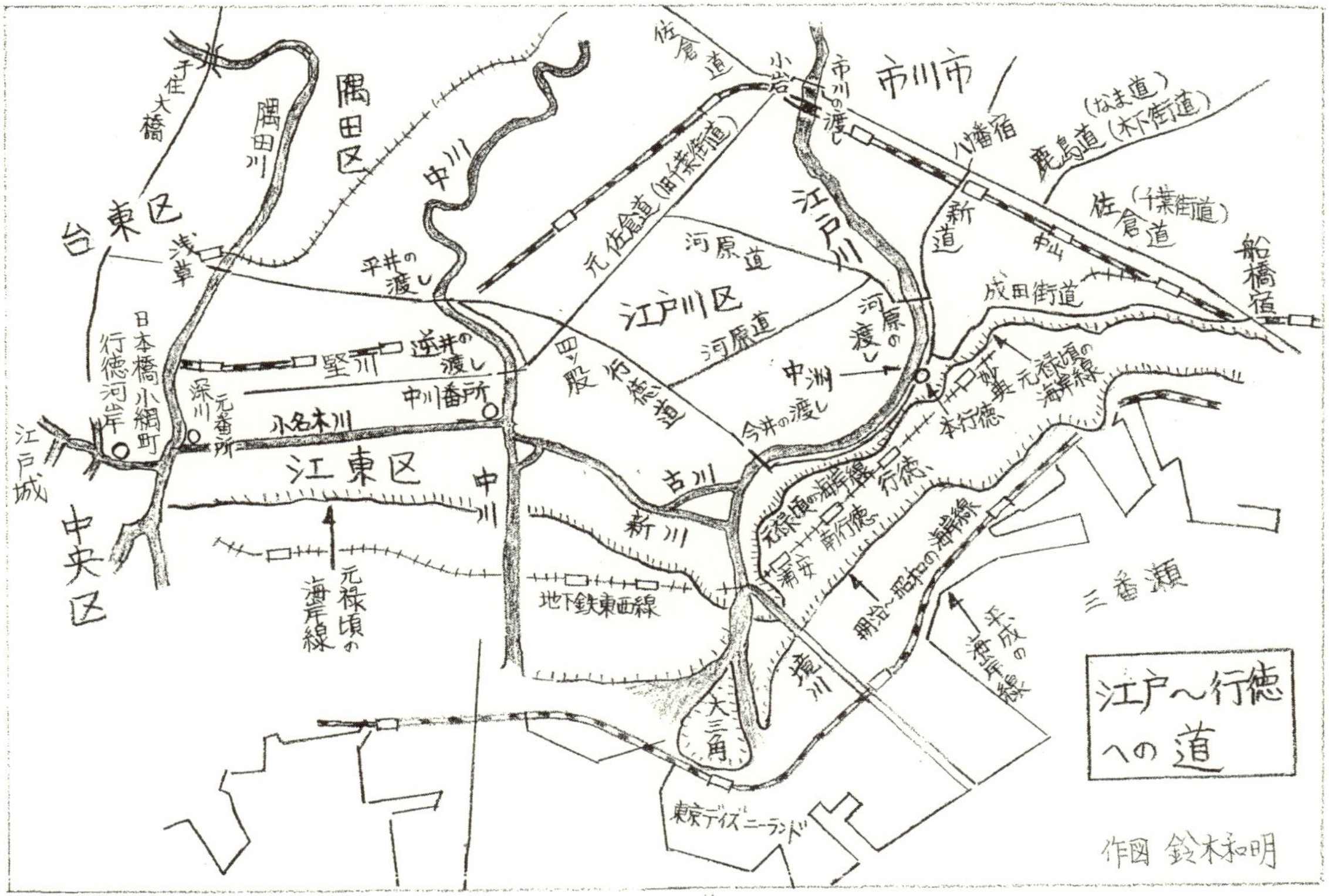
江戸～行徳への道
台東区
墨田区
隅田川
千住大橋
浅草
中川
平井の渡し
逆井の渡し
元佐倉道（旧千葉街道）
佐倉道
小岩
市川の渡し
市川市
八幡宿
鹿島道（木下街道）
（なま道）
佐倉道
（千葉街道）
船橋宿
新道
中山
成田街道
江戸川
江戸川区
河原道
河原の渡し
中洲
今井の渡し
四ッ股
行徳道
日本橋小網町
行徳河岸
江戸城
中央区
深川
元番所
竪川
中川番所
小名木川
江東区
元禄頃の海岸線
地下鉄東西線
新川
古川
旧江戸川
大三角
元禄頃の海岸線
本行徳
妙典
行徳
南行徳
浦安
明治～昭和の海岸線
平成の海岸線
三番瀬
東京ディズニーランド
作図 鈴木和明

（8）馬子はこの店と懇意なのだろう。このように客を引けば手間賃も出ただろうし、酒も振る舞われたに違いない。

（9）行徳への三里八町は行徳船利用とほぼ同じ距離。この時代には成田山常夜燈はまだ建立されていない。

江戸近郊道しるべ

村尾嘉陵

『江戸近郊道しるべ』朝倉治彦 編注

江戸から行徳へ来る船は大小とも綱で引き、江戸川は帆を揚げて走る

舟堀《ふなぼり》・宇喜多《うきた》・猫実《ねこざね》

文政《ぶんせい》五年（一八二二）壬午《みずのえうま》八月三日遊

舟堀（江戸川区、幕府領）の水は、利根（江戸川）より落《おち》て西流、中川、小奈木《をなぎ》川（江東区）へ入《いり》て海へ入《いる》、隅田川へも入《いる》、この比《ごろ》水上《みなかみ》雨ふりしにや、今日一入《ひとしほ》に水かさまして、

逆《さか》まき流《なが》る(1)

江戸の方《かた》より利根へ上《のぼ》る舟は、大小ともみな引《ひき》てのぼる。利根まで行《いき》て帆《ほ》を揚《あげ》て走る、大平舵《ひらた》は、数人れんじやく(2)をかけて、綱を引て上る(3)

利根より少しこなたに、三角の渡し（舟堀川と宇喜田川の三角地帯の渡し、江戸川区）といふあり、この所に元利根の堀わりあり、(4)棹《さお》さして三方へわたるゆへに、しか呼か元利根迄中川御番所（寛文《かんぶん》元年より、小名木川《おなぎがわ》口）より廿八丁あり、元利根より利根迄十丁六間ありといふ、元はこゝより横折《よこおれ》て、舟堀をほり通されしに、利根より入口にて毎々舟を損ぜしかば、今の如く一文字に十丁六間堀通さるゝをもて、元利根（古川）と呼、今は行どまりの入堀と成《なる》、又中川のわたし場、舟ぼりの岸にのぼる所に、北より舟堀に流入小川あり、これを小松川と云《いう》

川口にわたしあり、一つ家《や》のわたしと云、これをわたりて、北行すれば、逆井《さかさい》のわたし（江東区亀戸《かめいど》九丁目から江戸川区逆井一丁目に渡る）へ出《いず》と云、女はこゝをわたりて逆井をわたり、江戸へ出《で》ると云《いえ》り

三かくの渡しを、南へわたりこし、少しばかり入江の岸にそふて行ば、土橋あり、そこを東へわたりこして、左右《さゆう》田の畔道《あぜみち》を行《いけ》ば、長嶋村《ながしまむら》（江戸川区）、其《その》となり東に桑川村《くわがわむら》［わづかに小溝を隔つ］、長嶋村の内に、かやふける堂あり、遠《とおく》よりよくみゆ、清光寺といふ

寺門を東に行ば二ノ江村（江戸川区）、南に田のくろ道を行《いき》はて、堤にのぼれば人家堤の下、東西につゞく、凡《およそ》百余戸、農家あり、又漁家《ぎょか》あり、中割村《なかわりむら》と云、その西にいかづち（雷と書く）村（江戸川区東葛西四丁目）あり［いかづち、中わり等を西宇喜多と云、長しま、桑川等を東宇喜多といふ］、この辺田邸（田安邸の意）の御鷹場也、堤に添《そい》て多く松を植《うえる》、この松深川洲崎《ふかがわすさき》（江東区木場六丁目、東陽町一丁目辺）の辺よりのぞめば、海の浪《なみ》うちぎはに、生《はえ》たるやうにみゆれど、松のあたりより磯までは一里余ありと云、蘆荻《ろてき》生《おい》しげりて、こゝよりは海の方は、さらにみえず、所々《しょしょ》入堀ありて、漁家の舟をつなぐ、舟に棹さゝざれば、(5)海を見わたす事あたはずといふ

堤の上を東行し、又横折て北行二十丁ばかりにして、堀江の渡しにいたる、舟さして利根川を東へわたりて、入堀より上る［この入堀より利根の水わかれて、猫実の海に入、水ことに早し］(6)

猫実村（千葉県浦安市《うらやすし》）、七八十戸、多くは漁家にして、農も交り居る、(7)辰巳《たつみ》（南東）に向ひたる処《ところ》に、海面を横にして、大神宮（豊受神社《とようけじんじゃ》、浦安市猫実三丁目）みや《宮》ゐ（居）まします、上屋はかやぶきにして、中に両社をあがむ、大成石《おほきなる》の鳥居あり［文化《ぶんか》十三丙《ひのえ》子《ね》建］、磯辺の蘆荻《ろてき》の中にも、丸木の鳥居あり、広前を西に、橋を渡り行《いか》ば、薬師堂あり［医王山東学寺《とうがくじ》（浦安市堀江二丁目）と云］、堂の前に盥盤《たらいばん》あり、元禄《げんろく》六年（一六九三）と彫《きざ》む、この堂艮《うしとら》（北東）に向ひ、坤《ひつじさる》（南西）をうしろにす、横に海面を望む、辰《たつ》の

二分に、伊豆の天城山《あまぎ》を見る、其余は、天くもりて山を見ず、磯にはあし、萩《はぎ》のみしげりて、眺望を妨ぐる事、前の中割村と同じ、ことさらに、こゝに来しは、海辺のながめよからんとてなるに、本意なき心地す

行所々《いくしょしょ》、地引網あまた、かけならべ、あるは草間にひろげて、日にかはかすをみる、入堀所々ありて、漁舟《ぎょしゅう》をつなぐ、浜に成《なら》せらる、時は、こゝの漁家に仰せて、地引を引せらるゝといへり

こゝの庚申《かうしん》の堂ある所より、用水に添て北行、田のくろ路《みち》を行事《いくこと》半里ばかりにして、新《あら》居《い》むら（市川市新井）、民家百戸ばかり(8)

猶《なお》少し行《いけ》ば相の川村（市川市相之川）、この辺西は利根に添《そい》、東は海を限ることわづかばかり、今井のわたし（江戸川区江戸川三丁目と相之川一丁目の間）は、相の川と新居の間にあり、行徳《ぎやうとく》(9)（市川市）は相の川の北、見渡しの間にあり、今井にて、行徳舟待《まち》つけ乗りてかへる

利根の水はもとより、舟堀三十八丁、流れにしたがひて舟を下す、舟子ろを推《おす》に及ばず、小奈木川に入て水勢やゝしづか也、舟子初《はじめ》てろをうごかす、(10)七ツ（午後四時）の鐘鳴比《かねなるころ》、今井を出《で》、燈点《あかりてん》ずるのち家にかへる

舟堀・宇喜多・猫実地図略（本書九六頁）

頭書

一　自筆本に頭書あれど虫食甚大にして、文とならず、写本にはなく、よって掲げることを略す

二　当所は□様御屋形の御鷹場なり（この文も、写本には省略されてあり）

（1）江戸川の水は船堀川へ入り西へ流れ中川や小名木川へ入り海へ流れる。水は小名木川を流れて隅田川へも行き海にも入る。上流で雨が降ったので今日は江戸川から船堀川へ水かさが増して逆巻いて流れている、の意。

（2）れんじゃく。連尺・連索。麻縄などで肩の当たる所を幅広く組んで作った荷縄《になわ》。また、それをつけた背負子《しょいこ》。

（3）江戸から江戸川へ船で出るには船堀川では大小の船とも陸から綱で船を引く。常に江戸川から中川へ水の流れがあるからだ。江戸川へ出ると船は帆をかけて上流の本行徳へ向かって走る、の意。

（4）元利根の堀わり。古川《ふるかわ》のことをいう。船堀川の一部。新川を掘ったので急流で曲がりくねっていた部分（これを後世になり古川と称す）は舟運《しゅううん》には使わなくなった。古川の部分では新川ができるまでは度々のように船が壊れていた。現在は古川親水公園として残されている。新川の完成は寛永《かんえい》六年（一六二九）とされる。

（5）船を動かして海へ出なければ、の意。
（6）浦安市堀江と猫実の間を流れる境川へ入ったということ。
（7）家が建て込んでゴチャゴチャと密集している様子。
（8）浦安の庚申様。猫実の三叉路にある。内匠堀がここまで延びていたとされる。用水とはそのこと。新井村は『葛飾誌略』（文化七年刊）では家数凡八〇戸としている。
(9）今井の渡しの相之川側で江戸へ行く行徳船が通りかかるのを待ち、それに乗り小網町行徳河岸まで帰って行った。このことの重要な点は、今井の渡しで江戸へ帰る客を乗せたということであり、そのことを紀行文で書き、出版して何ら咎めを受けていないことである。また、市川・小岩の渡し、行徳船、今井の渡しなどの禁制を破る抜け道としての旅路を書いていることも注目される。
（10）既に述べたように江戸川が中川より標高が高く、常に中川に向かっての水流があった。江戸へ戻る行徳船の船頭はのんびりとしていたに違いない。

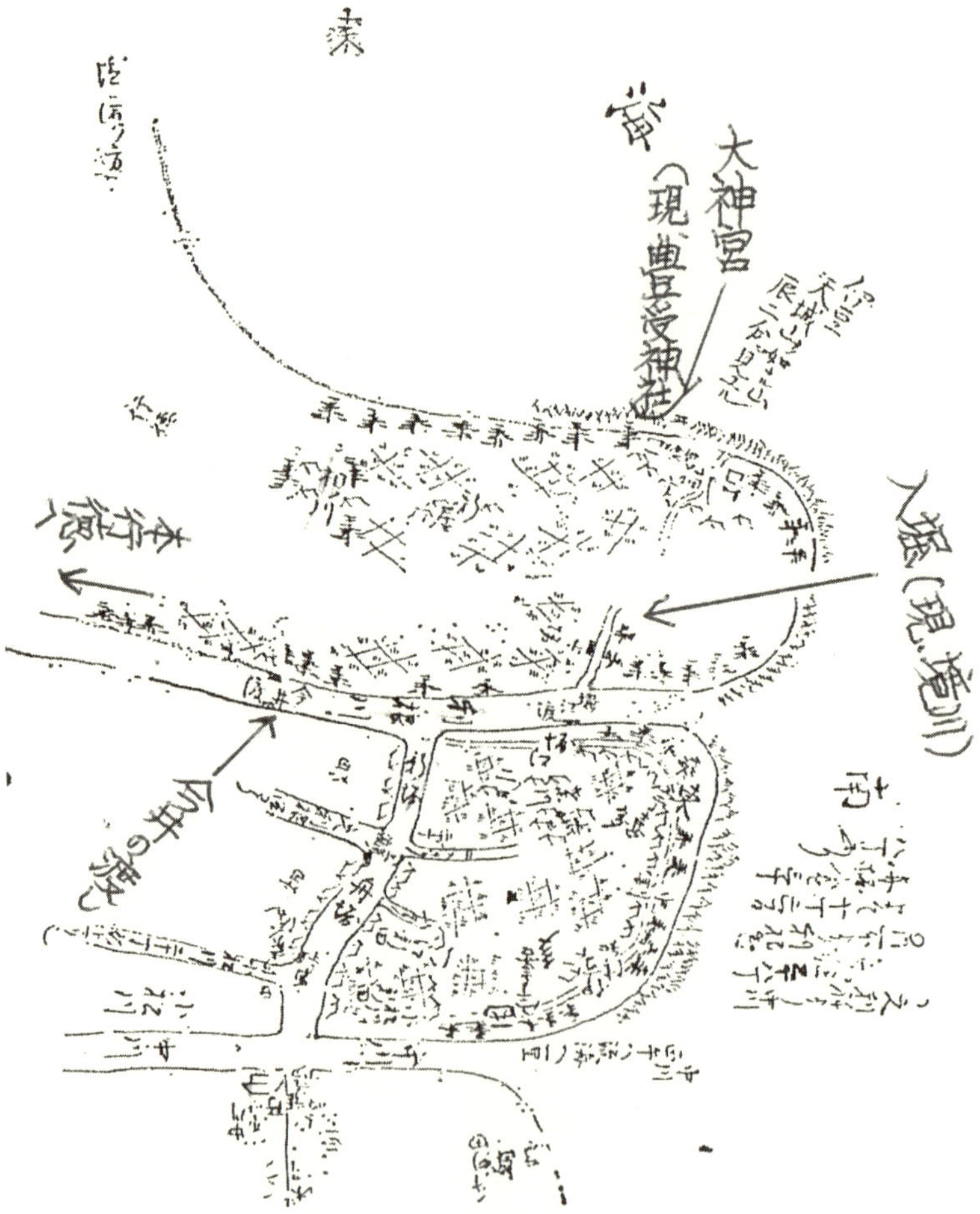

『江戸近郊道しるべ』（国立国会図書館デジタルコレクション）

房総道中記

十返舎一九(1)

新版絵草子シリーズⅠ『十返舎一九の房総道中記』鶴岡節雄 校注

上総には七兵衛景清あるやらん爰《ここ》にしもふさ八兵衛めしもり

行徳《ぎやうとく》(2)

江戸小網町《こあみ》（現中央区）行徳河岸《かし》より船にのる。陸地《くがぢ》をゆくには両国より本所竪川《たて》（現江東区）とほり、逆井《さかさい》（逆井）の渡し（橋付近）をわたりて行徳にいたる。(3)陸船路《りくふなぢ》とも三里なり。(4)行徳に徳願寺《とくぐはんじ》といふ大寺《てら》あり。笹屋《さゝや》うどん名物。中山蒟蒻《なかやまこんにやく》あり。これよりすぐに八幡《やはた》、真間《まゝ》、国府台《かうのだい》、木下《おろし》への道なり。(5)右のかたは船橋《ふなばし》、上総、房州道なり。(6)

狂 七夕《たなばた》の笹屋《さゝや》なるべし手ぎはよく
　つなぐ妹背《いもせ》(7)のほしうどんとて

「なんと男といふものは、女にかけてはのろいもの(8)、江戸を出るときから、この船(9)へは、あんまりたんと（たくさん）のせたから、きうくつだと船頭へ小言《こごと》をいったが、扇橋《あふぎばし》へくると、美しい年増《としま》が二人づれ、どふぞその船へわたしどもをものせて下さりませといふと船頭が、いやいやもふのせられぬ、ほかの船をたのましやれといふをきいて、今まできうくつだと小言をいった手合《あい》が、これこれ船頭さん、いとしそうに女中だからのせてあげなさい。船はひろい、わたしのそばがあいてゐる、さあさあ女中さんこゝへおいでといふと、艫《とも》の間《ま》から、こゝへもひとりくらいはらくにいられる。おひとりはこゝへおいでと、のりあいのうちをおっかじめて、(10)むりにわりこませたが、そのあとへ六十あまりの婆々《ばゝあ》がきて、わしもついでにのせて下されといへば、滅相《めつそう》な、これほどおしあひ、いじろき（身じろぎ）もならぬほどのってゐるに、めがみへぬそふだ。あとからこゝへ船がくる、はやくこの船をやらぬかと大勢《ぜい》わめいて婆々《ばゝあ》はのせなんだが、その女どもは、この船がつくと、人先へあがって、礼もいはずにいきやァがったに、きうくつなめをこらへてのせてやった手合の顔を見なさい。なんとばかげた顔つきだらうハ、、、

「さあさあしづかにあがりなさい。しかし、おちてもきついことはない。いっそのことあがらずと、みなおちなさいおちなさい

「とりおとしのないやうに、みなきをきかせなさい。わしのやうに

（1）十返舎一九　じっぺんしゃいっく。江戸後期の戯作者《げさくしゃ》。本名、重田貞一《さだかず》。駿府生まれ。大坂に行き、近松余七と号して浄瑠璃《じょうるり》作者となり、一七九三年（寛政《かんせい》五）、江戸に出て戯作に従事し、滑稽本《こっけいぼん》を得意とした。作『東海道中膝栗毛《とうかいどうちゅうひざくりげ》』『江之島土産』など。一七六五～一八三一。『房総道中記』は文政《ぶんせい》一〇年（一八二七）と校注者の鶴岡節雄氏はする。正式には『方言《むだ》修行金草鞋《かねのわらじ》十八編』といい、全六冊、十返舎一九著、歌川国兼画である。本文末に「毎年、わたくしかたより金《かね》の草鞋《わらじ》と申す絵草子《ゑざうし》さしいだし申候。いつも御評判よろしく、おいおい出版つかまつり候ところ、一昨年より、作者病気にて、著述いたしがたく、やうやうこの節本復《ほんぷく》つかまつり候ゆへ、とりあへず、この房総《ぼうそう》道中記、さるお得意さまがたの御このみにまかせ、当春《とうはる》十七編《へん》の新版さしいだし候」とあるので『房総道中記』としたと鶴岡氏。

（2）ここで言う行徳とは本《ほん》行徳村のことである。

（3）本所竪川通りの上に現在は首都高速7号線が走っている。中川の逆井の渡しからの道と、その上流の平井の渡しからの道の交差した場所は今は荒川（放水路）の川底になっている。逆井からの道をここで右折して今井の渡しに達する。右折せずに直進すると市川の渡しになる。

（4）行徳船の行路は三里八町（約一二・六キロ）である。

（5）八幡《やわた》へは稲荷木《とうかぎ》村と大和田《おおわだ》村の境の一本松から徳川家康が開いた新道《しんみち》を直進して佐

倉道（国道14号線、千葉街道）に達する。真間《まま》と国府台《こうのだい》へは、一本松を左折して国分寺道《こくぶんじみち》を北上する。木下《きおろし》へは八幡から佐倉道を南（右折）へ進み鬼越村《おにごえむら》で左折する。

（6）本行徳村の一丁目で右折、左右に常妙寺、妙頂寺、妙応寺、長松寺《ちょうしょうじ》、常運寺、徳願寺などの寺が林立する。寺町と言われる。この道は舟《ふな》はし街道と『江戸名所図会』にある。これが別称成田道《なりたみち》である。船橋海神村で市川から来た佐倉道と合流して船橋宿に入り、船橋大神宮前で二又に分かれ、左は佐倉・成田・東金方面へ、右は千葉・房総方面の街道となる。

（7）妹背　いもせ。愛し合う男と女。夫婦。妹と兄、姉と弟。

（8）のろい。女にあまい。色におぼれやすい。一般的には、おそい、はかどらない、にぶい。

（9）行徳船は長渡船《ちょうとせん》とか長渡し船とか言い、江戸日本橋小網町三丁目の行徳河岸から本行徳四丁目の新河岸までの渡し船であり、徳川幕府の許可を得た番船だった。だから途中での上下船は厳禁されていたのだが、この道中記では禁制がなし崩しにされていたことがよくわかる。

（10）おっかじめる。押し付ける。いためつける。

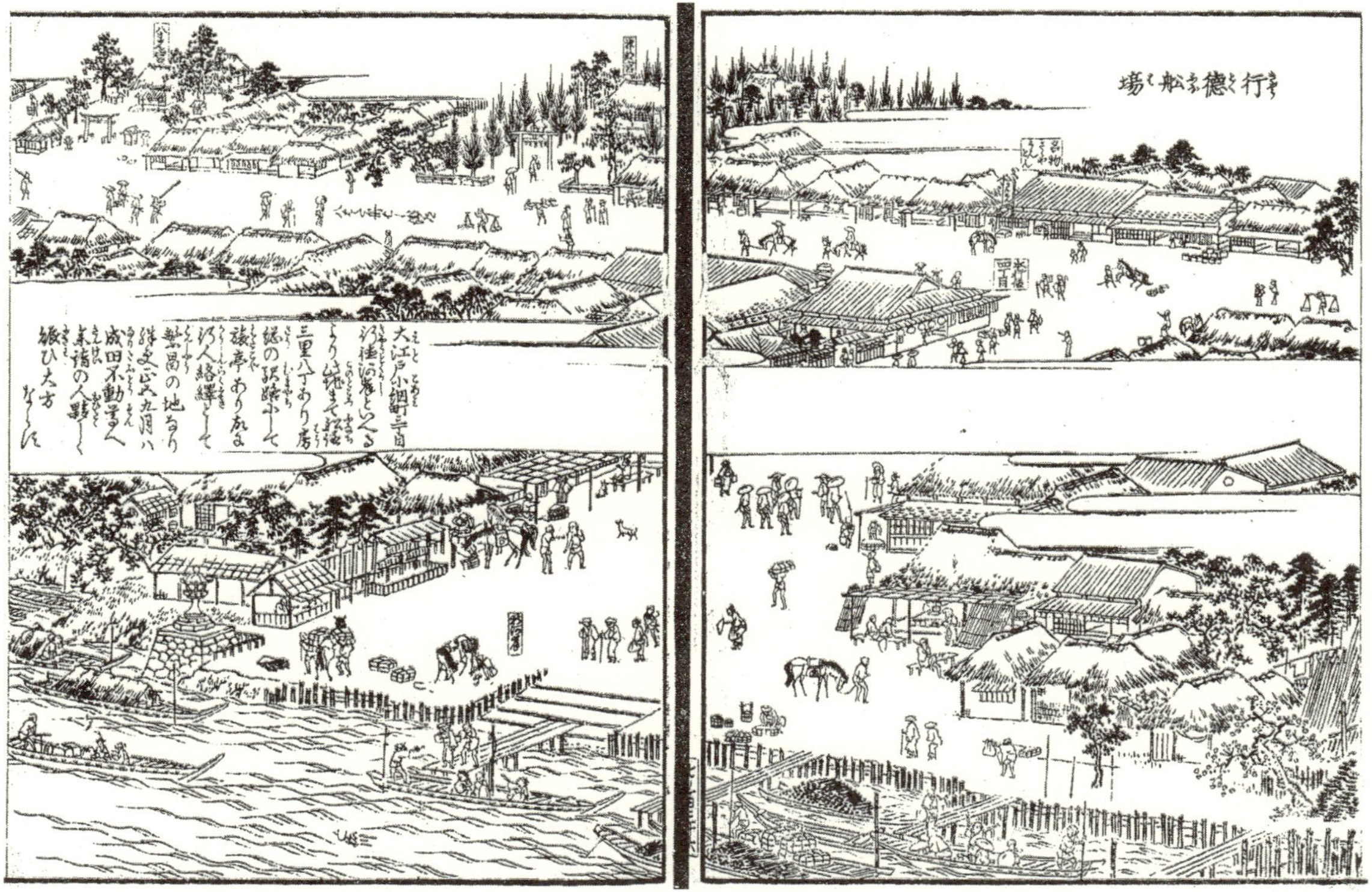

行徳船場（『江戸名所図会』国立国会図書館デジタルコレクション）

船橋《ふなばし》・馬加《まくはり》

船橋、太神宮道あり。宿《しゆく》はづれより左は大和田《わだ》へ三里半、成田道なり。右のかたは上総道なれば、この街道をゆく。幕張《まくわり》へ二里なり。この宿《しゆく》に飯盛《めしもり》(11)あり。八兵衛といふ異名《ゐめう》あれば、

狂 上総《かづさ》には七兵衛景清《かげきよ》あるやらん
　爰《こゝ》にしもふさ八兵衛めしもり

幕張より検見《けみ》川、登戸《のぶと》へん海辺をゆく。このへんは遠浅にて、めどり(12)とて、鞘巻《さやまき》の小海《ゑ》老《び》(13)をとるなり。

「馬子《まご》どの、晩にはよい宿《やど》にとまりたいが、どふぞ美しい後家《ごけ》のある宿屋で、すぐにわしを亭主にでもしてくれる宿があるならたのみます。わしがこうして旅をしてあるくも、そんなことでもあろうかとおもってあるくが、まだそんな口にあたらぬ

まご「わしが馬《むま》をひいてあるくもそのとをり、あの馬方《むまかた》どのを亭主にほしいといふ後家どのでもあろうかとおもって、気をつけてあるきますが、たづねるときは、ないものでござります

あんま「さてさてにたこともあるものだ。わしが按摩《あんま》をとってあるくも、その気であるくが、まだそんな口をみつけぬではない、まだかぎあてぬ

まご「旦那《だんな》、丁度《てうど》よい後家の宿がありますから、ご相談になるまいものでもないが、そのかはり、ちと世話がやける。気がふれてゐるからハ、、、

「これはこれは毎度おとまり下されまして、ありがたうございます。そのかはりなにもご馳走はいたしませぬが、今年は美しい女をおきましたから、それをお目にかけます

「イヤわしは、いろけよりくひけだから、女よりうまい魚でもくはしてください。そのかはり、旅籠《はたご》はいくらやすくてもそれにはかまいませぬ

「旦那《だんな》さまが美しい女をおいたといふは、わたしのことでございます。お気にいったらご相談いたしませう。わたしはどなたでもいやとは申ませぬ。そのかはり、ただではござりませぬ。なんぞ、かはりをたんと下さりませ

（11）飯盛　めしもり。江戸時代の宿駅の宿屋で旅人の給仕をし、売春を兼ねた女。おじゃれ。飯盛り女。

(12) めどり。めんどり。雌の鳥。
(13) 鞘巻《さやまき》とは武士が太刀に添えてさした鍔《つば》のない短刀の鞘に下緒《したお》をつけてそれを鞘に巻いたもの。この書には収録されていないが『房総三州漫録』の寒河の項に「○鞘巻《サヤマキ》。蝦《えび》の大なるを云ふ。味《あじ》美なり」とある。

十方庵遊歴雑記

十方庵大浄敬順(1)

『遊歴雑記初編1』朝倉治彦 校訂

行徳の川筋は釣りするによしとて、網・釣道具の類を旅宿に預ける

(遊歴雑記初編之中　第弐拾九　下総行徳《しもうさぎょうとく》の風土)

弐拾九

一　下総《しもふさ》国葛飾《かつしか》郡行徳《ぎやうとく》の駅（千葉県市川市行徳）は、東西の往還長流にそひて、直き事今井の渡しを越てより東の方凡《かたおよそ》壱里余あるべし、しかれども家居建《たて》つゞきて賑か成《なる》は、舟場《ふなば》(2)近辺三四町に過《すぐ》べからず、彼《かの》世上にもてはやす笹屋《ささや》(3)の干温飩《ほしうどん》は舟場《ふなば》の突《つき》あたり南側

にして、店尤《もっとも》広く、笹屋仁兵衛の名は高けれども、風味麁悪《そあく》にて、東武《とうぶ》(4)にていえる馬《ムマ》士《カタ》そばやに似たり、依《よっ》て食する人より、土産に干温飩を買族《かふやから》のみぞ多し、

此処《ここ》より東へ弐三町の間に、蒟蒻《コンニヤク》をひさぐ家儘《まま》多し、是《これ》を中山こんにやくと呼て、平き竹の目籠《めかご》に杉の青葉を貝敷《カイシキ》にして売れり、此《この》品法花経寺《ほけきょうじ》(5)の門前近処《きんじょ》にこそあるべきに、左《さ》はなくして壱里半もへだゝりし此行徳の市中にひさぐは、いかなる故にや、その形《かた》ち丸く色尤黒し、風味も名程《ほど》にあらず、凡《およそ》蒟蒻に於ては晒《サラシ》にして色白く、上品なるは佐倉《さくら》の産を第一とすべし、

一　此行徳の川すじは、釣《つり》するによしとて、網・釣道具の類を旅店に預け置て、東武より繁々《しげしげ》逍遥《しょうよう》(6)しなぐさむ人あり、爰《ここ》に大坂屋又八といえる旅籠《はたご》屋ありて、彼釣《かのつり》(7)に来る人の道具を若干預り置《おき》て、弁当など世話しけり、又二月の末より当処《とうしょ》の海浜に逍遊して、蜊《アサリ》・蛤《ハマグリ》を拾ひてなぐさむ人あり、余処《よそ》よりは格段大きければ也、

予《よ》、文化《ぶんか》十癸酉《みずのととり》年二月廿七日（一八一三）成田不動《なりたふどう》(8)へ独行《どっこう》し、一両日佐原に逍遊して、三月二日彼《かの》又八方《かた》へ旅泊しけるが、又八が案内によりて翌三日海上の干潟《ひがた》に遊び、大《おお》蛤《はまぐり》三十七八を拾ひ、重くして漸《やうやく》に又八方へ持参し、舛《ます》にて量《はか》り見れば、拾壱づゝにして山盛《やまもり》壱舛《しょう》ありけり、去る寛政《かんせい》九丁己《ひのとみの》（巳カ）年《とし》（一七九七）上京の序《ツイデ》、三河《みかわ》の国吉良《きら》庄吉田村に留錫《りうしやく》せし時、両三度浜見物に罷《まか》りて、海浜にあそびし儘なれば、最めづらしくぞ慰みぬ、

一　当宿は一町々々に銭湯《せんとう》あり、その家居多くは川端にして、逆《げき》（激）流を堰入《セキイレ》たれば、湯水甚《はなはだ》潤沢に尤《もっとも》清し、東武の銭湯より抜群増りて、五銭を以て浴す、但し男女打混《うちま》じて入湯せり、又、是より東北の街道壱里余にして、やはたの駅に至り(9)、又右へ曲り、波除《なみよけ》堤を東へさして舟橋（船橋）の駅にいたる、爰《ここ》より弐里といえり、

又、路傍の東側に徳願寺《とくがんじ》［浄土］といふあり、門外に過し文化初年八月十九日深川八幡《ふかがわはちまん》祭礼の節、永代橋崩れ落て、溺死せしもの、為に、見上るばかりの石碑を建たり(10)、此寺境内狭く、大地にはあらねど、楼門等ありて、見込際だちて見ゆ、十夜《じゅうや》(11)の砌《みぎり》は門前市《いち》をなし、東武よりも群参し、通夜等ありて、鎌倉光明寺に継《つぐ》繁昌となん、予、その時節に行合せざれば、しるさず、抑《そもそも》、此地都会の場処《ばしょ》ながら雅人《がじん》少なく、誹諧《はいかい》（俳諧）をたのしむもの八九人もあらん歟《か》、其余は活花《いけばな》・碁・将棊のみ、只上下《かみしも》ともに御法度《ごはっと》をしりつゝ、流行するは、博奕《ばくち》のみぞ多かりけり（ママ）、

一　是より先々街道筋馬のみ多くして、更に竹輿《かご》なし、適々《タマタマ》に才覚して駕籠《かご》に乗る事あれば、昇人《カキテ》(12)不功者なれば支躰《したい》を動かし、久しく乗れば頭痛を生じ、歩行には甚《はなはだ》劣れり、是より汐除《しおよけ》堤《つつみ》(13)壱里半の路《みち》すがら、左りは程よく平山・耕地・村邑《むらむら》・茂林等の天然なるをながめ、右は海浜の風色遥《ふうしきはるか》に房総《ぼうそう》の遠山《えんざん》を眺望《ちょうぼう》す、その景色いふべき様もあらず、又ところどころの路傍《ろぼう》には、塩竈《しほがま》(14)いくつとなく四阿屋《アヅマヤ》に作りて、男女の汐汲荷《しほくみにな》へる風情おもしろく、世上に行徳塩《ぎょうとくしお》といふ是也《これなり》、或は老し者、幼《イトケナキ》ものは、蜊《あさり》・蛤《はまぐり》の類《たぐい》を拾ひ、又

若き族は海草を苅《かり》、藻を荷《にな》ふ海浜のいとなみもめづらしく、総て遠近《おちこち》の風色一品と賞すべきおや、

（1）十方庵敬順。十方とはあらゆる方角、場所の意。十方庵の主。元お坊さん。文化八年（一八一一）隠居、名所旧跡めぐりをした紀行文を書く。文化一一年（一八一四）～文政一二年（一八二九）まで五編一五冊にまとめた。
（2）舟場　ふなば。行徳船場。新河岸《しんがし》。
（3）笹屋　ささや。千葉県市川市本行徳。元うどん店。笹屋の祖は寛永《かんえい》一三年（一六三六）没の飯塚三郎右衛門で、貞享《じょうきょう》二年（一六八五）没の笹屋仁兵衛《にへえ》が初めて仁兵衛を名乗り、のち代々襲名。新河岸からの路次を出た左向こう側にある。
（4）東武　とうぶ。江戸の別称。
（5）法花経寺　ほけきょうじ。中山法華経寺。千葉県市川市中山。
（6）逍遥　しょうよう。のんびり気ままに楽しむ。
（7）逍遊　しょうゆう。気ままにして物にこだわらず、ゆったりとして楽しみ自適する意味。
（8）成田不動。成田山新勝寺のこと。

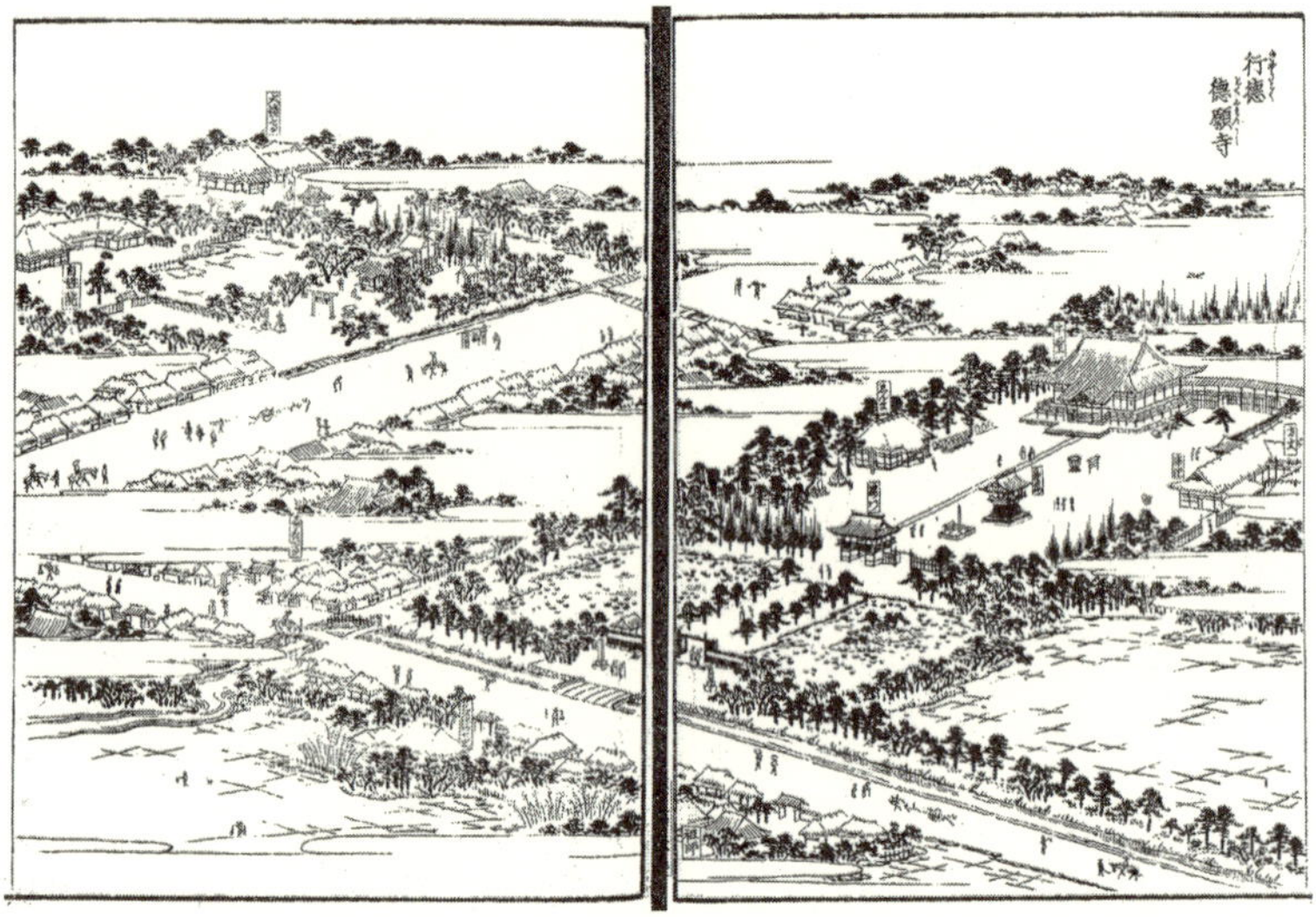

行徳　徳願寺（『江戸名所図会』国立国会図書館デジタルコレクション）

（9）やはた。八幡。現千葉県市川市八幡。

（10）石碑。永代橋水難横死者供養塔。千葉県市川市本行徳の浄土宗徳願寺門前にある。

（11）十夜。浄土宗の法要。陰暦一〇月六〜一五日の十昼夜の間修する念仏の法要。お十夜。十夜念仏。

（12）舁人　かきて。駕籠を担ぐ二人の人。

（13）汐除堤　しおよけつつみ。潮除堤。塩田を囲む防潮堤のこと。

（14）塩竃　しおがま。塩を焼く竃《かまど》。竃の上に釜があり、その中へ鹹水を入れて煮詰める。竃と釜は竃家の中にある。塩田一ヶ所につき一つの竃家が必ずあった。

房総三州漫録

『改訂房総叢書　第四輯』所収『房総三州漫録　一名房総雑記』(1)

深河元儁《ふかがわげんしゅん》

塩浜にて松葉で塩を焼き、オマツたきとて価よろし

江戸より姉崎《あねがさき》迄の行程

この道中、酒のよきは行徳《ぎょうとく》・船橋《ふなばし》・千葉《ちば》・八幡《やわた》。人のよく馬に乗るは検見川《けみがわ》・登戸《のぶと》の間。舟に乗るは浜野よし。登戸《のぶと》は慎しみて舟にのるべからず。船橋にて駕籠《かご》にのるべからず。(2)

（欄外注釈：立野良道曰く千葉は江戸より姉崎《あねがさき》迄の順路にあらず）

小網町《こあみちょう》より出船。舟借切りは定価なし。(3)（欄外注釈：良道曰く定価なしは間違へり御定め二百四十八文なり）大率《おおむね》六七百文位。乗合は一人六十四文位。さかて三十二文。(4)火縄《ひなわ》は中川御番所にて消える様にす。行徳より乗りたる時も同じ。（欄外注釈：良道曰く火縄中《なか》川御番所《がわごばんしょ》迄と限るは違《たが》へり）○万年橋下を過ぎて、小名木川《おなぎがわ》一里釜屋堀辺名松多し。総《すべ》て此

の辺《あたり》松佳《よ》し。塗泥故《ゆえ》と見ゆ。草木條暢《じょうちょう》(5)、榿《はんのき》等に見ゆ。風烈《はげ》しきゆゑ伏《ふ》し易《やす》し。○中川御番所(6)、トーリマンスといふ。惣髪《そうはつ》(7)は断りあり。○船堀川《ふなぼりがわ》(8)。此所《このところ》より綱曳《つなひ》き、新川の口まで百二十四文、行徳迄は二百五十文なり（欄外注釈：良曰《いわく》、新川口迄百廿四文は違《たが》へり古来百文なりしが近年少々増銭する事もあり行徳迄は行かず舞野〈前野《まえの》〉迄なり）。ジンザクと云《い》ふを胸に掛け、それにて曳く。○中川辺《あたり》の漁。秋土用《どよう》明きにメナダゴカイにて釣る。フツコ・セイゴ・スヾキ下りの時なり。海に下るなり。四季釣れるは鯉《こい》(9)水濁れば釣れる。鮒《ふな》(9)十月後宜《よろ》し。脂《あぶら》あり。冬は鰻鱺《うなぎ》をかく。鰻鱺土目《つちめ》悪しき所には居《い》ず。野新掘《しんぼり》に泥乗れば居る。土にも居る。地《ち》には居ず。沙《すな》ウグヒサイに似て鱗《うろこ》細く、長《ながさ》二尺四五寸迄に至る。大なるをマルタと云《い》ふ。タナゴ小鯽《こぞく》(10)程白光薄く腸苦《にが》く、寒中は苦からず。鰭紅《ひれべに》なるもあり。シロハゼ・クロハゼ秋子あり。チョボあり。チョボとは腹下の円鰭《まるひれ》なり。サイナマヅ・ギンギヨ。○新川《しんかわ》利根川東は猫実《ねこざね》迄行徳、西は葛西《かさい》。松佳《よ》し。葉尖《はさき》迄青し。然《しか》れども大木なし。風強きに依《よ》つて木皆《みな》西に靡《なび》く。エノキ。太幹《ふとみき》より細枝《ほそえだ》出る。稲掛干《いねかけぼし》なり。葛西領夕ぎりの間に家々富士山の如《ごと》くに並ぶ。梨《なし》を根《ねこ》抜ぎにして舟に積み出すを見たり。家は風を恐るゝ故に低くして屋根の勾配《こうばい》急なり。地面低き故に舟より見て家らしからず。

○行徳 四丁目上り場なり。富士山見ゆ。制札《せいさつ》あり。行徳船《ぎょうとくぶね》江戸に入る時、船頭むじんとて三十二文宛《あて》を乞《こ》ふ。○利根川の水、汲み置きて孑孑《げつげつ》(11)を生ぜず。○飯を炊くに饐《す》ゑる事半日遅し(12)。○此の辺成田参詣《なりたさんけい》か（欄外注釈：良曰、此の條書通り正月十日金毘羅《こんぴら》など第一に忙《いそが》し成田参詣はまづ正月の廿八日頃なり）。徳願寺十夜《とくがんじじゅうや》の時忙し。漁事は、春サヨリ夏ウナギ。三月頃より暑くなるに従ひ、夜游行《ゆうこう》(13)するを九六にてとる。之《これ》を江戸前鰻といふ。十一月カレイを網又ツキにてとる。子ありて宜《よろ》し。○ウナギかく事も一の産業なり。

川の日当りの方《ほう》に居《い》るをカマにてとる。(14) 泥を少し吹きてあり。出《い》でんとする前には泥を多く吹く。○四丁目笹屋《ささや》。頼朝卿《よりともきょう》の溫飩《うんどん》を食し給《たま》ふ故迹《こせき》とぞ。箱入百文より○塩浜にて塩を焼く。近辺の山より松葉を売る。オマツたき(15)でありとて価宜《あたいよろ》し。此の辺の塩釜《しおがま》のかけを上総五井《かずさごい》にて買ひ、砕きて塩母とす。塩浜に彈塗多し。色黒く目飛び出せり。蘆《あし》に登りて居《い》る。蘆に四五(16)寸登りたるをハゼといふ。人食はず。○中山蒟蒻《こんにゃく》。実は中山(17)にあらず。行徳にて製す。笹村屋宜《よろ》し。其《そ》の好《こう》悪《あく》は主人に依《よ》る事なり。種を多く使へば必ず宜し。水多ければ悪し。蒟蒻は其の近地の産をヂタマと云《い》ふ。是《これ》は少《すくな》き故に水戸より買ふ。ヂタマは坪井クワカタ宜し。赤野土《のつち》なり。夏は腐る故に水戸より粉を買ふ。価《あたい》一升にて三匁《もんめ》なり。是にて籠詰《かごづめ》の蒟蒻九百を造る。一文五分《ぶ》に売る。近所の人は一文なり。先づタマをハンギリに摺《す》り入れ、石灰《いしばい》(18)一升に水二升五合入れたるを小柄杓《ひしゃく》にて掛ければ、粘り生ず。多ければ固まりて悪《わる》し。それを手にて平《たいら》にならし、型にて丸く取りて水に入れ、扨《さて》、釜にて煮るなり。石灰を入れてよりは至りて忙《いそが》し。粉にて造りたるは味劣る。水は川水・井水共に用《もちい》ゆ。○イナバタ(19)をヤライと云ふ。○八幡《やわた》梨を持ち出して多く売る。是は市川の通りの八幡村の名産なり。○二俣《ふたまた》。此の辺真土《まつち》にて堅《かた》し。晴天には足痛き程なり。○虎屋と云《い》ふ餅屋《もちや》の暖簾《のれん》、虎の畫猫《え》に似たり。地名に折合ひたり。○田を掘りて田染《たぞめ》をせしが、色頓《とん》て褪《さ》める故に止めたりと云ふ。落首《らくしゅ》に、「南無大師遍照《なむだいしへんじょう》紺を田で染めて紺屋《こんや》さん方何《かたなん》で空海《くうかい》」是は武州《ぶしゅう》・総州《そうしゅう》一同に田染流行《はや》りし時の落首なり。

○海神　カツシカとて道を挟み向ひ合ひたる茶屋あり。河原《かわら》の渡《わたし》への別れ途《みち》あり（欄外注釈：良曰、海神の岐路《きろ》は市川通《いちかわどおり》と行徳の岐路なり向原の順の別れは田尻《たじり》とて利根川へ近き所なり）。○此の辺用水堀にカニアラミ・田字草《でんじそう》[20]・水龍《ヌマノグリ》・チャンチャンモあり。○ガウナイをとる。価キシヤゴに半す。山谷の深田の肥料に用《もち》ゆ。とりて積み置けば死せず。○キシヤゴかきは春三月のみなり。○船橋　日本武尊《やまとたける》着岸の地と云《い》ふ。○大神宮《だいじんぐう》[21]あり。八兵衛《はちべえ》名高し。当時は無し（欄外注釈：良曰、当時無しは違へり今もあり人数を減ぜしのみなり）。此の所漁猟主なり。貝多し。バカ名物と云ふ。○轎夫《きょうふ》[22]は馬方《うまかた》よりも人気悪《あ》しく甚《はなは》だ酒手《さかて》を貪《むさぼ》る。乗るべからず。○此の海辺《うみべ》突洲《とっす》多し。○蘿蔔《らふく》・元寶草・連銭草・益母草、花の紫色美し。苦菜《にがな》短し。菘葉《とうな》地に榻《とう》す。○豆蟹。叩き潰し、田の肥料とす。船橋ゲンハウ多し。泥鰌《どじょう》に似て扁平《へんぺい》なり。四五寸より一尺に至る。髭《ひげ》あり。色黄にして黒斑あり。○クロッコといふ網にて鰻ゲンハウをとる。此の辺夏見《なつみ》の臺《だい》、眺望《ちょうぼう》佳き所なり。

（中略）

（1）『改訂房総叢書　第四輯』所収『房総三州漫録　一名房総雑記』より［解説］を引用。

本書は、深河元儁《ふかがわげんしゅん》が天保末年《てんぽうまつねん》（一八四三）江戸より下総《しもうさ》の海岸に沿ひ上総《かずさ》に抵《いた》りし途中の見聞雑録《けんぶんざつろく》にして、知友《ちゆう》立野《たての》良道《りょうどう》が「上総志総論」に於て「深河氏博識且《か》つ俊才《しゅんさい》絶倫《ぜつりん》なりし事は世の知る所。この書は安房上総下総《あわかずさしもうさ》三国の事実を雑集したるものなるが、その才学の筆記なれば、佗の類書と同日の談にあらず。地志《ちし》の資料と為すべき事多し。されど、藁本《こうぼん》（下書き）にて書名もなし。おのれ写蔵し、私に、房総雑記と名づけたり」と、記せしが如《ごと》し。今、世間流布《せけんるふ》のままに「房総三州漫録」とせり。その風土、就中《なかんづく》動植物の記事は著者の独擅場《どくだんじょう》にして、先人の未《いま》だ試みざる所、これ即《すなわ》ち本書の特長と謂《い》ふべく、今日《こんにち》なほ斯道《このみち》に資益するもの少からざるべし。著者は小林氏とも称し、上総飯富神社神主深河氏の分家なる医師深河祐玄の男《なん》にして、国学漢学を修め、蘭学《らんがく》に通ぜり。書中の記事専《もっぱ》ら本草学に力を用ひたるも其の結果に因《よ》るか。安政《あんせい》三年（一八五六）五月江戸に没す。年四十七。（小原）

（２）『十方庵遊歴雑記《じっぽうあんゆうれきざっき》』に「舁人《かきて》不功者なれば支躰を動かし、久しく乗れば頭痛を生じ、歩行には甚劣れり」とある。これは本行徳新河岸からの駕篭についての記述。行徳と船橋の駕篭は評判がとても悪かったようだ。

（３）行徳船の運賃について。小網町《こあみちょう》船路《ふなじ》三里《り》。船借切二百五十文。同表給《おもてきゅう》百七十二文。乗合《のりあい》一人に付二十五文、同艫借《ともがり》百二十四文。以上は『葛飾誌略《かつしかしりゃく》』の記述。

（４）さかて。酒手。人夫《にんぷ》・車夫《しゃふ》などに与える心付《こころづ》けの金銭。さかしろ。さかだい。

（５）條暢　じょうちょう。のびやか。のびのびとする。

（６）中川御番所跡《なかがわごばんしょあと》は東京都江東区大島九丁目一番二一号。今は会社の倉庫になっている。

（7）惣髪　そうはつ。全髪《かみ》を後ろへなでつけて垂下《たれさ》げた、男の髪型。儒者・医師・山伏・浪人・神官などの髪型。

（8）船堀川。東京都江戸川区船堀。江東区の中川からの通船が入った川。出口は江戸川。新川と古川をいう。船堀川周辺の松は大木はなく西へなびき傾くものも多い。家は急勾配で低く作ってあり舟からは堤に隠れて見えないとしている。

（9）鯉、鮒について。『葛飾誌略』より引用。

一、鯉。これ此川の名産也《なり》。山城国淀川《やましろのくによどがわ》の鯉にも勝りて風味格別也。此故《このゆえ》に、江戸にても利根川鯉とて賞味する也。此近辺の沼湖《しょうこ》よりも多く出《い》づと雖《いえど》も、肉強く味宜《よろ》しからず。

一、鮒。是も此川の名物也。江州《ごうしゅう》の源五郎鮒《げんごろうぶな》（ヘラブナという）に劣らず風味よし。

こぶ巻のにえも匂ひも焼太刀の刀禰川《とねがわ》鮒ぞ火かげんの程　俊満

（10）小鯽　こそく。小さい鮒。

（11）孑孑　げつげつ。小さいさまをいう。ここでは汲み置きの水の入った桶や瓶のなかに小さな沈殿物を生じないさまを言う。沈殿物をオリという。カスともいう。水アカともいう。

（12）市川の伝承民話にもこのことは語られている。

（13）游行　ゆうこう。歩きまわる。[仏]ゆぎょう。僧が諸国をめぐり歩く。行脚《あんぎゃ》。

(14)ウナギをとるには専用の道具を使う。ウナギをかく、という。川底をひっかいて泥の中にいるウナギを金具の先に挟み込んで獲る。ウナギを獲ることは行徳の一つの産業としている。であれば、江戸でのかば焼きは行徳のウナギか。

(15)「オマツ焚き」の出典は本書にある。他の文書には見られない。当時は当たり前のことなので喧伝《けんでん》されなかったのだろう。

(16)これをトビハゼという。江戸川はトビハゼの生息地の北限とされる。

(17)中山は千葉県市川市中山。水戸は茨城県水戸市。二俣《ふたまた》は千葉県市川市二俣。海神《かいじん》は千葉県船橋市海神。河原《かわら》は千葉県市川市河原。田尻《たじり》は千葉県市川市田尻。夏見《なつみ》の臺《だい》は千葉県船橋市夏見。松戸は千葉県松戸市。小松川は東京都江戸川区小松川。桑川《くわがわ》は東京都江戸川区東葛西。

(18)石灰　いしばい。生石灰《せいせっかい》または消石灰《しょうせっかい》の総称。せっかい。

(19)イナバタ。稲機。稲掛けのこと。ヤライ。矢来。竹や丸太を縦横に粗《あら》く組んで作った仮の囲い。行徳の稲干《いねほ》しは丸太と竹で柵を作り、刈り取った稲をふたまたに分けてかけるか、二つに折ってかける方法でしていた。

(20)田字草《でんじそう》はデンジソウ科の水生シダ。池沼《ちしょう》に生ずる多年草《たねんそう》。キシヤゴはキサゴの異称。ニシキウズガイ科の巻き貝。船橋では肥料に使用。殻をおはじきなどの遊戯《ゆうぎ》に使う。バカはバカ貝科の二枚貝。食用。殻を除いたものを「あおやぎ」、貝柱《かいばしら》を「あられ」と言い、共に鮨《すし》だねにする。

(21) 大神宮《だいじんぐう》。船橋大神宮のこと。八兵衛《はちべえ》は船橋の宿の飯盛《めしも》り女の総名《そうみょう》という（『葛飾誌略』）。

①一夜の内にべいべい言葉を八百も言うので八百べいを略して八兵衛

②旅人が宿で遊ぶのを行きにしべえか帰りにしべえかと迷うので八兵衛と呼んだ

との説がある。

(22) 轎夫《きょうふ》はかごかき。こし（輿）かき。蘿蔔《らふく》は大根のこと。苦菜。にがな。キク科の多年草。菘。とうな。葉を食用にし、主としてつけ物にする。また、白菜・すずな。

江戸より房総《ぼうそう》に至るの陸路

發軔《じんをはっす》(23)、一は小網町《こあみちょう》河岸《がし》より行徳に至り、二は下平井《しもひらい》の聖天渡《しょうてんわたし》より今井《いまい》ノ渡を渡りて行徳に至り此《こ》の道は行徳の方にて禁ずる故江戸より来る道なり。三は下平井ノ渡より市川を渡り八幡に至り雨日は道宜《よろ》しき故此の方便利なり。四は下平井ノ渡より河原《かわら》ノ渡を渡りて行徳の下《しも》（欄外注釈：良曰、河原の渡の道は行徳にかゝらず田《た》尻《じり》に出るなり行徳より下《しも》にあらず上《かみ》なり）に至り此の道江戸へ帰るに宜し。五は逆井《さかさい》ノ渡を渡りて市川を渡る等なり。松戸《まつど》の事は言はず。上《かみ》平井ノ渡といふものあり。中川ノ渡は奥戸《おくど》・上平井・下平井〇市川ノ渡は松戸・矢切《やぎり》・市川・河原・今井〇女は今井を通さず。河原の傍《そば》の前野ノ渡へ廻る。三園坂より渡賃一舟三十六文。或は一人前十六文。秋葉表門前を過ぎ、下平井聖天ノ渡二文又四文。に至り、それより四軒茶屋に出づ。此所《このところ》小《こ》松川《まつがわ》。〇葛西《かさい》は松宜《まつよろ》し。葉先迄青し。此の辺草花を栽《う》ゑて江戸に出す。又、人家の間に奇松怪石《きしょうかいせき》を置き、凡《すべ》て侯家《こうけ》の園中を逍遥《しょうよう》するに似たり。奉皮を多く田畔《たのくろ》に植《うえ》う。トネリギと云ふ。康頼本草にタモキの名あるも、田面木の義ならんと思はる。婆々枕頂と楡《にれ》の一種小なるものあり。ハリニレの如《ごと》くにてはなし。○葛西海苔《かさいのり》江戸名所図会十九此の口より今井舟渡《ふなわたし》・桑川《くわがわ》の辺に産する海苔を世に葛西海苔と称す。本草に所謂《いわゆる》紫菜《むらさきな》の類《たぐい》にして浅草海苔と異る。○太井《フトヰ》。仙覚ノ万葉注釈十四、「葛飾は下総国葛餝《しもうさのくにかつしか》の郡《こおり》なり。彼《か》のかつしかの郡の中に大河あり。ふと井といふ。川の東をば葛東《かつとう》の郡といひ、川の西をば葛西《かさい》の郡といふなり」清輔奥義抄にもあり。○市川以往《いおう》は大方沙地《おおかたすなち》にて梨園多し。結実《ミノル》頃は渋紙《しぶがみ》の袋を一々掛けたり。それより地の悪くなるに従ひ、蕃薯《ばんしょ》(24)是も本郷《ほんごう》辺りは価善《あたいよ》し。茹《ユ》で置きて萎《シナ》びれざる故なり。馬加《まくわり》辺のものは萎びれるとぞ。○船橋。佐渡屋早し。海《え》老屋《びや》宜《よろ》し。八兵衛は江戸や、佐倉や。○人ごころうきやうとくもあらなくに塩屋のけぶり沖にたつらん。○遠方は海原遠《うなばらとお》くほの見えて霞《かす》み渡れる船橋の浦。○風ふけど思はぬ方に靡《なび》かじと稲毛《いなげ》の浦の松やこたへん。○黒砂に生ふるふで草文字ならばよめどもつきぬ数ぞ見えける。○これも亦《また》まじなはれたる石芋《いしいも》か夜たゞ靡《なび》かぬ船橋の君。○ゆきて見よいづちを風の吹くとても片葉《かたは》の葦《あし》の片なびきにて。○見よ人や片葉の葦の片なびき思はぬ方の風は吹けども。○姉ヶ崎より江戸の順風は東南なり。艮《うしとら》(25)下総コチを宜しとす。浜登戸《のぶと》は行徳よりは北宜《ナラヒ》し。

(23) 發軔。じんをはっす。出発する。車を出発させる。
(24) 蕃薯　ばんしょ。さつまいも。
(25) 艮。丑寅。うしとら。東北の方角。コチ。東風。

神野山日記(1)

間宮永好
『改訂房総叢書』第四輯

舟人「通り候ふ」と、高やかにいえば、「を」と足軽が答える

(前略)
小網町《こあみちょう》の筥崎《はこざき》(2)といふ處より、笹の一葉を浮べて、墨田川の河尻に出づ。
(中略)
萬年橋・高橋・扇橋・小名木澤など過ぐれば、中川なり。

（中略）

中川の御番所は、左の方の此方の角にあり。此は御旗本三千石以上の御方守護し給ふ。舟人「通り候《さぶら》ふ(3)」と、高やかに申せば、汀《みぎは》近き小屋に足軽めきたる者二人ばかりゐて、「を」と答ふ。此の川は北より南に流るゝを、西より東に横ぎりて小川に入る。こゝを舟堀といひ、新《しん》川ともいふめり。此所より、舟に長き綱をつけて引き行く。おのれ、こゝを通る事あまた度に及べど、綱手引くさまなどのをかしさ、なほ飽かず打見まほし。(4)

綱手引く小舟の棹《さお》の見馴れても飽かず心の行く川瀬かな

一里ばかり行きて太井川《ふといがわ》(5)に出でむとする所の村を今井川といへり。

（中略）

十九日。検見川を立ちて、ありし道を行く。舟橋にて人々別《あか》れぬ。行徳より例の舟路を帰る。(6)家に着きたるは夕日山の端に舂《うす》づく頃なり。

嘉永《かえい》七年三月初稿

安政《あんせい》三年十二月端午《たんご》再書　畢《おわんぬ》

（1）神野山《かのうさん》は房州の鹿野山《かのうさん》のこと。国学者間宮永好《まみやながよし》が、嘉永《かえい》七年（一八五四）三月九日

から一九日まで妻などを伴って上総国《かずさのくに》市原郡引田の村長《むらおさ》立野良道を訪れ、鹿野山に遊んだ時の紀行。行徳に関する部分だけ抜粋した。

（２）笘崎とは現在の首都高速箱崎ジャンクションのある場所である。

（３）「通り候ふ」「を」だけで通過できている。

（４）新川を江戸川方向へ乗合の船を進めるには陸からロープを繋ぎ、人力で引く。なぜ引くかと言うと、江戸川の方が中川よりも地形が高くて常に江戸川から中川に向かっての水の流れがあったため。いつ通っても綱手を引くさまがおかしいと飽きずに眺めていると言っている。手間賃は当初は一〇〇文、のちに一二四文になった。行徳までは引かない。

（５）太井川は江戸川。

（６）帰路の最後は本行徳新河岸から行徳船で戻っている。

成田道中記（成田道中膝栗毛）　仮名垣魯文(1)

新版絵草紙シリーズⅢ『仮名垣魯文の成田道中記』鶴岡節雄　校注

しんじんもとくのあまりのとくぐわん寺とちでしほやくからきうき世に

今は昔、皆さまごぞんじの鎌倉時代、神田の八丁堀に名のたかい能楽者《のうらくもの》(2)、かの弥二郎喜多八なる者、あまねく諸国をぶらつきまはり、旅の恥はかきずてと、さまざまの恥をつくし、故郷へかへりて弥二郎は、一ッ長家の佐次兵衛が仲立《なかだち》にて、妻をむかへ、くはず貧《ひん》楽《らく》(3)にくらしける。

喜多八は例のとふり食客《ゐそうろう》にて、またあらたまの春をむかへ、空も長閑《のどか》に、すこしく心(4)もうきたちぬれば、今は遠方の旅は女房もちの弥二郎にはゞかりあれば、近在の成田参詣せんと、そろそろ相談をはじめける。

◇

かくて弥二喜多八の両人は、そのあけの朝、ゆっくりとおきいで、朝飼《げ》の仕度《したく》しまひ、そろそろと旅装《よそほひ》をなし、わが家をたちいづるやいなや、生得《せうとく》旅のすきのことなれば、おもしろ狸《だぬき》の腹鼓《つゝみ》をうって、ぶらぶらと道をあゆみ、まづ両国より本所なる竪《たて》川どふりをまっすぐに、逆井《さかさい》(5)のわたしをうちすぎて、四軒茶屋のところよりわかれて、ぶらぶら行徳へさしかゝる。二兵衛で昼飯をくらひ、徳願寺へ参詣して、また例のむだごとをこじつける。

◇

○しんじんもとくのあまりのとくぐわん寺とちでしほやくからきうき世に(6)

弥二郎喜多八は、いまだ日のたかきに、さしていそがぬちかき旅なれば、こゝらではやくとまらんと、船橋の江戸屋(7)といへる旅籠《はたご》屋へずっといれば、かねての馴染《なじみ》なれば、女房がたちいで、ヲヤヲヤ弥二さんも喜多八さんもおそろひでおめづらしい。成田へご参詣でござりますか、ほんに膝栗毛《ひざくりげ》を見ると、あなたがたをおもひだしてお噂《うはさ》申して、毎度大笑《わらひ》をいたしますと、如才《ぢょさい》なく綾《あや》なしかける。

◇

弥二郎、江戸屋にとまり、それぞれに仕度もしまひ、宿《やど》よりふるまはれし酒のきげんにて、よい心持になり、さらばまくらにつかんとて、喜多八とともにねむりたるが、手水《てうず》にゆきたくなりたるゆへ、廊下をそろそろとくらまぎれにさぐりながら、手水場《ちょうずば》(8)へゆきたる。

かたへの障子のうちに男女のしそしそ話、ぼちぼちときこゆるにぞ、こいつあやしと、ぬき足して、たちぎゝをするに、最前、酌にでたる女、相宿《あいやど》の客とはなすをきけば、のちに勝手へしのんでこいとの約束をきくより、こいつたゞはおかれぬやつ、われぬけがけの功名をして、きやつらにはなをあかせんと、例のわるい了見をだしける。

◇

それより弥二郎、わが寝間へかへり、時刻をはかって勝手へはひださんと、妄《もう》想してゐるうち、いつしかねむけざし、われともなくねいり、ふと目をさまし、これはしたり、おもはずすこしねいりたり。もはやときじぶんと、まっ裸にて勝手へはひだし、間《あい》の襖《ふすま》をぐわらっとあけて、うちへいって見るに、こはいかに、もはや夜はあけて、勝手には大勢の男女うちよりて、朝飯の仕度、膳《ぜん》をふくやら、飯をうつすやら、ごたごたとするところへ弥二郎まっ裸にてはひこんだるゆへ、女中みなみな大きに肝をつぶし、弥二郎が越中褌《ふんどし》一つにてはひこんだ態《なり》は、ひきがへるのあまだれにうたれたやうな面にて、おかしさこらへられず、一度にどっとふきいだしければ、弥二郎面目をうしなひ、ほうほうわが寝屋へにげかへる。

（後略）[9]

（1）仮名垣魯文　かながきろぶん。幕末・明治初期の戯作者・新聞記者。本名、野崎文

蔵。江戸京橋生まれ。作『西洋道中膝栗毛』など。一八二九～一八九四。安政三年（一八五六）、『成田道中記』刊行。

（2）能楽者　のらくら者。能楽とは、のらりくらりと遊んで暮らすこと。また、そういう人。のらくら。

（3）貧楽　ひんらく。貧乏なために、心労が少なく気楽であること。

（4）成田詣では江戸からは三泊四日の旅であり、その日程は近在の旅ということらしい。

（5）行徳船を利用したのではないことがよくわかる。今井の渡しを渡ったと言える。笹屋で昼飯とあるからうどんであろう。

（6）狂歌で塩焼くを詠み込み、塩の辛さを浮世にかけている。

（7）初日は船橋宿の江戸屋で泊り、八兵衛との逢瀬の抜け駆けのドタバタを画いている。

（8）手水場　ちょうずば。便所。便所の側の手洗い所。

（9）以後は、成田で一泊、帰路、船橋で一泊、四日目に江戸へ戻るが、弥二郎は女房に一泊の予定などと嘘をついて三泊をして夫婦喧嘩となり、女房が弥二郎の脛にかじりつき、茶碗を叩き散しての乱痴気騒ぎだった。

関八州古戦録抄

駒谷散人槇都輯

『改訂房総叢書』第一輯所収『関八州古戦録抄』(1)

国府台合戦の軍勢が行徳筋を進軍した

総州国府臺初度合戦。付、正木大膳亮時綱勇力の事

房源岩築《ぼうげんいわつき》の両勢国府臺《こうのだい》(2)に出張《でばり》の由《よし》、南方《みなみのかた》へ相聞《あいきこ》えければ、氏康宣《うじやすのたま》ひけるは、「彼《か》の軍《ぐん》は、関東の強敵、卒爾《そつじ》に靡《なび》かせ難《がた》し。いでいで吾儕《わがともがら》馳《は》せ向《むか》ひ一戦すべし」とて、俄《にわか》に伊《い》豆相模北武蔵《ずさがみきたむさし》の人数を馳せ集め、速《すみやか》に打出《うちい》でらる。（中略）爰《ここ》に江戸の遠山丹波守直景《とおやまたんばのかみなおかげ》(3)、葛西《かさい》の富永四郎左衛門政宗は、氏康被官《ひかん》の中にも硬骨の剛強なれば、大敵眼前に打出でたるに、「人に先を掛けられては、屍《かばね》の上の恥辱なり」とて、取る物も取り敢《あ》へず、在り合ふ人数打振つて、遠山は行徳筋(4)、富永は小松川辺へ馳せ出でけるが、流石《さすが》に氏康の下知《げち》をも受けず、私の先登《せんとう》後日の批判如何《いかん》なれば、「一応先隊に相通じて可なるべし」と相談し、福島松田が陣に使者を飛ばせ、爾々の存意を述べて、「先登を申し受く」と言ひ送りければ、（中略）斯《か》くて市川を前に当て、両人（遠山・富永）備《そなえ》を立て敷きけるに、敵方これ

を見て、「いざ、欺《あざむ》いて寄手を呼び引き、節所《せっしょ》へ引き懸け討ち取るべし」とて、頃は永禄《えいろく》六年(5)癸亥《みずのとい》正月七日の夕つ方、真間《まま》国府臺の麓に出張し居たりし人数を山上へ引き揚げたり。(中略)其の時、遠山丹波守直景、徐々《しづしづ》と馬を乗り寄せ、弓長《ゆんだけ》五杖ばかりにして、「何ぞや新六郎、今日の振舞見事なり。しかしながら、人を撃たんは仔細なし。馬には咎《とが》も有るべからず。由なき罪造り何事ぞや。弓矢執る身の習《ならい》なれば、親子兄弟聟舅《むこしゅうと》敵となり味方となるも尋常の例にして、今更左右の儀に及ばず。なまじひの軍《いくさ》して雑兵《ぞうひょう》の手に懸らんより、甲《かぶと》を脱いで来るべし。直景が功に替へて旧領安堵なさしむべし。疾《はや》く疾く」と申しければ、(太田新六郎)康資聞いて、「あな、事も愚かや。かゝる大事を思ひ立つ身として、何の面目有つてか再び南方へ降るべき。命を塵芥に比するなれば、此の地に屍《かばね》を晒《さら》さんこと素《もと》より望む処なり。但、今に初めざる御芳志は辱《はずか》し。今生《こんじょう》の暇乞《いとまごい》に御太刀影《おんたちかげ》を蒙《こうむ》りなん。参らさう」と云ふまゝに鉄撮棒《てつさいぼう》執り直し、法華《ほっけ》の首題《しゅだい》を唱へながら、「微塵《みじん》になれ」と打付けたれば、さしも大剛の遠山、深田の中へ薙《な》ぎ据《す》ゑられ、起き上らず息絶えたり。

(後略)

---

(1) 原本は二〇巻片仮名交じり文で、享保《きょうほう》一一年頃になったらしく、天文《てんぶん》年間から天《てん》

正《しょう》年間に至る関東の諸戦闘を録し、併せて武田・北条・上杉・里見諸家の栄枯治乱を書いている。

（2）房州の里見と岩槻の太田の軍勢。岩槻の太田は太田道灌の子孫だが、江戸城にいたにもかかわらず北条を裏切り里見方に味方する。そのこともあり、遠山は北条の信を得るために先頭切って先駆けたのである。

（3）遠山丹波守直景は代々の江戸城代である。後年、豊臣秀吉の小田原攻めの時、徳川氏が江戸城を攻めたが、その時の城代も遠山氏であり、戦わずに開城し、遠山氏は徳川氏の旗本になった。遠山氏は江戸時代、代々左衛門尉《さえもんのじょう》を名乗る。

（4）遠山が馳せ出たのは「行徳筋」である。この時代の行徳とは現在の東京都江戸川区が「本地」であるから、当然、遠山は篠崎・小岩辺りに布陣したであろう。

（5）永禄六年は一五六三年。第二次国府台合戦の初戦。翌七年一月七日、決戦。

南総里見八犬伝（1）

滝沢（曲亭）馬琴（2）

新潮日本古典集成 別巻『南総里見八犬伝』濱田啓介 校訂

下総葛飾なる行徳の入江の旅店文五兵衛の蘆原に船が流れ着く

（南総里見八犬伝第四輯巻之一）

第三十一回　水閣《すいかく》の扁舟《こふね》両雄《りやうゆう》を資《たす》く
江村《かうそん》の釣翁《つりひと》双狗《さうく》を認《みし》る

いにしへの人いはずや、禍福《くわふく》は糾纏《あざなふなは》の如し、人間万事往《にんげんばんじゆく》として、塞翁《さいをう》（3）が馬ならぬはなし。

（中略）

されば又、犬飼見八信道《いぬかひけんはちのぶみち》は、犯せる罪のあらずして、月来獄舎《つきごろひとや》に繋《つなが》れし、禍《わざはひ》は今恩赦《おんしや》の福《さいはひ》、我《わ》が縛《いましめ》の索解《なはとけ》て、人にぞかゝる捕手《とりて》の役義《やくぎ》、「犬塚信乃《いぬづかしなの》を搦《から》めよ」とて、慭《なまじい》に択出《えらみいだ》されつ、「他《よそ》の憂《うれひ》を自《み》の面目《めんもく》に、今更用ひられん事、願《ねがは》しからず」、と思へども、推《い》

辞《なみ》て許さるべくもあらぬ、君命《くんめい》重く、弥高《いやたか》き、彼楼閣《かのろうかく》は三層《さんぢゆう》也、

（中略）

さて成氏《なりうじ》にまうすやう、「信乃見八が陥《おちい》りし、舩《ふね》を追留得《おひとめえ》ざれども、彼等は数刻《すこく》の苦戦《くせん》に疲労《つかれ》て、臏《あまさへ》高閣《たかきや》の棟《むね》より、組《くみ》たる儘《まゝ》に落《おち》たれば肉《しゝむら》傷《やぶ》れ骨摧《ほねくだ》けて、死《しな》ざることは候はじ。さばれそのなれる果《はて》を、見究《みきは》めざらんは、遺恨《いこん》の事也。彼河下《かのかはしも》は葛飾《かつしか》なる、行徳《ぎやうとこ》の浦に出《い》つ。（後略）」

（中略）

不題《こゝにまた》、下総国葛飾郡《しもふさのくにかつしかのこふり》、行徳《ぎやうとこ》なる入江橋《いりえはし》の梁麓《はしつめ》に、古那屋文五兵衛《こなやぶんごひやうゑ》(4)といふものありけり。渠《かれ》はこの土地《ところ》にふりたる、居停主人《はたごやのあるじ》なり。妻《つま》は一昨歳《おとゝし》身まかりつ、子ども只二人《たゞふたり》あり。冢子《うひこ》の名を小文吾《こぶんご》といふ。今茲《ことし》は既に廿歳《はたち》なり。そが身長《みのたけ》は五尺九寸、宍《しゝむらかた》堅く、骨逞《たくま》しく、膂力《ちから》は百人《もゝたり》にも敵すべく、器量《きりやう》は絶《たえ》て市人《いちひと》に似ず、性《さが》として武藝《ぶげい》を好み、総《あげ》角《まき》の比《ころ》よりして、親に隠し、友に離れ、師に就《つき》て技《わざ》を磨《みが》く程に、剣術拳法相撲《けんじゆつやはらすまひ》の手まで、習得《ならひえ》ずといふことなし。その次は女子《をうなご》にて、十九歳になりぬ。その名を沼藺《ぬい》と呼《よば》れたり。

（中略）

「是《これ》なん予《かね》て認《みしり》たる、その人にはあらずや」、と思へばうちも措《おき》かたくて、怪しき綷《こと》の為体《ていたらく》に、うち騒《さは》ぐ胸を鎮《しづ》めつゝ、江水《えのみづ》に引くその纜《ともつな》に、釣鉤《つりはり》をうち掛《かけ》て、やをら手下《たなもと》に引《ひき》よせて、汀渚《みきは》の石に繋留《つなぎと》め、軈《やが》てその舩《ふね》に乗移りて、又これ彼《かれ》をつらつらと、見つゝ

倩《つらつら》想像《おもひや》るに、「気息《きそく》（イキ）は絶《たえ》たる如くなれども、正《まさ》しく死すべき深痍《ふかで》にあらず。舩《ふね》にて人と戦ふて、両人共《りやうにんとも》に砍倒《きりたふ》されし欤《か》。さらずは此彼《これかれ》戦ふて、斉一《ひとしく》倒れしものなる欤《か》。呼活《よびいけ》ずはいかにして、縁故《ことのもと》を知るよしあらん。さは」とて頬《ほゝ》に痣《あざ》ある人を、抱《いだ》き起《おこ》して、声高やかに、呼《よび》つかへしつ勦《いたは》れども、とばかりにして呼吸《いきかへ》復らず。困《こう》じ果《はて》て又臥《ふ》さしめ、軈《やが》て宿所に走《はしり》かへりて、薬を取《とり》て来《こ》ばやとて、立《たつ》とき思はず、素肌《すはだ》にて、倒れし武士《もののふ》の腋《わき》腹《はら》を、したゝかに踢《け》てければ、死活の法にや称《かな》ひけん、忽地《たちまち》に「云《うん》」と声して、身を起しつゝ四下《あたり》を見かへり、「抑《そもそも》こゝは何国《いつく》の浦ぞ。和殿《わとの》は亦是何人《またこれなにひと》ぞ」、と問《とは》れて驚く文五兵衛は、小膝《こひざ》を突《つき》て、顔うち戍《まも》り、「心ありて呼活《よびいけ》たる、その人はさもなくて、識《し》らぬおん身が生《いき》たる欤《か》。こゝは下総葛飾《しもふさかつしか》なる、行徳《ぎやうとこ》の入江なり。某《それがし》は里の旅店《はたごや》、文五兵衛と呼《よば》るゝもの、こゝの蘆原《あしはら》に釣する折、この舩《ふね》は流れ寄《より》たり。あの頬尖《ほゝさき》に痣《あざ》ある人は、滸我《こが》(5)の御所《ごしょ》なる走卒《はしりつかひ》、犬飼見兵衛《いぬかひけんべゑ》ぬしの一子《ひとりこ》、見八信道《のぶみち》とのなり、と予《かね》て認《みし》れるよしあれば、うちも措《おか》れず、舩《ふね》を引《ひき》よせ、扨《さて》さまざまに勦《いたは》る程に、思はずおん身がまづ生《いき》給へり。同籓中《ちう》の朋輩《ほうばい》なる欤《か》。舩《ふね》に倒れてこゝらまで、流れ来ぬるは、故《ゆえ》こそあらめ。その顚末《てんまつ》はいかにぞや」、と問へばしばしば嘆息し、

（後略）

（1）南総里見八犬伝。読本《よみほん》。全九輯一〇六冊。曲亭馬琴作。室町時代、安房の武将里見義実の女伏姫《むすめふせひめ》が八房《やつふさ》という犬の精に感じて生んだ仁・義・礼・智・忠・信・孝・悌の八徳の玉を持つ八犬士が、里見氏勃興に活躍する伝記小説。一八一四〜一八四二年（文化《ぶんか》一一〜天保《てんぽう》一三）刊。『里見八犬伝』。『八犬伝』。

『南総里見八犬伝』は文化一一年（一八一四）から天保一三年（一八四二）まで二八年間を費やした長編伝記小説であり、勧善懲悪を標榜した大衆文学である。長期連載の中で古那屋の主人は既に亡くなっている設定で、行徳を訪れた親兵衛は母方の祖父文五兵衛の墓参りをしたのである。その時には本行徳の古那屋の商売もなくなっており、ただ、屋根瓦に古那屋の家紋がわずかに残されるのみであった。古那屋の菩提所はどの寺に設定していたのだろうか。

『南総里見八犬伝』は売れに売れて馬琴のヒット作になった。そのため行徳へは多くの江戸庶民が押し掛けた。多くは成田山新勝寺へのお詣りを兼ねた物見遊山の旅人だった。文化・文政以後、年間一〇万人以上という人たちが本行徳を通過して行った。

小説に登場する里見八犬士の名を記しておく。犬山道雪《いぬやまどうせつ》、乳名《をさな、》道松《みちまつ》、犬塚信乃《いぬつかしなの》、乳名《をさな、》志之《しの》、犬坂上毛《いぬさかかふつけ》、乳名《をさな、》毛野《けの》、犬飼見八《いぬかひけんはち》、乳名《をさな、》玄吉《げんきち》、犬川荘佐《いぬかはせうすけ》、犬江親兵衛《いぬえしんべゑ》、乳名《をさな、》真平《しんへい》、犬村大角《いぬむらたいかく》、乳名《をさな、》角太郎《かくたらう》、犬田文吾《いぬたぶんご》、乳名《をさな、》小文吾《こぶんご》の以上八名。

（2）曲亭馬琴。江戸後期の戯作者。本名、滝沢興邦、のち解《とく》。別号は蓑笠漁隠・著作堂主人など。江戸深川の生まれ。山東京伝に師事し、一七九一年（寛政三）、黄表紙『尽用而二分狂言《つかいはたしてにぶきょうげん》』を発表。以後、勧善懲悪を標榜、雅俗折衷の文をもって合巻《ごうかん》・読本《よみほん》を続々発表。代表作『椿説《ちんせつ》弓張月』『俊寛僧都島物語』『南総里見八犬伝』『近世説美少年録』など。一七六七～一八四八。

（３）塞翁が馬。辺境の砦に住む翁の馬が逃げたが、北方の駿馬を率いて戻って来た。その馬に乗って落馬した息子は足を折ったが、そのため戦士になれなかったために命を長らえたという故事。よって、人生は吉凶・禍福が予測できないことの例えとして使われる。

（４）この段において、江戸川で釣りをしていた古那屋の主人文五兵衛が、流れてきた船に乗り移り、二人の若者を救助した様子を書いている。古那屋は旅宿であり、現千葉県市川市本行徳（一丁目）所在という設定。実際に「こなや」の名はあり、明治大正の頃は粉屋といったという。モデルは存在したのだが、今はない。

（５）滸我《こが》。茨城県古河市。室町時代、足利成氏がこの地に拠った。成氏を古河の御所という。

（南総里見八犬伝第六輯巻之四）

第五十八回　窮阨《きうやくはじめ》初て解《とけ》て転《うた、》故人《こじん》に遭《あ》ふ
老実《ろうじつ》主家《しゆうか》を続《つぎ》て旧憂《きうゆう》（フルキウレヒ）を報《つぐ》

小文吾《こぶんご》は怒《いかり》に乗《まか》して、篙工《かこ》(6)等《ら》を撃《うた》んとしつるとき、思ひかけなくわが親《おや》の、家号《いへな》を呼《よび》て禁《とゞむ》るものを、と見れば是別人《これべつじん》ならず、予《かね》て相識《あひし》る犬江屋《いぬえや》の、篙師《ふなのり》依介《よりすけ》なりければ、

（中略）

そのとき依介は、彼此《あちこち》を見わたして、「喃古那屋《なうこなや》の令郎公《わかだんな》、親しく臠《みそなは》するごとく、篙工《かこ》の衆《しゆ》の腕限《かひなかぎ》りに、漕走《こぎはし》らしてこゝまで来つれど、尋ね給ふ柴舟《しばぶね》(7)は、何処《いづこ》ゆきけん見えざるなり。おもふに彼《かれ》は荷の軽《かろ》くて、舟も亦細小《またさゝやか》ならんに、遙《はるか》に先たちたるものならば、労して功のなき技《わざ》なり。その事は且《まづ》思ひ捨《すて》て、僕等《やつがれら》と共侶《もろとも》に、市川《いちかは》へ立《たち》よらせ給へ。行徳《ぎやうとこ》の事、市川の為体《ていたらく》を、報《つげ》まゐらする義《よし》あれど、傍《かたへ》に人の多かれば、舩中《せんちゅう》にては尽しかたかり。（中略）」

（中略）

扨道傍《さてみちのべ》に退《しりぞ》きて、荘助を拯《すく》ふべき、謀《はかりこと》を相譚《かたら》ふ折、犬塚犬飼辞《ことば》等しく、吾儕《わなみ》にはとく行徳へ、還《かへ》りて親にも人々にも、よしを告《つげ》よといはれしを、聴《きか》ずしてわれ思ふやう、彼《かの》犬川は一トたびも、面《おもて》をあはせし友ならねども、同胞《はらから》に優《ま》す因果《いんくわ》あらんを、その大厄《だいやく》を外《よそ》にして、何処《いづこ》へとてか還らるべき。今行徳は無事にして、こゝには火急《くわきう》の大事《だいじ》あり(8)。

（後略）

(6) 篙工　こうこう。舟をたくみにあやつるもの。船頭。舟子。篙の字義はさお。ふなざお。船を進める棹《さお》。
(7) 柴舟　しばのふね。柴を積んだ舟。柴は山野に生える小さい雑木。薪や垣にする。
(8) ばらばらになっている八犬士を束ねるための行動を起こすことは故郷の行徳へ戻るよりも大事なことであり、しかもそれは火急の大事であった。

（南総里見八犬伝第九輯巻之十二下）

第百十五回　前面岡《むかひのおか》に大刀自《おおとじ》孝嗣《たかつぐ》を救《すく》ふ
不忍池《しのはずのいけ》に親兵衛《しんべゑ》河鯉《かはこひ》を釣《つ》る

（前略）
尓程《さるほど》に親兵衛は、旧里人《ふるさとひと》に愛顧《あいこ》せられて、逗留数日《たうりうすじつ》に及びしかば、猛可《にはか》に依介に別《わかれ》を告《つげ》て、先行徳《まつぎやうとこ》の方《かた》へとて、立去らんと欲《ほり》せしを、依介水澪は推禁《おしとゞ》めて、放ち遣《や》るべうもあらざれば、親兵衛徐《しづか》に諭《さと》していふやう、「錦を被《き》て故郷に還《かへ》るは、寔《まこと》に人の面目《めいぼく》なれども、我身《わがみ》正《まさ》しく里見殿《さとみとの》に、仕《つかへ》て重任大禄《ちやうにんたいろく》の、栄《さかえ》を得てかへり来ぬるにあらず、只是孤客《ただこれひとりたび》ながら、同因果なる義兄弟、七犬士の在処《ありか》を索《たづね》よとある、君の仰《おほせ》を禀《うけ》たるに、旧里《ふるさと》也とてなほ浮虚々々《うかうか》と、這地方《このところ》に日を弥《おく》らば、そは忠ならず義にあらず。今より後《のち》はかたくもあらぬ、再会を等《また》れんのみ」、といはるゝことの理《ことわ》りなれば、水澪はさら也、依介は、惜《をし》む別《わかれ》を禁《とゞ》めあへず、明日《あす》と契りしその次の朝、未明《まだき》に行徳まで送行《おくりゆき》て、遂《つひ》に袂《たもと》を分ちけり。

倨而《かくて》親兵衛は、この朝《あした》、行徳へ来ぬる折、外戚古那屋《はゝかたこなや》の香華院《ぼだいしよ》へ立《たち》よりて、上墳《はかまゐり》して、本堂へ、香料《かふりやう》を寄進《きしん》しつ、退《しりぞ》きて塩焼く浜(9)の、光景《ありさま》を眺望《ながむ》るに、外 祖 文五兵衛《はゝかたのおほぢぶんごべゑ》(10)の旧宅は、人の購《あがなひ》得《え》たりしより、今さら訪《とは》ん由縁《ゆかり》はあらず、只母屋《ただおもや》の瓦《かわら》にのみ、古那屋の花《も》号《ん》を遺《のこ》したり。親兵衛は四才《よつ》の秋まで、母にも祖母《おほば》にも携《たづさへ》られて、折々這里《ここ》に来にけるを、思へども只《ただ》夢に似て、思ひ難《かね》つゝ、懐旧《くわいきう》の端緒《はしたて》と做《な》る事のみ多かり。

（後略）

（9）塩焼く浜。行徳は塩焼の郷である。馬琴はすべて心得ていて文中にさりげなく塩焼のことを挿入している。

（10）文五兵衛。「ぶんごひやうゑ」とルビがある個所と「ぶんごべえ」とある個所がある。

（南総里見八犬伝第九輯巻之三十五）

第百五十九回

助友忠諌父《すけともちうかんちち》の志《こゝろさし》に代《かは》る　信隆機変族《のぶたかきへんうから》の兵《つはもの》を借《か》る

（前略）

話分両頭《ものがたりふたつにわかる》。この日十二月五日五十子《いさらこ》の城内には、（中略）間諜児《しのびのもの》の、注進に据《より》て、敵の備《そなへ》を聞くに、揔大将《さうたいせう》里見《さとみ》義成《よしなり》は、安房《あは》の洲崎《すさき》に本陣を、搆《かまへ》て則《すなはち》こゝに在《あ》り。軍師犬阪毛野胤智《たねとも》、防禦使《ぼうぎよし》犬山道節忠與《いぬやまどうせつたゞとも》等《ら》、相従ふて是《これ》を守る。其隊《そのて》の軍兵《ぐんひやう》一万二三千なるべし。又陸《くが》は、下総《しもふさ》なる、国府臺《こふのだい》[11]を根城《ねしろ》にして、義成の嫡子《ちやくし》、里見冠者義通《さとみのくわんしやよしみち》揔大将《さうたいせう》たり。老党東《ろうたうとうの》六郎辰相《ろくらうときすけ》、兵頭《ものかしら》杉倉武者助直元《すぎくらむしやのすけなほもと》等《ら》是を守る。又其城外《そのぜうぐわい》なる、矢斫河《やきりかは》を前にして、防禦使犬塚信乃戍孝《いぬつかしのもりたか》、犬飼現八信道《いぬかひげんはちのぶみち》等《ら》是を守る。内外《うちと》の軍兵《ぐんひやう》[12]一万に足らず。又行徳口《ぎやうとこくち》には、防禦使犬川荘介義任《いぬかはさうすけよしたう》、犬田小文吾悌順《いぬたこぶんごやすより》大将たり。矢斫の下流《しも》、行徳の入江河辺《いりえかはべ》に陣したる、其隊《そのて》の軍兵《ぐんひやう》七八千に過ぎず[13]。

（後略）

（11）国府臺。現千葉県市川市国府台。
（12）矢斫。現千葉県松戸市矢切。矢斫河とは江戸川のこと。
（13）敵方は忍びの者を放って里見方の布陣を偵察させた。それによると行徳に布陣したのはわずかに七、八千の兵に過ぎないとわかった。そこで一五万人の軍兵を準備し、行徳へは二万もの軍兵を送った。

（南総里見八犬伝第九輯巻之三十五下）

第百六十一回　重時《しげとき》異《ゐ》同《どう》両《りよう》姓《せい》に逢《あ》ふ
義任《よしたふ》藁人《かうじん》三勇《さんゆう》を先《さき》にす

這時下総《このときしもふさ》なる、行徳口《ぎやうとこくち》に敵を待つ、犬川荘介《いぬかはさうすけ》、犬田小文吾《いぬたこぶんご》は、登桐山八《のぼきりさんはち》、満呂復五郎《まろのまたごらう》等《ら》と倶《とも》に、七八千の兵《つはもの》を将《い》て、いそぎて其地《そのち》に赴《おもむ》く程に、上総下総《かづさしもふさ》の路次《ろぢ》にして、この隊《て》に加《くは》り附《つ》く郷士豪民《ごうしがうみん》の子弟《やから》の、皆勇ありて、名を好む者、一千二三百名《にん》なりしかば、既にして荘介小文吾は、行徳に到る時、這加勢《このかせい》の士卒をば、皆両股原木《ふたまたはらき》(14)の間《あはひ》に住《とゞ》めて、もて下総なる、千葉孝胤《ちばたかたね》の圧《おさえ》(15)とす。市原《いちはら》の郷士、館持傔杖朝経《たてもちけんぢやうともつね》、夷濤《いしみ》の郷士、大樟村主俊《おほくすすぐりとし》故等《ふるら》、即《すなはち》この隊《て》の頭人《とうにん》たり。原木両股《はらきふたまた》の間《あはひ》より、行徳《ぎやうとこ》へ一里に過ぎず。然《され》ば犬牙《けんが》接《まじは》る処、もて相救《あひすく》ふに便り宜《よろし》き、掎角《きかく》の勢ひを張るに足れり。

恁《かく》てぞ後安《うしろやす》かりける、荘介と小文吾等は、そが儘《まま》に人馬《にんば》を找《すゝ》めて、この日行徳へ来ぬれども、敢民業《あへてたみのなりはひ》を妨げず、又民屋《たみのいへ》を焼払はず、地の理に据《より》て、塩浜《しほはま》に陣するに、南は左の方《かた》に当りて、茫渺《ばうひやう》たる大洋《わだつみ》也。前面《むかひ》は則《すなはち》西に当りて、端《まさ》に一箇《ひとつ》の大河《おほかは》あり。上《かみ》は則《すなはち》利根河《とねかは》(16)にて、又是《これ》を暴河《あらかは》といふ。阪東太郎《ばんとうたらう》即是《すなはちこれ》なり。其中流《そのなかほど》（チウリウ）を箭斫《やきり》(17)と云《いふ》。真間国府臺《ままこふのだい》は、この辺《ほとり》に在り。其次《そのつぎ》は市河《いちかは》にて、下流《すゑ》（カリウ）を今井《いまゐ》と喚做《よびな》して、是より南のかた海に朝《い》る、早湍《はやせ》の中に、一箇《ひとつ》の小嶋《こしま》あり、妙見嶋《みやうけんしま》と呼《よ》ぶ者是《これ》也。この河畔《かはべ》に下今井村《しもいまゐむら》あり。河より西に、上今井村《かみいまゐむら》あり。因《より》て河の字《あざな》に負《おは》したり。其本名《そのもとつな》は暴河《あらかは》也。是よりして西東《にしひがし》は、小松中川《こまつなかかは》、女木《をなき》逆井《さかさゐ》、猿江村《さるえむら》五本松《ごほんまつ》、南本所《みなみほんしょ》、北本所《きたほんしょ》、両国河《りやうこくかは》より西を武蔵《むさし》とす。こゝは葛飾郡《かつしかのこふり》にて、この辺《ほとり》、処々《しよしよ》に小流《をかは》あり。村落《むらさと》も亦《また》多かり、枚挙《かぞへあぐ》るに遑《いとま》あらず。南は則深川《すなはちふかかは》也。蓋《けだし》行徳よりして両国河まで、今の路と同じからねど、約莫《およそ》四五里許《ばかり》三十六町一里なりなるべし。然《され》ば荘介は地図に据《よ》り、小文吾は問《とは》でもしるき、故郷《ふるさと》也ける行徳より、去向《ゆくて》も都《すべ》て熟路《じゆくろ》（ナレタルミチ）なれども、猶《なほ》も間諜児《しのびのもの》を遣《つかは》して、敵の虚実を探らするに、這地《このち》の寄隊《よせて》は、いまだ出来《いでこ》ず、但《ただ》妙見嶋と、今井河の岸に、柵《さく》を作り守屋《もりや》を構《かま》へ、高く水楼《ふなやくら》を抗《あげ》て、予《かねて》より、こゝを戍《まも》る、敵の士卒二三千名《にん》あり。

（中略）

有恁《かかり》し程に、満呂復五郎重時《まろのまたごらうしげとき》は、這《この》陣中に做《なす》こともなき、徒然《つれつれ》に堪《たへ》ざりければ、有一日《あるひ》独立出《ひとりたちいで》て、漫行《そゞろあるき》をしぬる程に、行徳《ぎやうとこ》今はこの地方《ところ》を本行徳《もとぎやうとく》と唱《とな》ふの左右には、川添《かわそひ》の村落《むらさと》多かり。所謂《いはゆる》、堀《ほり》江猫貫《えねこぬき》(18)、缺真間関嶋《かけままぜきしま》、新井湊村《あらゐみなとむら》、河原大和田《かはらおほわた》、稲荷木《いなりき》(19)也。市河《いちかは》に至れば、街衢《ちまた》同じからず。この余も猶《なほ》あらんを、要《えう》なければ備《つぶさ》ならぬ、（後略）(20)

---

(14) 両股、原木。両股は千葉県市川市二俣、原木は千葉県市川市原木。

(15) 行徳へ進む小文吾たちの隊列に途中の村人たちが我先にと加わった。これは源頼朝が房州から国府台へ進撃した時の様子を再現したような記述になっている。また、行徳塩浜に着陣した里見の軍勢は行徳の民百姓の仕事を妨げず、家も焼かず、西に江戸川の大河を前にして敵と対峙した。敵は多勢にもかかわらず、河原、今井、妙見島の渡しに強固な柵を築いて防禦の体制を明らかにした。行徳の地理に関する情報はとても詳しい。

(16) 利根河とは江戸川のこと。江戸時代は江戸川を利根川と言っていた。

(17) 箭切は千葉県松戸市矢切、国府臺は千葉県市川市国府台、真間は千葉県市川市真間、市河は千葉県市川市市川、上今井村・下今井村は東京都江戸川区江戸川、妙見嶋は東京都江戸川区東葛西。上流域から地名を並べている。

(18) 堀江と猫貫《ねこざね》（実）は千葉県浦安市、新井《あらい》、欽《かけ》（欠）真間《まま》、湊《みなと》、関嶋（関ヶ島《せきがしま》）、河《か》原《わら》、大和田《おおわだ》、稲荷木《とうかぎ》と川添いの村々を下流から上流へ書いている。

(19) 室町時代の江戸川河口は、関ヶ島付近にあったのであり、本行徳と欠真間の地は河口により隔てられていた。この点を馬琴は江戸時代の文化の時代の地形をそのまま使用して物語を進めている点に留意。徳川幕府の江戸川変流工事により現在の流れに変えられた。

(20) この段以後は、それぞれの柵における戦いの模様が詳細に書かれている。人魚の膏油《あぶら》を体に塗って寒中の江戸川を泳ぎ渡り敵の柵と水中の鎖を破壊する様子、藁人形を船に大量に積み込んで柵を夜討して敵の矢を何万本も手に入れた話、それを使って敵を攻めたてたことなど、エピソードは枚挙に遑《いとま》がない。

〝笹屋〟の屏風(1)

小泉みち子

『市立市川歴史博物館年報』第十二号　平成五年度掲載

笹屋の家名と看板の笹りんどうについてのいわれ

抑《そもそも》下總國《しもうさのくに》千葉《ちば》之《の》妙見大菩薩《みょうけんだいぼさつ》ハ《(は)》

往昔《おうむかし》神亀《じんき》(2)五年

聖武皇帝《しょうむこうてい》之《の》御宇《おんう》天竺《てんじく》波羅門《ばらもんの》
僧正我朝《そうじょうわがちょう》に渡り給《たま》いし節《せつ》
持来《もちき》たまい《（給）》て千葉氏累代《るいだい》
の守《まもり》本尊にして其《その》
れいけん《（霊験）》いちしるくかつ
こふ□いをおしまつ
たるも世に知る所也《なり》

爰《ここに》右兵衛佐《うひょうえのすけ》

（1）小泉みち子氏によれば、屛風に記されている物語を原文のまま紹介したとする。変体仮名は平仮名に改め、判読不能な部分は□などで記したとする。
読者の便宜のため筆者は更に仮名を振り、平仮名は判読できる限りで漢字でルビを付けた。
（2）神亀五年は七二八年。文責は筆者にある。

頼朝公《よりともこう》は石橋
山之《の》くわつせん《（合戦）》に利
なくましましてとひ《（土肥）》
まな《（真）》鶴より御船え移《うつり》主従
わつか《（わずか）》七騎《き》にて安房國《あわのくに》ゑ《（え）》お《（落）》
ちたもふ《（給う）》折《おり》しも船中に
兵ろう《（糧）》つき《（尽）》て君《きみ》を初《はじめ》 奉《たてまつ》り軍兵《ぐんひょう》
もいかんともすへき《（べき）》よふもなくして
皆々うへ《（飢え）》つかれ《（疲）》今ハ《（は）》せん《（詮）》方なく先家
有方《あるかた》ゑ御舟をよせる《（寄）》へし《（べし）》と水子《みずこ》
か《（が）》まふ《（申う）》して寄《よせ》ける所《ところ》下總國 行徳《ぎょうとく》と
言所《いうところ》につく爰に當所《とうしょ》之 住《（じゅうにん）》 ニ《に》
うとん《（うどん）》屋仁兵衛《にへえ》と言《いい》けるもの早速《さっそく》に
罷出御《まかりいでお》いたわしき□有様《ありさま》かなしく

□

しつかふせ□うとん《（うどん）》をこし
らへ御酒肴なんとを《（などを）》ういういしく《（初々しく）》も

こしらへ出しけれは《(ば)》頼朝公を始《はじめ》
軍勢の人々もちから《(力)》をゑ《(得)》て
足すみける《(進みける)》されハ《(ば)》頼朝公
御かん《(感)》なのめ《(斜め)》ならす《(ず)》して御紋《ごもん》
所《ところ》笹《ささ》りんとう《(りんどう)》をそ《ぞ》下《くだ》されける
依《よっ》て家名を笹屋《ささや》と改《あらため》かた
し《(じ)》けなくも御めん《(免)》あつて
御定紋《ごじょうもん》をかんはん《(看板)》に付《つけ》てそ《(ぞ)》
出しける(3)
夫《それ》より頼朝公安房國《あわのくに》へ
落付給《おちつきたま》いしかは《(ば)》國中之
大小名吾《だいしょうみょうわれ》も吾もと御味方に付《つき》
其中《そのなか》に千葉之助常胤同一子《ちばのすけつねたねどういっし》
胤政《たねまさ》一番手にくわゝる二番手に
ハ《(は)》千田判《ちだのはん》□《(官カ)》を始其外《はじめそのほか》吾も吾もと《(ぞ)》
はせ《(馳せ)》あつまり《(集まり)》いみしき御勢とそ
なり給ふ

（３）笹屋の家名と看板の笹りんどうについてのいわれ。笹屋の六曲屛風《ろっきょくびょうぶ》に書かれた物語はこれまで筆者の著作では紹介していなかったが、この度は笹屋の家名と看板の笹りんどうのいわれについての原文を紹介した。

屛風と看板の現物は市立市川歴史博物館で展示されている。看板は大田南畝《おおたなんぽ》筆と伝える。屛風の製作年代は不明だが、安永《あんえい》六年（一七七七）刊行の黄表紙《きびょうし》『月星千葉功《ちばのいさほし》』と内容がよく似ている。それ以前の作か。

然《しか》ル所に千葉之助常胤か《(が)》家につたハる《(伝わる)》
所之《の》天竺傳来《てんじくでんらい》の妙見大菩薩《みょうけんだいぼさつ》
有《あり》しを折《おり》しも君の御運をひらかセ《(せ)》
給わんと此《この》尊像をさし上《あ》け《(げ)》る誠に妙見
大菩薩ハ《(は)》軍神にのそんてハ《(のぞんでは)》はくん《(破軍)》
星《せい》(4)　成《なる》か《が》ゆへ《(故)》に君の御開運之御神《おんかみ》
とおそれ奉り下總國大友と言所《いうところ》にくわん《(勧)》

請なし奉り諸軍勢皆かんたんをぬきんて《（でて）》、
君之御武運開かしめ給いとしら《（知）》しける

其中に一騎□
常胤か《（が）》一子胤政□文□二道《にどう》に達するのミ
ならす《（ず）》詩哥《（しか）》連んはい《（れん俳（ぱい））》之道《みち》にもくら《（暗）》からす《（ず）》
其《その》風そく《（俗）》世にやさしくき《（着）》れて万人に
すく《（ぐ）》れて春は花のもちに
散《ちり》なん事をおしみ秋は
さひぬるむし《（虫）》の
音に哀《あわれ》を
もよふ《（催）》し
書画之余ハ
茶の湯生《いけ》
はな《（花）》をもて
遊ひ《（び）》てあく
まて《（で）》も世しおら

しきもの丶ふ《（武士）》なり

（4）破軍星　はぐんせい。北斗《ほくと》の第七星。剣の形をなし、陰陽道《おんみょうどう》では、その剣先の指す方角を万事に不吉なりとして忌《い》んだ。

或時《あるとき》頼朝胤政ニ《（に）》御定《おさだめ》有《あり》けるハ《（は）》其方常《そのほうつね》ニ《（に）》香茶《こうちゃ》之《の》湯《ゆ》ニ《（に）》達せしよしこれによつて鎌倉より御持参ありし花　筐《はなかたみ》（5）　之茶入雪之下《ちゃいれゆきのした》の花入《はないれ》をそ《（ぞ）》下されける其上《そのうえ》近日胤政か《（が）》所ゑ渡御有《とぎょあり》て茶之手前《てまえ》を御覧有《ごらんある》へ《（べ）》きむね《（旨）》おふせ《（仰せ）》わ□《（たカ）》されける

（5）花筐　はながたみ。花篭。香の名。雪の下。ユキノシタ科の常緑多年草。観賞用に広く栽培。葉は凍傷・咳止めに有効。

□《(是カ)》れ胤政ハ御前《ごぜん》之首尾よろしく父常胤
もよろこひ《(び)》ける胤政ハ《(は)》妙見しんこう《(信仰)》成か故ニ《なる(が)ゆえ(に)》
参詣之折から上總助廣《かずさのすけひろ》つねの息女《そくじょ》
是《これ》も□□□《(胤政)》妙見へ参詣之節おもわす《(ず)》
もたねまさを垣間見てわり言申《ごともうす》とそ《(ぞ)》
なり□
爰ニ《(に)》又千田之判官《またちだのはんがん》是も末廣姫《すえひろひめ》にこゝろ
を掛しかとも返事なく折ふし此《この》□
を見てむねん《(無念)》におもい家来《けらい》ニ《(に)》軍蔵と
言者《いうもの》に言付《いいつけ》すき《(隙)》をうかゝい《(が)》胤政か《(が)》すき《(数寄)》
屋《や》へしのひ《(び)》　頼朝公ゟ《より》てうたい《(頂戴)》なし
たる所の二品をうは《(奪)》いとらセ《(せ)》ける(6)

(6) 恐ろしきは男の妬みと恋の恨みである。いつの時代でも変わらぬものである。

はやすで《(早既)》に頼朝公いらせ給ふ
所ニ《(に)》二品(7)ふんしつ《(紛失)》セ《(せ)》し故《ゆえ》常胤大
きにいかり《(怒)》胤政を勘當《かんどう》をそ《ぞ》した
りける末廣姫も不義之《の》とか《(咎)》故
父ニ《(に)》かん気《(勘)》をうけ給いなけき《(嘆)》給いけれ
とも《(ど)》セん《(詮)》方なく家来織平《おりへい》と
笹《(野)》のをつれ《(連)》両人とも古郷を出《で》
下總國行徳《しもうさのくにぎょうとく》笹屋仁兵衛方《ささやにへえかた》へ
来《きた》り頼ミ《(み)》給ふ織平笹野
も仁兵衛を相《あい》たのみ
御主人をかくまい下さるへ《(べ)》く其上
たから《(宝)》のセんき《(詮議)》を相談しける

（7）二品とは、花筐の茶入れと雪の下の花入れ。

笹屋仁兵衛申しけるハ《（は）》とかく宝のせん《（詮議）》
きハ《（は）》人立《ひとたち》多き所ならてハ《（で）（は）》知《しり》かたし《（難）》我等
家財雑具ハ《（は）》用立可申間《ようだてもうすべきあいだ》是より毛見川《けみがわ》（8）
帰そば《（生蕎麦）》見せ《（店）》を出して多之人《おおくの》の
入込《いりこみ》人々にたよりて二品の行衛《ゆくえ》をせん《（詮議）》
きめされとてしハ《（ば）》らく仁兵衛せわ《（世話に）》ニ相成夫《あいなりそれ》
より毛見川へ織平ハ《（は）》そは《（蕎麦）》見せ《（店）》をそ《（ぞ）》
出し家名をさの屋と呼て宝之
せんき《（詮議）》をそ《ぞ》いたしける

（8）毛見川は検見川。帰そは見せは生蕎麦店。

然《しか》ルに千田之判官家来酒によい《（酔い）》
此所へ立より《（寄り）》はん《（判）》官むほん《（謀叛）》の事
をははなす夫《そ》の□ならす《（ず）》明夜鴻之臺《こうのだい》(9)
にて一味之者あ□□軍の□□□定有□
□
□
□一味之よ□
□立き《たち（聞き）》ゝ其上《そのうえ》軍蔵か《が》くわい《（懐）》中ニ《（に）》有《ある》れんはん《（連判）》帳(9)
をうはい《（奪）》取てそ《ぞ》返り《（帰）》ける

（9）鴻之臺は国府台。れんはん帳は連判状。

又胤政ハ《（は）》末廣姫もろとも今ハ《（は）》浮世《うきよ》に身を

やつし千葉之ゆふほくと改名して
日《ひ》ころ《（頃）》すける茶の湯いけ花の師とそ《（ぞ）》
なりて居《い》たりける然《しか》ルに織平
ハ《（は）》鴻之臺にてうは《（奪）》いし一巻
を持来《もちきた》り胤政ニ《（に）》渡しけれハ《（ば）》
大きによろこひ《（び）》是にて
父之勘気をゆるされ
んと思ひしかと《（ど）》も二品
之《これ》なけれハ《ば》色々と
くろう《（苦労）》しはかり《（謀）》事
をめく《（ぐ）》らして花之
大會をもよふ《（催）》
セしかは《（ば）》
とゝろき
軍蔵ハ
弟子
ゆへ

けふ《（今日）》
之
會□
持来りしお□見あら
わされこゝにて□□しく成《なる》

扨《さて》胤政ハ《（は）》二品をとり返しれん《（連）》
判帳もろともに北条《ほうじょう》四《し》郎《ろう》時政《ときまさ》
之《の》役所《やくしょ》ゑ持参なしけれハ《（ば）》時政
大きにおと《（ど）》ろき君ニ《（に）》此旨申上奉《このむねもうしあげたてまつ》り
千田之判官か《（が）》相手ニ千葉父子をそ《ぞ》
つか《（遣）》わされける千葉父子ハ《（は）》大切なる
事なれは《（ば）》日《ひ》ころ《（頃）》信心なし奉る妙見へ
参詣して出立《いでたち》けり

爰に笹屋仁兵衛《（10）》はせ《（馳）》来《きた》つて申《もうし》けるハ《（は）》
判官ハ《（は）》明日君之《の》陣屋えセめ《（攻）》よ《（寄）》する故

今宵《こよい》ハ《(は)》船橋之宿止宿《としゅく》なれハ《(ば)》色をもつてはかり申《もう》さんやと申《もうし》けれハ《ば》皆々仁兵衛か《(が)》言葉もつともと同し《どうじ》末廣姫笹野をとめ《(泊)》女となし船橋ニ《(に)》至り酒をもつて多《おおく》之《の》軍兵をたまし《(騙)》けれハ《(ば)》皆々色酒におかされ前後をわすれ《(忘)》ふし《(臥)》たりける此《この》ひまに織平手早くも軍兵とも《(共)》之《の》武具馬具をかくし《(隠)》かは《(ば)》軍兵大きに手はつ《(ず)》を間違《まちがい》大きにはい《(敗)》軍したりける

（10）笹屋仁兵衛の活躍が書かれる。

爰に常胤胤政織平大《おお》くのてき《(敵)》中に入《いり》いきおい《(勢)》も□にはたらきしかとも《(ど)》千田之判官ハ《(は)》大力無双之ものなれハ《(ば)》千葉父子はいぼく《(敗北)》してすでに《(既)》あやうく見ゑたる所ニ《(に)》ふしきや《(不思議)》な□て明々《あかあか》として千葉之《の》白はた《(旗)》

につきたる星より光明《こうみょう》かくやく《（赫奕）》（11）として一人霊堂子あらわれ
白羽《しらは》の矢をなけ《（投げ）》給へハ誠《まこと》妙見軍神之いさお《（功・勲）》し雨あられとふり
掛る矢にてき《（敵）》ハ《（は）》度をうしな《（失）》いこゝかしこニ《（に）》むれ《（群）》居所《いるところ》へ笹屋仁兵衛
とんて《（で）》出家に傳るこセうの数をおふきをもつて散しかハふる
矢ハ雨目にハこセう今ハ力なく皆々にけ《（逃げ）》んとセ《（せ）》し所を織平
飛掛りつひに判官を生《いけ（捕）》とりて常胤胤政織平ハ《（は）》末廣姫諸共《もろとも》
に父子勘気ゆるされ君之御かん《（感）》も甚しく猶も目出度《めでたく》笹屋仁兵衛
御両人の御センとお見とゝけて君ゟ給わる笹りんと《（ど）》う家名も笹屋
定紋《じょうもん》も笹のしけみ《（茂み）》と栄ける

（11）かくやく。赫奕。光り輝くさま。

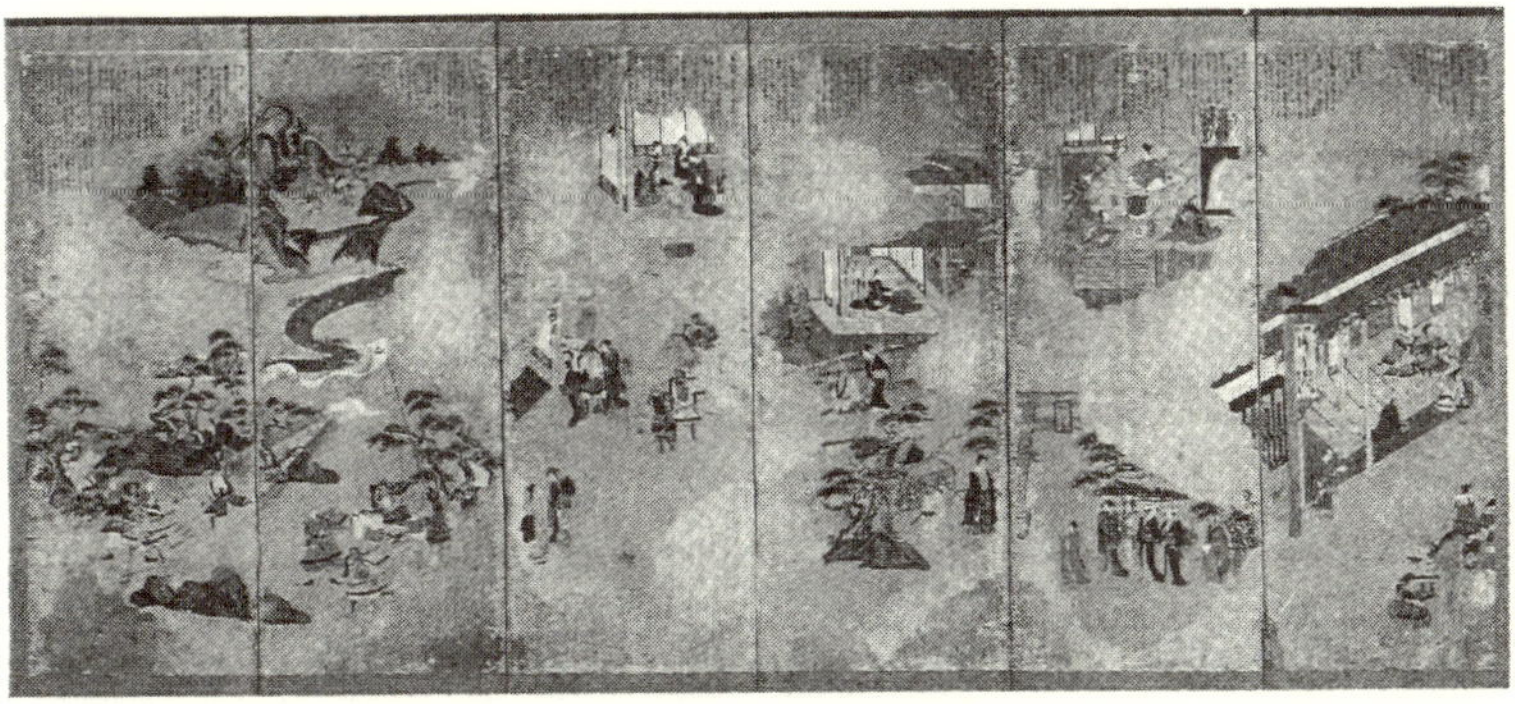

笹屋の六曲屏風

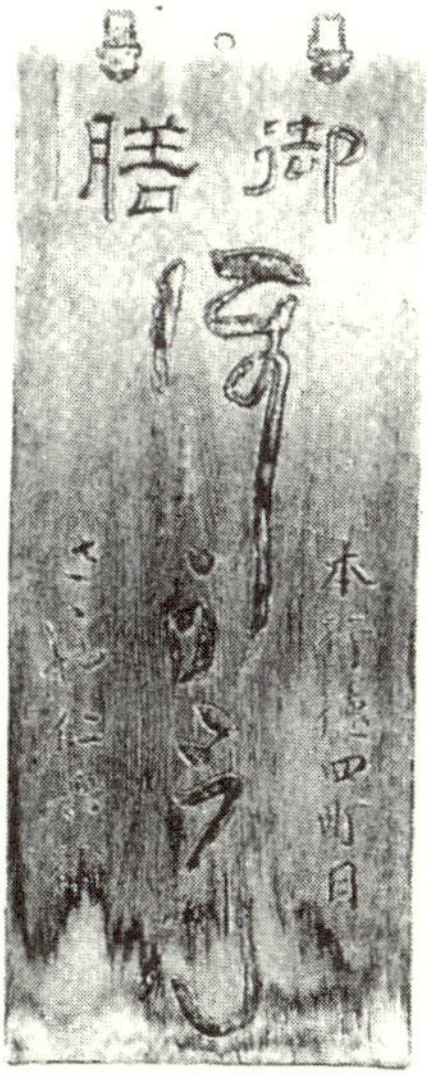

大田南畝筆と伝えられている看板。長さ162cm（市川歴史博物館蔵）
（『市川歴史博物館年報』第12号）

慶長見聞集

三浦浄心(1)

『日本庶民生活史料集成』第八巻　見聞記

江戸の町大焼亡のこと、行徳に七尺の六枚屏風が降ってくる

見聞集　巻之八

江戸町大焼亡の事

見しは昔、江戸に大火事出来《しゅったい》し事は、慶長《けいちょう》六年（一六〇一）霜月《しもつき》(2)二日の四時《よつどき》(3)なり。駿河町かうのじやう《孝之丞》(4)といふ者の家より火を出し、折節《おりふし》(5)風に飛火して、爰《ここ》かしこよりやけ立《たつ》。煙ぼこりは目鼻口に入《いり》て前後をわきまへず。老人女人《ろうじんにょにん》おさなき者は、みなやけ死《しに》たり。去程《さんぬるほど》に家蔵財宝焼捨《いえくらざいほうやきすて》、皆人《みな》から手をふつて、わがつらも人のつらも灰に打《うち》よごれ、居所もなく立《たち》わづらひ、袖《そで》さむくして余りの物うさに、命さへあれば海月《くらげ》も骨にあふとかや。(6)「わが戀は海の月をぞ待わぶる海月《くらげ》も骨にあふ世有《あり》やと」(7)、古歌をおもひ出て慰事《なぐさみごと》のみ云《いい》たりし。

（中略）

扨又《さてまた》、江戸の火事其日《そのひ》のことなりしに、下総《しもうさ》の国にぎやうとくと云在所有《いうざいしょあり》。此所《このところ》にて、日中に空を見れば、煙の中より何ともしらず長《ながさ》一丈《じょう》（約三メートル）余りの生物《いきもの》一つ飛《とび》さがる。行徳《ぎょうとく》の者ども肝をけし、あらおそろしき物かなとて、家の内へにげ入《いり》しに、海《かい》道《どう》へ落るを見れば七尺の六枚屏風《びょうぶ》なり。爰《ここ》に善福齋《ぜんぷくさい》といふ江戸の人、此所に有合《ありあわせ》、此《この》屏風を見ていひけるは、是《これ》は江戸とをり町(8)に片倉新右衛門といふ人の屏風なり。絵にはかぶきおどりを書《かく》。慥《たしか》に見しりたりといふ。行徳の者ども聞《きき》て、実に武蔵の江戸にあたり大火事見えたり。ほくそ飛《とび》(9)てこくうに散乱し、たゞくれないの大雪ふるがごとし。火の息はつよきものかな、七尺の六枚屏風はるかの国をへだて飛事《とぶこと》、世にもきどく有《あり》と云《いう》。善福江戸へ帰り、屏風下総の行徳へ飛《とび》たること治定《はるさだ》、我《われ》見たりと人毎《ひとごと》にかたる。聞人《きくひと》、まことしからずと云《いい》てわらふ。善福腹をたて、七尺の屏風も火事にはなどか飛《とび》ざらんと云《いい》て是をあらそふ。かたへなる人の云《いわ》く、世に語りつたふる事、誠はあいなきにや、おほくは皆《みな》きよごん《虚言》なり。されども、権者化人のたゞにあらざるもの、伝記ども不思議多かるべし。扨又《さてまた》、下《しも》ざまの人の物語は、耳おどろく事のみあり。よき人はあやしきことはかたらず。故《ゆえ》にまことしき虚言《きょげん》をば語るとも、いつわりがましき誠を語りて益なしといさめられたり。此詞《このことば》尤《もっとも》信用すべし。其後《そののち》われ此《この》屏風の事を行徳の里人に聞《きき》つれば、誠なりといふ。然《しか》れどもきよごんがましきことなれば、当時善福、人のあざけりとなる。是《これ》鏡なり。縦治《たとい》

定の事なりとも専なき事をば語りて益なかるべし。(注)

（1）三浦浄心。俗名三浦五郎左衛門。江戸伊勢町に住み三浦屋と称し、雅号を三五庵木算と号す。浄心は永禄《えいろく》八年（一五六五）に生まれ、天正《てんしょう》五年（一五七七）より北条氏政に仕え、天正一八年（一五九〇）には二六歳で小田原城に篭城し、北条氏滅亡後三浦に閑居し、のち江戸に出て、北条家のこと及び当時の見聞するところを筆記して世に伝える。『北条五代記』『見聞集』などがそれである。その後、天海僧正に帰依し入道して浄心と改め、その庵を浄心寺という。正保《しょうほう》元年（一六四四）三月一二日八〇歳にて没す。

（2）霜月。国しもつき。陰暦一一月の別名。

（3）四時　よつどき。巳《み》の刻《こく》は今の午前一〇時頃、亥《い》の刻は午後一〇時頃。文中に「日中に空を見れば」とあるから午前一〇時頃と思われる。

（4）駿河町。東京都中央区宝町一、二丁目。

（5）折節　おりふし。とたんに、の意。

（6）「命あれば海月《くらげ》も骨に会う」ということわざ。くらげの骨に合うということは、とてもめずらしいものに合うということで、とても稀なこと。もっけの幸い。

（7）『校註国歌大系　第二十二巻　夫木和歌抄《ふぼくわかしょう》下』所収「第二十七　海月《くらげ》」

我が戀は海の月をぞまちわたる海月のほねにあふ夜ありやと　源　仲正

家集、戀歌中と注釈あり。本文中の和歌と異なる部分がある。

（8）とをり町。東京都中央区日本橋通一～三丁目。

（9）ほくそ。火糞。ともしびのもえがら。火事場から飛んでくる火のついたままの燃えかす。

事蹟合考（1）

『燕石十種《えんせきじっしゅ》』第二巻

行徳の塩路

事蹟合考《じせきがっこう》巻の二

行徳塩路《ぎょうとくしおじ》の事

一、神君《しんくん》（2）、天正《てんしょう》十八年（一五九〇）、御入国《ごにゅうこく》被レ遊《あそば》候《されそうろう》、不日《ふじつ》（3）に、行徳の塩路浜へ、船路《ふなじ》の通路早速《さっそく》に被《おおせ》二仰付《つけらる》一、掘通し可《べき》レ申《もうす》むね被二仰付一、たちまち船路出来《しゅったい》いたし申《もうし》候《そうろう》、これ今の高橋通《たかばしどお》りなり、(4)これは、甲州《こうしゅう》武田《たけだ》信玄《しんげん》、動《やや》もすれば、小田原より(5)塩留《しおどめ》(6)に逢ひて、国中上下《かみしも》ともに難儀いたし候をもつて、神君、迅速《じんそく》に、行徳の塩、江戸入候《いりそうろう》よしをなさしめ給《たま》ふ、

（1）事蹟合考　じせきがっこう。著者は柏崎永以源具元。延享《えんきょう》三年（一七四六）起草。「享保《きょうほう》年中（一七一六～一七三五）、越前家の武士大道寺孫九郎某入道友山、凡九十年余り長生の見聞、徳川将軍家の御事実を始、諸家及び寺社町方の様子、江戸地理の替りたる趣等、誠に実説たるべきもの若干集記して子孫に残せりとする書籍、某所縁より写し得たるにや」と序文にある。『燕石十種』の本文は、大抄略本とされる。

（2）神君。徳川家康のこと。天正一八年八月一日江戸城に入る。これを八朔《さく》の日という。

（3）不日　ふじつ。ひならず。幾日も経たないうちにの意。

（4）行徳の塩路浜への船路とは、隅田川から中川へ通ずる小名木川《おなぎがわ》の開削工事のこと。深川に高橋という所がある。明治になって蒸気船が運航されるようになった時の出発地とされた場所。小名木川と船堀川《ふなぼりがわ》（のちの新川）を合せて行徳川と呼ばれた。行徳塩を江戸城まで運ぶための水路として開削。

（5）小田原の北条氏のこと。

（６）塩留。『葛飾誌略《かつしかしりゃく》』の「塩」の項に、「昔、永禄《えいろく》十年（一五六七）十月の比《ころ》、甲州家と北条家と楯鉾《たてほこ》の時、小田原より甲州へ塩留めをせられければ、流石《さすが》の名将も難儀に及び、国中大きに苦しめりとぞ」とある。

雑兵物語(1)

『雑兵物語　おあむ物語』中村通夫 校訂

戦をするために一日にどれほどの塩と米が必要なのか

（前略）

夫丸　　馬蔵

又五蔵殿五蔵殿、おはなしを聞申《ききもうす》に、山や川や野合戦のお咄《はな》し斗《ばかり》吹出《ふきだ》しなさるが、先にてもし敵の城を乗《のっ》とりなされた時は、籠城《ろうじょう》をもしめされべい。斯《ケ》様に申《もうす》もおはづかしくは御座《ござ》れども、わつちめは元来侍《さむらい》で御座り申《もうす》。おちぶれ申《もうし》て今は此様《このよう》に百姓に成《な》り申《もうし》た。おれが祖父《おゝぢ》は馬兵衛と申たが、常咄申《かってはなしもうし》た。籠城の時は、兵粮《ひょうろう》をはじめ、其外食物《そのほかはみ》の類《たぐい》又武具は申《もうす》に及《およば》ぬこんだ、石・材木にいたるまで手柄次第にいか程もひつ詰なされども、第一は水の手が肝要だと申た。馬兵衛めは山城にこもり申た。猶以《なおもって》水につまつて、既《すで》に喉《ノド》が干ついて死ぬべいと仕《つかまつっ》たと語り申た。水がでかく大切なもんだ所で、一日に一人に付水一升の積《つもり》に仕《つかまつる》もんだと承《うけたまわりもうし》申た。又食物《はみ》なんどにも積《つも》りが御座有《ござあ》り申。米は一人に六合、塩(2)は十人に一合、味噌は十人に二合と申(3)。夜合戦などがあるべい時は、米が増申《ましもう》すで御座有《ござある》べい。米も一度に渡せば、上戸《じょうこ》(4)めは酒に作りてくらひ申ものだ程に、三日四日のをば一度に渡し、五日より日数多は飯米《はんまい》渡さない物だが、もし籠城の有《ある》まいでも御座ない、是は古法で御座り申所で、お心持にも成り申べいと存じてお耳に入申《いれもうし》たが、五蔵殿はあんと思ひ被成《なさ》る。

(後略)

---

(1) 雑兵物語　ぞうひょうものがたり。足軽・草履取りなど、いわゆる「雑兵」の功名談をもとにした一種の戦陣訓。

(2) 塩は軍需物資であり、しばしば塩留めの作戦に用いられた。塩を用いたもの、例えば魚の干物、味噌、醤油なども対象になる。

(3) 本項で注目すべきは戦の場合の食料の配給についてである。

米　一人に付一日六合、十日滞在すれば六升で、兵千人であれば六十石、百五十俵
塩　十人に付一日一合、十日滞在すれば一升で、兵千人なら十斗、二俵（五斗入）
味噌　十人に付一日二合、十日滞在すれば二升で、兵千人なら二石

戦が長引けば莫大な量の兵粮が必要になる。塩は俵詰めしたものを運ぶのだが、塩俵は五斗（五十升）詰めである。

（4）上戸は酒好きの人。下戸《げこ》は酒を飲めない人。

塩包装の図

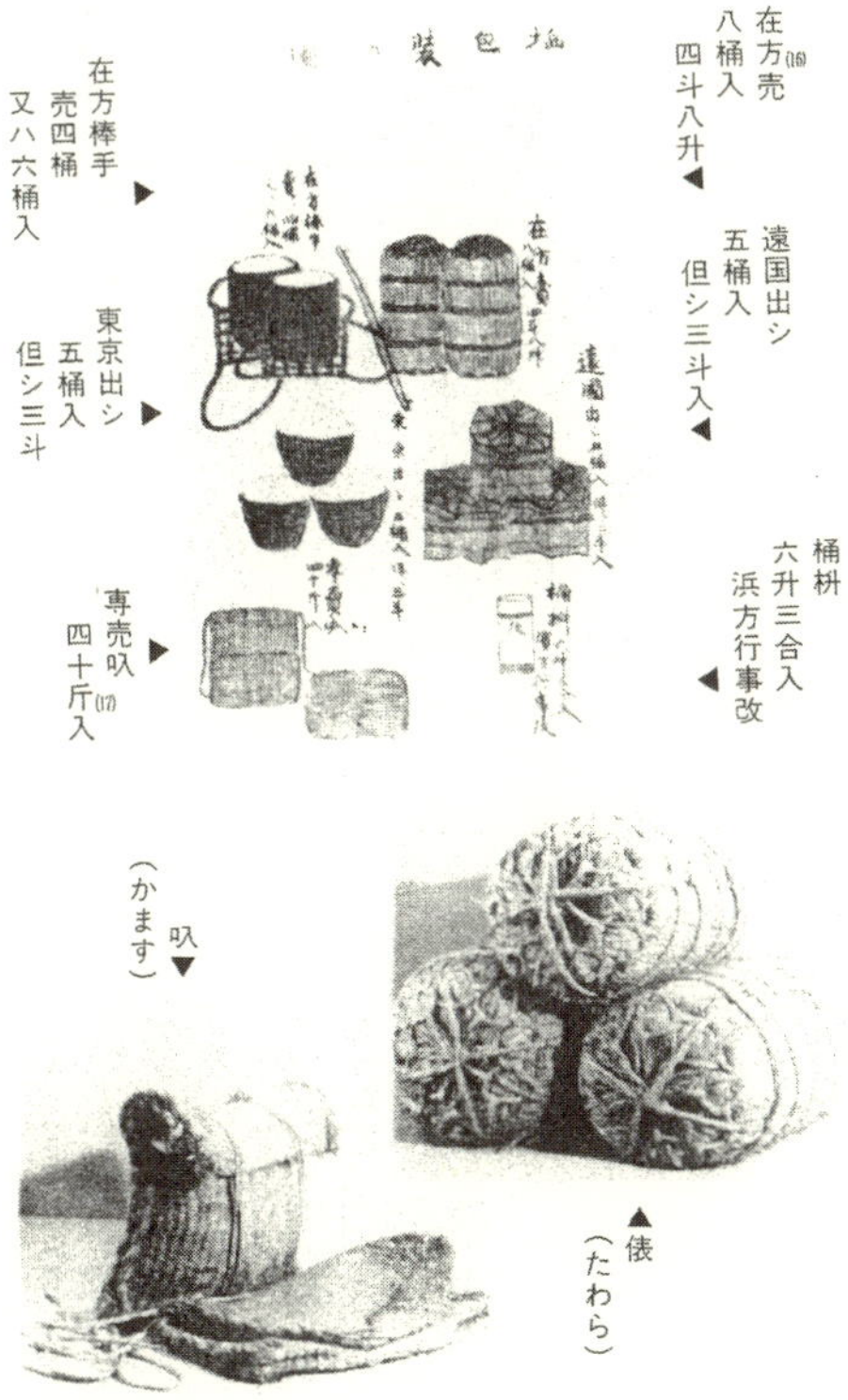

塩俵は五つ角で花梅に似ている。塩俵は縦に積み、米俵は横に積む
（『行徳の塩づくり』市立市川歴史博物館）

江戸府内絵本風俗往来(1)

菊池貴一郎

葛西船という肥船、エ塩エ志ほーと叫び歩く塩やの行商

○下掃除《しもさうぢ》

肥桶《こえをけ》を天秤《てんびん》にかけ肥杓抒《こえびしやく》を桶《をけ》の中《なか》へ入《い》れて来《きた》り厠池《せついんつぼ》に溜《たま》りし大小便《だいせうべん》を汲《くみ》(2)とるものを下掃除《しもさうぢ》又《また》は肥《こえ》とろオワイオワイヤと俗呼《ぞくこ》す是《これ》は葛西辺《かさいへん》を始《はじ》め江戸近在《きんざい》より馬《うま》を引《ひき》て来《きた》り汲取《くみとり》し肥《こえ》を馬《うま》に付《つけ》て運《はこ》び帰《かへ》るありまた肥船《こえふね》とて一種別様《いつしゆべつやう》の船《ふね》を漕《こぎ》て便利《べんり》よき川岸《かはぎし》へ着此船中《つけこのふねちゆう》に肥《こえ》を汲入《くみい》れて漕帰《こぎかへ》るあり(3)去《さ》れば川岸堀端桟橋《かはぎしほりばたさんばし》の船《ふな》つきある所《ところ》は何《いづ》れの所《ところ》を問《とは》ず肥船《こえふね》の繋《つな》ぎあらざるはなし又肥桶《またこえたご》を擔《かつ》ぎてオワイオワイと呼《よび》つゝ町々《まちまち》を歩《ある》くオワイとは肥《こえ》を汲《くむ》といふ知《し》らせなり当時《たうじ》の歌言葉《うたことば》に浅黄《あさぎ》の手拭《てぬぐひ》ほうかむり肥桶《こえたご》かつぎてオワイといひしあり将軍《しやうぐん》家《け》御城中諸侯《ごじやうちゆうしよこう》の邸《てい》には門《もん》の外《ほか》に掃除口《さうぢぐち》といふ所《ところ》を出来《しゆつたい》ありて此入口《このいりくち》より下掃除人《しもさうぢにん》出入《でいり》したり掃除口《さうぢぐち》は開閉《かいへい》の時刻厳重《じこくげんぢゆう》なり都《すべ》て武家寺院社家等《ぶけじゐんしやけとう》の下掃除《しもさうぢ》は銭《ぜに》にて大小便《だいせうべん》を売《う》るといふこと絶《たへ》てなし銭《ぜに》にて肥《こえ》を売《う》りしは其頃《そのころ》の町方家主大屋《まちかたいへぬしおほや》といふ者《もの》の外《ほか》はなきことなり

去《さ》れば家主《いへぬし》は店子《たなこ》の尻《しり》で餅《もち》を搗《つき》といふ悪口《わるくち》ありたり

（1）『江戸府内絵本風俗往来』は明治三八年一二月二五日、菊池貴一郎著、東陽堂発行の書を青蛙房社《せいあぼうしゃ》が復刻したものである。著者は嘉永《かえい》以後（一八四八〜）より慶応《けいおう》（一八六五〜）の初めに至る時代の風俗としている。

筆者がこの書に巡り合ったのは捜索の結果であった。折々に江戸府内での棒手振り（ボテ）の風俗を描いた書がないものかと探していたところ、二〇一〇年三月刊行の『行徳歴史街道3』を取りまとめ中に「肥船と糞尿譚」の項で江戸時代のトイレの事情を調べていて、その過程で幾冊かの文献と共に『江戸府内絵本風俗往来』を知った。そこに「塩や」の文と絵を得た。嬉しかった。従来からのテーマの一つだったこの度の『行徳の文学』の一項目としてぜひとも収録したいとの思いは募るばかりだった。このように『行徳の文学』の書は「文学」の範疇から大きくはみ出た書なのである。

（2）人糞《じんぷん》は肥料であり、江戸時代には人糞のリサイクルが確立されていた。下肥は、普通は人家の便所から、溜まる度に汲み出して、肥溜めに備蓄する。ところが業者は備蓄せず汲んだ下肥を馬に乗せたり船に積んだりして運んで売った。行徳の肥溜めは水路に沿って各農家の水田や畑の近くに作られていた。行徳の農家は自分の下肥を自家消費したが、不足分は買い入れた。

（３）行徳の人糞の仕入れは下掃除専門業者の葛西船《かさいぶね》からした。東京都江戸川区の一之江《いちのえ》には都営新宿線の駅があるが、その南側の古川《ふるかわ》沿いに二之江村《にのえむら》があった。ここに江戸時代、下掃除の請負業者が集中していた。江戸―小名木川《おなぎがわ》―船堀川《ふなぼりがわ》（新川、古川）―江戸川という舟運の便を生かした稼業だった。各業者は肥船二、三艘を持っていた。行徳への搬送は千葉県市川市押切《おしきり》にあった祭礼河岸（貨物専用河岸）と呼ばれた行徳河岸（新河岸とは別のもの）と河原、大和田の河岸に着船した（『行徳歴史街道３』所収「肥船と糞尿譚《ふんにょうたん》」）。

○鹽《しほ》や

江戸の頃価《ころあたひ》の廉《れん》(4)なるものは鹽《しほ》を以《もつ》て第《だい》一とすべく去《さ》れば俚言《りげん》(5)に鹽《しほ》を甞《なめ》て金《かね》を溜《ため》るといひ鹽《しほ》を甞《なめ》ても覚《おぼえ》があるなどいひしにて其安価《そのやすき》なりしを證《しよう》すべし故《ゆゑ》に足腰達者《あしこしたつしや》にて家業《かげふ》の資銭《もとで》なきものは世渡《よわた》る道《みち》も随分《ずゐぶん》ある中《なか》に鹽売《しほう》りなどを尤《もつと》も便利《べんり》とす其荷《そのにな》ふ所《ところ》の籠桶桝天秤《かごをけますてんびん》に至《いた》るまで鹽店《しほてん》より貸與《かしあた》へ鹽《しほ》のうり上《あが》り銭《ぜに》と残《のこ》りたる鹽《しほ》と正算《せいさん》して其日《そのひ》の得《え》たる利益《りえき》を貰《もら》ひて糊口《ここう》(6)とするものとす此商《このしやう》は老年《らうねん》に多《おほ》(7)し鹽籠《しほかご》と桶《をけ》を天秤《てんびん》にかけて荷《にな》ふありかぶせ蓋竪《ふたたて》長桶《ながをけ》を二ツにて商《あきな》ふあり　エ鹽《しほ》エ志ほーと叫《よび》あるく

（4）廉　れん。やすい。価格がやすい。
（5）俚言　りげん。民間で使われているいやしい言葉。俚とは、いやしい、いなかじみているの意。俚諺《りげん》と書けばことわざの意。
（6）糊口　ここう。生活。くらし。なんとか貧しい生活を立てること。かゆをすする。くちにのりす。昔ののりは米や麦の粉を煮て作ったから、のりを口にするような貧しい暮らしの意。
（7）享保《きょうほう》九年（一七二四）、江戸町奉行大岡越前守は江戸地廻塩問屋を公認するとともに、塩問屋を圧迫する棒手振り《ぼてふ》（塩の行商人、ボテといった）を禁止した。但し全面禁止ではなく、一五歳以下は許し、五〇歳以上も許した。また現代でいう非健常者は年齢を問わず許された。だから、糊口をしのぐための仕事として老人の行商が多かったのはこの制度のためもあったと思われる。だが、塩の棒手振り禁止は実際にはほとんど守られなかった。塩問屋からレンタルした道具で問屋の塩を売り歩くのは塩問屋の仕事だから幕府の禁令には触れない。抜け道である。だから大岡越前守の禁令は行徳から椋鳥《むくどり》のように大挙して毎日出張してくる棒手振りに対しての対策であった。問屋を守ったのである。

『江戸府内絵本風俗往来』（国立国会図書館デジタルコレクション）

天明事跡　蛛の糸巻

山東京山《さんとうきょうざん》(1)

『燕石十種《えんせきじっしゅ》　第二巻』

浅間山噴火、硯箱に積った灰で字を書く

(上巻)

(十九) 市中灰ふる

天明元年《てんめいがんねん》(一七八一)、田沼侯御老職、御勝手

同三年(一七八三)、関東飢饉《ききん》、下に其略を記す

同年七月六日夕七ツ半頃(2)、西北の方《かた》鳴動《めいどう》、諸人《もろびと》肝を冷す、[頭書]此《この》頃、家々の戸障子、自然とひゞきたり　翌七日猶甚《なおはなはだ》しく、

江戸中に灰降る、是浅間山《これあさまやま》の焼《やけ》たるなり、

此時《このとき》、おのれ(3)十五歳なり、六日は時ならぬ北風烈《はげ》しかりしゆゑ、屋根などに灰のつもりしを、人々灰ともおもはず、風塵《ふうじん》とのみ見すごしけるに、六日の夜中つもりし灰を、七日の朝人々見て、愕然《がくぜん》せざるはなし、おのれも硯箱《すずりばこ》の塗《ぬり》ぶたを物干《ものほし》へしばし出し置《おき》たるを取《とり》いれ、指頭《ゆびがしら》にて字を書《かき》て試《こころ》みしに、霜《しも》のあつくふりたるが如《ごと》し、家内《かない》うちより、是《これ》をみて、

いかなる天変にやと、いろいろに評《ひょう》しけるに、家翁《かおう》(4)いひけるやう、宝永《ほうえい》四年（一七〇七）富士山焼《やけ》たる時、江戸に灰の降し事あり、きのふ鳴動したるは西北の方なり、此方《この》にあたりて、江戸近き高山は浅間なり、常にも焼る山なれば、おそらくは浅間の大焼《おおやき》ならん、といはれけるに、人は然《しか》りともおもはず、此日《このひ》は一日往来もまれなり、八日は快晴無風、灰もふらず、諸人安堵《あんど》しけるにや、往来常の如《ごと》し、九日の夕方、亡兄《ぼうけい》の友なりし伊勢町の米問屋丁子屋兵右衛門が長男斐太郎とて、千蔭翁の書も歌も門人なるが来り、上州《じょうしゅう》(5)よりの書状なりとてみせけるに、浅間の焼《やき》はじめて灼然《しゃくぜん》たり、［頭書］浅間山、万座山にある磐石《いわいし》悉《ことごと》く軽石《かるいし》となれり　亡兄家翁にもみせて、翁《おきな》が推量の違《たが》はざるを感伏《かんぷく》せられき、家翁は享保《きょうほう》七年（一七二二）の生れなれば、近き宝永山《ほうえいざん》の焼を、親たちの話しにもきかれしならん、

（後略）

（1）山東京山は京伝の弟で、江戸後期の戯作者。本名、岩瀬百樹。稗史小説の著述を業とし、考証随筆なども試みた。「蛛の糸」は考証随筆の一つで、安永《あんえい》期（一七七二〜一七八〇）、天明《てんめい》期（一七八一〜一七八八）の江戸の風俗見聞を随記したものとされる。一七六九〜一八五八。

（2）夕七ツ半。現在の午後四時半から五時半頃。

（3）おのれ。著者の山東京山。
（4）家翁　かおう。家の主人。家長。
（5）上州。上野国《こうずけのくに》。今の群馬県。

後見草(1)

杉田玄白(2)

『日本庶民生活史料集成』第七巻

浅間山大噴火、伊豆大島噴火、寒気強く厚氷で船路途絶える

後見草　下

（前略）

同（安永《あんえい》）三年（一七七四）の冬例《れい》よりは寒気強く、所々《しょしょ》の入江の分《さかい》氷厚く船路たへ、(3)来《きた》る正月に松はやすへき便りなし。一日の朝巳《み》の刻《こく》(4)迄名におふ両国川も氷とち、往来の舟もとたへし事の侍《はべ》りき。

（中略）

又去年《さんぬるとし》（安永七〈一七七八〉）の暮より今年（安永八年）の秋に至《いた》り、伊豆国大島といふ島おのつからに焼出《やきだし》(5)、夜毎《よごと》夜毎に西南の方《かた》鳴動し江戸中に響き渡り、其《その》筋に当れる所戸《と》障子《しょうじ》襖《ふすま》の類《たぐ》ひ迄倒れし事多かりき。又一日空打《うち》曇り、細《こまか》き灰風《かぜ》につれ都下一面に降《ふり》たりき。日を経て後に聞《きき》ぬれは薩摩国《さつまのくに》桜島(6)といふ所、是《これ》も同《おなじ》く焼出し、其《その》国は云《いう》に及《およば》す近国迄も鳴響《なりひび》き恐れぬ者はなかりし由《よし》。

（中略）

其年《そのとし》もくれ同《おなじ》く三年（天明）、今年も又関の東の国々は春より夏に至る迄、晴る日は稀《まれ》にして雨の日勝《まさる》に覚《おぼ》へたり。たまたま雨なき日は雲重《かさな》り空暗く、二百十日(7)の頃迄に晴と曇りを数《かぞえ》れは雨の方《ほう》そ多《おお》かりける。然《しか》るにより水無月の暑も知らす、年老《としおい》たる人々は冬の物《もの》着て過されたり。是《これ》に依《より》川々の水増《まさ》り千寿、浅草、小石川、小日向なんといへる所一時に洪水押出し、軒《のき》を浸《ひた》し塀を越し水災《すいさい》にかゝる家幾程《いくほど》といふ数知れず。大川橋、柳橋、水におされて流れ落《おち》、さて文月《ふみづき》(8)に成《なり》ぬれと空更《さら》に晴やらす。やうやう四日、五日の頃秋の暑さ身にこたへ、五穀《ごこく》の実《み》のりよかりぬへしと人々勇み申觸《もうしふれ》る。然《しかる》に六日の夜半頃西北の方鳴動し、雷神かと聞《きけ》はさにあらす一声一声鳴渡《なりわた》れり。夜は已《すで》に明《あ》けれと空の色ほのくらし。庭の面《おも》を打《うち》見れは、吹来《ふききた》る風に誘はれて細《こまか》き灰を降《ふら》せたり。漸《ようや》く午《うま》(9)の刻に至る頃風も止み灰も止、初《はじめ》て夜明《よるあけ》し心地《ここち》せり。又其日の夕暮方《ゆうぐれかた》より同し様に鳴出《なりだ》し終宵《しゅうしょう》(10)止《やみ》もせす、明《あく》る七日は猶烈《なおはげ》しく、降灰《こうはい》も大粒にて粟黍《あわきび》なんとを見る如《ごと》し。手に取《とり》て能《よく》見れは灰にはあらて焼砂《やきすな》なり。又是に交りて馬の尾の如き物同し様に降来る。(11)色は白も黒もあり。又其砂の積りし程に違《ちがい》はあれと、深き所に至りては繁《しげ》き霜かと怪《あや》しまる。同《おなじ》く八日の早朝は其震動の強き事頃日よりもすさましく、人々の申《もう》せしは、過《すぎ》し頃薩摩国《さつまのくに》桜島の焼ける日空曇り灰降ぬ。是は夫《それ》より多けれは遠国《えんごく》にてはよもあらし、近きあたり日光の筑波の山にて有《あり》ぬへしと口々に云觸《いいふれ》たり。同十日の日下総国金町村《しもうさのくにかなまちむら》といふ所の勘蔵といへる村長《むらおさ》、御郡代伊奈殿の裁断所《さいだんどころ》へ訴《うった》へしは、昨九日未《ひつじ》の刻《こく》(12)江戸川の水色変し泥の如くに候故不審して詠《なが》め候内《そうろううち》、根なから抜《ぬけ》し大木を初め人家の材木調度の類《たぐ》ひ皆こまごまに打砕《うちくだ》け、又それに交りて手足切《きれ》たる人馬の死骸数《しがいかず》も限りも知れさる程、川一面に流れ浮《うか》み引《ひき》も切らす候《そうらわ》(13)ぬ。宵《よい》より夜半に至る頃次第次第にまはらになり川下へ流れ行候《いきそうろう》、と注進申上《もうしあげ》たる由《よし》。

（後略）

（1）杉田玄白の編著による『後見草』は三巻からなり、上巻は亀岡石見入道宗山の書いた明暦《めいれき》三丁酉年《ひのととりのとし》（一六五七）正月一八日の江戸の大火の記録が主として書かれており、中巻は宝暦《ほうれき》一〇年（一七六〇）の辰の年から明和《めいわ》九年（一七七二）の辰の年に至る一三年

間に起こった天変地異や社会的な事件について、また、下巻は安永《あんえい》元年（一七七二）から天明《てんめい》七年（一七八七）に至るまでの同様な事件について、医学者としての学者的良心にしたがって、ありのままに書き記している。

（2）杉田玄白。江戸中期の蘭医。名は翼《たすく》。江戸の小浜藩邸に生まれる。代々藩の外科医。『解体新書』を翻訳。著『蘭学事始』など。一七三三〜一八一七。

（3）所々の入江の分氷厚く船路たへ。『葛飾誌略』の「一、厚氷」の項に次のようにある。

安永《あんえい》三甲午年《きのえうまのとし》（一七七四）、此《この》大川（江戸川）を張り詰めし也。此冬毎日大北寒風烈しく、遂に人馬の往来する程に張り詰めし也。古老も覚えざる変也《なり》とぞ。恰《あたか》も信州諏訪の氷の如し。

水神の罰も当るか川面《かわづら》をはつた氷に手のかゞむのは　金鶏

（4）巳の刻　みのこく。午前一〇時。朝の四つ。

（5）伊豆国大島といふ島おのつからに焼出。安永六年七月二九日、三原山噴火、翌七年七月二九日にも大規模噴火、同年暮れから翌八年にかけて、江戸では戸障子が倒れるなど降灰もあった。溶岩が流れ出た。

（6）桜島。鹿児島県。安永八年一〇月一日噴火、溶岩出る。

（7）水無月　みなづき。六月。陰暦六月の異称。古くは清音でみなつき。「水の月」で、

水を田に注ぎ入れる月の意。〈季・夏〉

（8）文月　ふみづき。ふづき。陰暦七月の異称。〈季・秋〉

（9）午の刻　うまのこく。正午。及びその前後二時間。

（10）終宵　しゅうしょう。終夜。一晩中。

（11）馬の尾の如き物同し様に降来る。火山毛のこと。かざんもう。火山から噴出した流動性の溶岩滴がガラス質の毛髪状をなすもの。

（12）未の刻　ひつじのこく。午後二時。昼九つ。午後一時から三時の間。

（13）『葛飾誌略』の「一、溺死」の項に次のようにある。

天明《てんめい》三 癸卯《みずのとう》（一七八三）七月六日七日、信州《しんしゅう》浅間山焼け崩れ、其音《そのおと》雷鳴の如く聞えて物凄《ものすご》かりけるが、九日十日の頃は水血色にて、溺死《できし》の人馬 夥《おびただ》しく此《この》川へ流れ来《きた》る。魚類己《おのず》と浮み死したり。前代未聞の変事也。

東京都江戸川区東小岩の真言宗善養寺の浅間山噴火横死者供養碑と千葉県市川市新井の真言宗延命寺の地蔵尊（俗称首切り地蔵）は天明三年に亡くなった人の一三回忌法要の節に建立されたもの。

兎園小説余録

曲亭馬琴(1)

『日本随筆大成〈第二期〉5』所収「兎園小説余録」

深川八幡宮祭礼の日、永代橋が踏落

○深川八幡宮祭礼の日、永代橋を踏落して人多く死せし事

文化《ぶんか》四丁卯年《ひのとうのとし》（一八〇七）秋八月、深川富ケ岡八幡宮《とみがおかはちまんぐう》祭礼あり。［割註］三十年余中絶せしを、今茲《いまここに》興行すと云《いう》。」十五日に渡るべかりしを、雨天にて延引、八月十九日に渡りし也《なり》。番附左の如し。(2)

（番附省略。各町内の番附を見ると『だし』を出す。神輿ではない）

永代橋《えいだいばし》当時かり橋に付、霊岸島箱崎町両新堀等《れいがんじまはこざきまちりょうしんぼりなど》の九番は、船にて河を渡せり。当日十九日、この祭り三四番渡る折《おり》、巳《み》の中刻《こく》（午前十時から十二時の間）、永代橋群集により、南の方《かた》水際より六七間《ろくしちけん》の処《ところ》の橋桁《はしげた》を踏落《ふみおと》して、水没の老若男女数千人に及べり。［割註］翌日までに戸骸を引あげしもの無慮《むりょ》（おおよそ）四百八十余人也。この外は知れず。」折から一ツ橋様御見物の為にや。御下やかたへ入《い》らせらる丶。御船にて御通行ありしかば、巳《み》の時

（午前十時）より人の往来を禁《とど》めて、橋を渡させず。この故に北の橋詰に、見物の良賤、弥《いや》が上に聚合《あつまりあり》たれば、数万人に及べり。かくて御通行果てゝ、すは渡れといふ程しもあらず。数万の群集立騒《たちさわぎ》て、おのおの先を争ひしかば、真先に渡りしものは、恙《つつが》もなく渡り果しにけり。迹《あと》より急ぐ勢ひにて、忽《たちまち》橋を踏落しけり。
この立込《たちこみ》の人、一坪［割註］六尺四方。」に五十人と推積《おしつも》りても、踏落したる十間の内だに、四五百なるべし。（中略）橋おちたりと叫ぶをも聞かで（後ろから押してくるの意）、せんかたなかりしに、一個の武士あり、刀を引抜きてさしあげつゝ、うち振りしかば、是には人みな驚怕《おどろきおそ》れて、やうやく跡《あと》へ戻りしとぞ。（中略）
予《よ》（曲亭馬琴）が妻の所縁《しょえん》ありける山田屋といふ町人、当時深川八幡門前にをり。このもの、かねてより祭りの日には、子達を攜《たずさえ》て来ませなどいはれしに、富岡の大神は、予は産沙《うぶすな》にてをはします。三十余年前、彼《かの》祭りの渡りし折、予は尚総角《なおそうかく》（小児の意）にて深川に在りしかば、故主の供に立て観《み》たりき。さしも由縁あるおん神の祭なれば、子どもに観するもよかるべしと思ひしかば、その前夜、妻に誨《おし》へていふやう、翌祭を観にいなば、朝とくいづべし。いぬる頃永代橋を渡りつる折見たるに、彼《かの》橋の欄干の朽《くち》たる所あり。安永《あんえい》（一七七二〜一七八〇）の末にか有《あり》けん。中洲の涼《りょう》のさかりなりし日、ある夜、仙台侯の花火を立らるゝとて、常にはいやましの人群集せし時に、いと多かる茶店に人、居あまりて、大橋に聚合《あつまりあ》ふ人、いくらといふ数も知らざりければ、終《つい》に橋の欄干を推倒《おしたお》して、入《じゅ》水《すい》せし老若多かりき。これを思ふに、翌も亦《また》、永代橋をわたる人多からんには、欄干を推倒すまじきものにもあらず。縦《たとい》、彼《かの》橋に臨むとも、人群集せば引返して、大橋（両国橋のこと）を渡りゆくべし。朝の出立《しゅったつ》はやからば、さまで群集すべからず。この儀をよくよく思ふべし(3)と、かねてこゝろを得させしかば、十九日にはまだきより支度して、この朝六ツ半時頃（午前七時頃）より、妻と子供を出しやりけり。かくて午《うま》の初刻の頃（正午頃）、出入《でいり》の肴《さかな》あき人（魚の行商人のこと）の来て、今かた河岸［割註］小田原河岸也。」にて聞候《ききそうろう》に、祭見物の群集により、永代橋落たり。（中略）この年、長女は十四歳、その次は十二歳、孩児《ちのみご》は十歳、季女《きじょ》（すえのむすめ）は八歳なりければ、走りあるきも人なみなり。いかばかりの事あるべしやと思ひつゝ、待つ程に、この夜、戌《いぬ》の半頃（午後九時頃）に、みな恙《つつが》なくかへり来にけり。扨《さて》事のやうを尋るに、かねて云《いい》し給《たま》ひしよしも侍《はべ》れば、今朝《けさ》はことさらみちを急ぎて、まだ五ツ（午前八時）にはならじと思ふ頃に、永代橋を渡り果しかば、渡る人も多からざりき。かくて山田屋へいきて桟敷《さじき》に登り、まつりを観て侍《はべ》りけるに、四半時《よつはんどき》（午前十一時）にもやありけん。鶴屋のかよひ伴頭《ばんとう》金助夫婦が隣桟敷へ来て、只今《ただいま》永代橋落て候。（中略）祭りの果《はて》る頃より、この噂、大かたならず聞えしに(4)（中略）あわたゞしく帰路に赴《おもむ》くに、寺町通りはなほ人稠《ひとごみ》ならんとて、木場にまはり冬木町をよぎり、海運橋又高橋《たかばし》（小名木川に架かる橋）を渡りし頃は、群集にみちをさりあへず。橋はゆらゆらとゆらめくにぞ、この橋も今落るぞと、人の罵《ののし》るに胸潰《つぶ》れ、からうじて両国橋（大橋ともいう）まで来にければ、活《いき》たる心地し侍《はべ》りきといひけり。吾《われ》は彼《かの》橋の落つべしとは思はざりしが、安永《あんえい》の頃、大橋の欄干を推倒《おしたお》せし事もあれば、人多く出ぬ程にとて、今朝はやく出しやりしは、われながらよくも量《はか》りつるかなと、いひ誇りて笑ひにけり。（中略）この水没の尸骸《こがい》に、主ありて引とりしは四百八十余人、こは町奉行へ訴出たる書《かき》あげの趣也。この後、品川上総《かずさ》房州の浦々へ、流れ当りしも多くあり。又主ありて尋ねしに、知れざるも多かりといへば、凡《およそ》二三千人も死したらんか。いまだ知るべからず。(5)（後略）

（1）曲亭馬琴は『南総里見八犬伝』の著者でもある。

（2）隅田川を挟んだ両岸の町内から「だし」が何番という番附を持ち永代橋を渡って富ケ岡八幡宮へ集まる。橋が落ちた時に渡っていた三番、四番とは、番附によれば、三番は「霊岸じま白かね町一丁目二丁目。白鶏作り物だし［割註］松竹梅引物」。四番は「［割註］霊岸島四日市町。源《みなもと》より朝《とも》のだし、引物あり」とある。

（3）永代橋は朽ちて危険だから朝早く空いているうちに渡れ、込み合っていたら両国橋を渡るようにとの馬琴の指示を妻は守り実行して難を免れる。帰路は北上して小名木川に架かる高橋を渡って左折、小名木川添いに両国橋へ出て隅田川を渡っている。小名木川は行徳川とも別称される行徳通船の堀割である。

（4）馬琴の記述によれば、永代橋が落ちたにもかかわらず祭りは続行されたようだ。「祭りの果《はて》る頃より、この噂、大かたならず聞えしに」とある。現代ではこのような惨事の時は祭りは即座に中止されるだろう。

（5）千葉県市川市本行徳の徳願寺門前に永代橋水難横死者供養塔がある。

折りたく柴の記

新井白石

『定本折りたく柴の記釈義』宮崎道生

元禄一六年の地震と新井白石の善処及び富士山噴火

五三　元禄十六年(1)の地震と白石の善処

我《われ》はじめ湯島に住みし比《ころ》、癸未《みずのとひつじ》の年（元禄《げんろく》十六年）、十一月廿二日の夜半過るほどに、地おびたゝしく震ひ始《ソメ》て、目さめぬれば、腰の物どもとりて起出《オキイヅ》るに、こゝかしこの戸障子皆たふれぬ。妻子共のふしたる所にゆきて見るに、皆々起出《おきいで》たり。屋のうしろのかたは、高き崖の下に近ければ、みなみな引ぐして東の大庭に出《い》づ。地裂る事もこそあれとて、たふれし戸ども出《だ》しならべて、其上に居らしめ、(2)やがて新しき衣《キヌ》にあらため、裏うちたる上下の上に道服きて、我は殿に参る也。召供《メシグ》のもの二三人ばかり来《きた》れ、其余は家にとゞまれ、といひてはせ出《い》づ。道にて息きるゝ事もあらめと思ひしかば、家は小船の大きなる浪に、うごくがごとくなるうちに入《いり》て、薬器たづね出《だ》して、かたはらに置つゝ、衣改め着しほどに、かの薬の事をばうちわすれて、はせ出《いで》しこそ、耻《はず》かしき事に覚ゆれ。（中略）これは地の裂けて、水の湧出《わきいず》れば、其深さ広さのはかりがたさに、(3)かくてありしなるべし。つゞけやものども、といひて、一丈余りになりて流るゝ水の上をはねこえしに、供なるものども同じくこえぬ。（中略）神田橋のこなたに至りぬれば、地またおびたゞしく震ふ。おほくの箸を折るごとく、また蚊の聚《あつま》りなくごとくなる音のきこゆるは、家々のたふれて、人のさけぶ声なるべし。石垣の石走り土崩れて、塵《ちり》起りて空を蔽《おお》ふ。（中略）竜口《たつのくち》に至《いたり》て、遥《はるか》に望みしに、藩邸(4)に火起れり。（中略）御納戸《おなんど》の口といふ所より入《いり》たり。こゝかしこの天井落かゝりし所々をすぎて、我は常に祇候《しこう》する所に参りしに、今の越前守《えちぜんのかみ》詮房《あきふさ》朝臣《あそん》（間部《まなべ》詮房）の、こなたの方へ来るにゆきあひて、御つゝがもわたらせ給《たま》はぬ事を聞き、かゝる時に候《そうら》へば、推参し候《そうろう》、といひすてゝ、常の御座所に参るに、その庇《ひさし》の内に、東の屋のたふれかゝりしあり。近習《きんじゅう》の人々は、南の庭上にたち居たり。上《かみ》にはあなたの庭におはします也といふ。（中略）御縁《おそば》に参《まいり》しかば、地震の事つぶさに問はせ給ひて後に、奥に入《い》らせ給ひぬ。夜も明けぬべき比《ころ》に至て、おほやけ（将軍家）に参り給はむと聞ゆ。
（後略）

（1）元禄一六年（一七〇三）四月二七日から六月二七日、深川富岡八幡宮境内にて成田不動尊が初めて出開帳を行い、行徳を通過。一一月二三日元禄大地震。地形ゆりくだけ、大津波、塩浜海面潮除堤崩れ、荒浜となる。被害甚大。千葉県野島崎沖を震源とし、マグニチュード8・2。東京都東部地域で震度6。品川で津波二メートル。
　船橋沖の三番瀬の海底の地形が変化して船橋の漁民の徳川将軍家への奉納品である魚が獲れなくなり、現物納から金納に変更された。このため、浦安や葛西の猟師が今まで以上に三番瀬で漁をするようになり、三番瀬漁場争いが激化した。
（2）新井白石の家は湯島天神の崖下にあった。自宅の庭に戸を敷き、地割れに備えた。
（3）液状化現象があり、その場所を飛び越えたとしている。
（4）藩邸とは新井白石が仕える甲府綱豊の藩邸である。六代将軍になる人である。

六〇　富士山噴火

十一月廿三日、午後、参るべき由《よし》を仰下《おおせくだ》さる。よべ地震《ちふる》ひ、此日の午時《うまのとき》（昼十二時）雷《らい》の声す。家を出るに及びて、雪のふり下《くだ》るがごとくなるをよく見るに、白灰《はくばい》の下《ふ》れる也。西南の方《かた》を望むに、黒き雲起りて、雷の光しきりにす。西城《せいじょう》に参りつきしにおよびては、白灰地を埋みて、草木もまた皆白くなりぬ。(5)此日は大城《たいじょう》に参らせ給ひ、未《ひつじ》の半（午後三時）に還《かえ》らせ給ひ、此日吉保朝臣《よしやすあそん》の男《なん》二人叙爵《じょしゃく》(6)のありし故なり、やがて御前《ごぜん》に参るに、天甚《はなは》だ暗かりければ、燭《しょく》を挙《あげ》て講《こう》に侍《はべ》る。(7)戌《いぬ》の時（午後八時）ばかりに、灰下る事はやみしかど、或は地鳴り、或は地震ふ事は絶ず。廿五日に、また天暗くして、雷の震《しん》するごとくなる声し、夜に入《い》りぬれば、灰また下《ふ》る事甚《おびただ》し。此日、富士山に火出《で》て、焼《やき》ぬるによれりといふ事は聞えたりき。これよりのち、黒灰下る事やまずして、十二月の初におよび、九日の夜に至て雪降りぬ。此ほど、世の人咳嗽《がいそう》(8)をうれへずといふものあらず。かくて年明けぬれば、戊子《つちのえね》（宝永《ほうえい》五年）正月元日、大雨よのつねならず。(9)

（5）初め、白灰が降り、のちに黒灰になった。江戸では一五センチも積もった。行徳塩浜関連古文書の記録には、この時の降灰の記事がないのだが、隣の船橋市では、昼夜のわ

け も知らず「墨砂」が降り続き、二週間後の一二月八日暮れ方にようやく降りやんだと記録にある。灰を集めたところ、一坪に一升もの割合であったという。場所によっては三寸とか四寸とかにも積もったとしている。行徳塩浜の塩田に降り積もった焼砂はどのように取り除いたのだろうか。その記録がない。

（６）叙爵　じょしゃく。爵位を授けること。昔、初めて従五位下に任ぜられること。

（７）昼間なのに明かりをともして白石は将軍に講義をしたとある。

（８）咳嗽　がいそう。せきのこと。

（９）この年（宝永四年）一〇月四日、宝永地震。東海沖を震源としてマグニチュード8・4、震度6。続いて一一月二〇日より富士山が噴火した。

行徳塩浜では元禄一六年（一七〇三）の元禄大地震、宝永元年（一七〇四）の江戸川大洪水、宝永四年（一七〇七）の大地震と富士山噴火などの被害により潰れ百姓が続出。幕府に願い出て塩浜は荒浜のため、年貢を半分とし、金千四百両余にて塩浜囲堤、潮引江川と井戸さらいの御入用御普請（公共工事）がされた。

安政乙卯武江地動之記

斎藤月岑

『日本庶民生活史料集成』第七巻　飢饉・悪疫

安政東海地震・安政南海地震・安政江戸地震、行徳塩浜甚大な被害

安政《あんせい》二年乙卯《きのとう》十月丁亥《ひのとい》二日壬《みずのえ》辰《たつ》十月亢《かう》宿

早旦《そうたん》(1)下総国《しもうさのくに》成田の山にて見し人の噂に、日輪紫色、しかも濃くして宛《あたか》もきゑんじもて色どりたる様に見え、人々怪しく思ひしに、同夜此地震あり。(2)雪堤子話、成田の辺は江戸よりは地震少しよわし。石灯籠の類は覆《くつが》りたるよし。是は雪旦子門人日斎の話なるよし。地震の少し前に、洋の方に四斗樽《よんとだる》といふもの、大《おおき》さ成《なる》光り物ありて左右へ分る。一つは房総の方へ趣《おもむ》き、一つは江戸の方へ趣くと見へしか、間もなく大地震あり。品川沖の御台場にて怪しみ大炮を放ちけるよしなり。地震の前宮戸川御厩《おうむや》河岸の船頭舟にありしか巽《たつみ》の方《かた》より大風吹起《ふきおこ》るか如き音聞へて、やかて両岸の家震動しける。此時同し方より一圓の大さ九尺余りと云烏《くろ》雲虚空《こくう》を渡りしか、福山侯御下屋敷の表門に当ると見えしか、たゝちに其門倒《たおれ》たり。其雲船頭か頭上を過《よぎ》り、駒形より浅草寺のあたりと思しき方へ飛去りたりとそ。此船頭家に帰りしにはや家潰れ二人の子を失ひたるよし。

亦《また》柳島の鰻《うなぎ》かきも天神橋の畔《ほとり》にて此烏雲《くろくも》の鳴渡《なりわた》りしを看《み》たり。懼《おそろ》しと覚へて小舟の中へ

うつぶしに成し時、其舟覆りしによりおよきて陸へ上りし時、はや家々潰れたりとそ。

此日は旦《たん》より細雨《さいう》(3)ありて、程なく止、終日曇《くも》れり。夜は村雲ありて、亥子の方より風吹て微《び》風なり。故に数箇所より火出たれと飛火は尠し。暁《あかつき》方に至り少しく風出たり。大川は甚《はなはだ》静《しずか》にて汐《しお》は常よりも早かりし由也。今年六月より七月に至り炎旱《えんかん》(4)旬を渉《わた》り黎庶《れいしょ》(5)雨を思ふ事頻《ひん》なりしか八月に至りては屢《しばしば》雨ふり気候別にかはりし事を覚へす。

二日夜亥《い》の一点或二点(6)大地俄《にわか》に震出《ふるえだ》し、家は犇々《ひしひし》と鳴響《なりひび》き逆浪《さかなみ》に船のたゞよふ如く、即時に家屋《かをく》を覆し、間もなく頽《くづれ》たる家々より火起りて、同時に焼上りたり。其内最初に燃立たるは吉原町なるへしと思へり。吉原町の事末に記す。此夜武家町共自己の家にかゝづらひて、火消の人部馳参《はせまい》る事なし。水を灑《そゝき》火を滅《け》すへきもの更にこれなし。

御城内石垣多門等所々崩、御番所傾、大手御門、西御丸、二重御櫓損。桔梗御門等大破、両御丸御殿は都《すべ》て無別条《べつじょうなし》。外廻り石垣見付壁等も皆崩れたり。下勘定所潰、竹橋御多門崩、辰の口御畳蔵潰、見付の内、半蔵御門、四谷御門石垣殊《こと》に崩多し。十月四日夜大手内腰掛先日潰し所より出火直に消る。

(中略　※江戸を中心に各地の被害状況が延々と続く)

文鳳堂話

(中略)

二日夜行徳《ぎょうとく》の辺には地上より火燃出たり。(7)近くへよりて見れは見えす。又其先に火の燃るを見るのみ。芝森元町の坊正鈴木與右衛門も此夜途中に於て土中より火の燃るを見たりとそ。

(後略)

（1）早旦　そうたん。あさまだき。早朝。旦。よあけ。あした（朝）。

（2）安政《あんせい》元年（一八五四）一一月四日、安政東海地震、マグニチュード8・4。同年一一月五日、安政南海地震、マグニチュード8・4。安政二年一〇月二日、安政江戸地震、マグニチュード6・9の江戸川河口を震源とする直下型地震。

（3）細雨。細かな雨。きり雨。こぬか雨。

（4）炎旱。ひでり。干天。

（5）黎庶《れいしょ》。多くの民。衆民。

（6）亥の一点。夜の一〇時。

（7）行徳塩浜にも甚大な被害が出た。「塩役永上納御免願《しおやくえいじょうのうごめんねがい》」が安政三年八月に出され、「去る卯年《うのとし》の津波大地震にて塩浜囲《しおはまかこみ》 堤切所《つつみきりしょ》 洗切所等《あらいきりしょなど》おびただしく出来《しゅったい》御普請願上げ奉り候」とある。この復興は安政五年になってようやく成った。行徳地域の寺社の碑などにはその時の日が刻まれている。

江戸砂子

『江戸砂子』所収『江戸砂子温故名跡誌』[1]　小池章太郎 編著

近国の土産大概　——行徳塩

○両国橋　浅草川[2]にわたす。長凡《ながさおよそ》九十六間《けん》。明暦年中《めいれきねんちゅう》（一六五五〜一六五七）にはじめてかゝる。此《この》川を武蔵《むさし》と下総《しもうさ》の境《さかい》といふによりこの名あり。元来むさし下総の境は利根川《とねがわ》なるを、中昔《なかむかし》のあやまりなり。今は本所《ほんじょ》・葛西《かさい》の辺《あたり》のこらず武蔵国葛飾郡《むさしのくにかつしかごおり》の内《うち》にて、境は利根川をかぎる也《なり》。（後略）

（中略）

○新大橋[3]　両国の川下《かわしも》。長凡百間余。元禄《げんろく》六年（一六九三）にはじめてかゝる。

（中略）

○永代橋　長凡百十間余、幅《はば》三間《けん》一尺《しゃく》五寸《すん》。元禄《げんろく》九年[4]（一六九六）にはじめてかゝる。其《それ》以前は深川の大わたしと云《いい》て、舟《ふな》わたしの所也。（中略）川幅凡百二十間余。

（中略）

○葛飾郡《かつしかこほり》

此郡《このこおり》、上代《じょうだい》武蔵の国なりけるを、中むかし下総国といひ来《きた》りし。これは隅田川を武蔵国と下総国の中にあると物語にかきたるよりしてか、本所・葛西《かさい》の辺《あたり》のこらず下総国と云《いう》を、元禄の頃（一六八八～一七〇三）あらためさせられ、往古《おうこ》のごとく葛飾郡は武蔵ニ属《しょく》し、武総《ぶさう》のさかひは利根川をさかふなり。(5)　△隅田川は（中略）名は荒川《あらかわ》と云《いう》。

（中略）

隅田川を武蔵と下総のさかひと伊勢物語などに書《しょ》しは、いにしへの都人、上古《じょうこ》はあづまのはてとて、もろこしへも渡る心地して、かぎりなく遠く、分明ならずして、武蔵国と下総の間に大河《たいが》ありとき丶つたへて、利根川と荒川とをとりちがへたるものなりと云、さもあるべき事にや。

（中略）

かさいは葛西《かっさい》にて、利根川の西葛飾《にしかつしか》といふ事也。下総国の葛飾郡《かつしかごおり》は利根川の葛東《かっとう》なり。

（後略）

（中略）

○利根川　武蔵・下総の境、坂東《ばんどう》第一の大河也。俗ニ坂東太郎といふ。此川通りに御関《おせき》所《しょ》あり。△市川御関所(6)　佐倉道中。△松戸御関所(6)　水戸道中。△栗橋御関所　日光道中。△川俣△五料△実政など云御関所は、上州境也。皆此川筋にあり。

○からめきの瀬　利根川通《どおり》、柴又村《しばまたむら》の辺《あたり》。
此あたりの水底いはほにして、水棹《みずさお》をさすにがらがらと石にあたる故にがらめきといふと云《いえ》(7)り。

(中略)

(廿三)下総国葛飾郡《しもうさのくにかつしかごおり》の内《うち》

(前略)

○袖の浦　行徳の入江也。又葛浦《かつうら》と云《いう》。
入江のけしき袖の形りに似たり。絶景の地なり。

---

(1)『江戸砂子温故名跡誌』は享保一七年(一七三二)仲夏日、作者菊岡沾涼、日本橋南一丁目万屋清兵衛が刊行。
(2)浅草川は隅田川。両国橋は万治《まんじ》二年(一六五九)に架《か》けられた。利根川は江戸川のこと。
(3)行徳船が通過する小名木川《おなぎがわ》が隅田川に出た少し上流に架けられた。両国橋を初めは大橋と呼んだので新大橋と名付けられた。
(4)赤穂浪士の討ち入りは元禄一五年だから、その六年前の架橋である。

（５）下総国と武蔵国の国境は正徳《しょうとく》三年（一七一三）江戸川を境とすることとされた。利根川とは江戸川のこと。
（６）市川と松戸は現江戸川にあり、その他は現利根川にある。
（７）「真間《まま》の岸下辺《きししたあたり》をからめき川と云《いう》、水底に岩有故《あるゆえ》」と『葛飾記』にもある。

続《しょく》江戸砂子

『江戸砂子』所収『続江戸砂子温故名跡志』(1)　小池章太郎 編

（前略）
江府名産《こうふめいさん》　幷《ならびに》近在近国
○葛西海苔《かさいのり》　葛飾郡《かつしこおり》桑川《くわがわ》・舟堀《ふなぼり》・二の江・今井(2)、これらの所にて取り、其《その》所にて製す。名産也。浅草のりに似て又異也。本草に紫菜《しさい》と云は、此海苔の事也。（後略）
（中略）

○近国の土産大概《みやげたいがい》

○行徳塩《ぎやうとくしほ》(3)　下総也《しもうさなり》。此入海《このいりうみ》を袖の浦と云《いう》。海辺の村々塩浜多し。江戸より六七里ほど。

もしほくむ袖の浦風さむければほさてもあまや衣うつらん

(後略)

---

(1)『続江戸砂子温故名跡志』は享保二〇年（一七三五）正月、作者菊岡沾涼、江戸日本橋通一丁目松葉軒萬屋清兵衛蔵が刊行されている。葛飾に関する記述は少ない。

(2) 現東京都江戸川区内。

(3) 注目すべきは行徳塩がお土産として紹介されていることである。それは行徳塩は絶対に目減りをしない上質塩《じょうしつえん》だったからだ。その塩を囲塩《かこみじお》あるいは囲産《かこみさん》と言い、明治になってからは古積塩《ふるづみじお》と呼んだ。瀬戸内《せとうち》からくる赤穂塩《あこうじお》は差塩《さしじお》と言い、安いが目減りが激しい粗悪塩《そあくえん》だった。

葛飾記(1)

『燕石十種』第五巻　所収『葛飾記』

行徳領三十三所札所の観音西国模し寺所名ならびに道歌の紹介あり

（上巻）

葛飾《かつしか》の郡《こおり》　附旧湊《みなと》の事　并《ならびに》真土山《まつちやま》の事

江戸砂子《えどすなご》(2)菊岡沾涼作《きくおかせんりょうさく》にかつしかの郡《こおり》、利根川(3)より西は、往古《おうこ》は武蔵《むさし》の内也《うちなり》、中古《ちゅうこ》より下総《しもうさ》とするを、今《いま》往古に返《かえ》り、武蔵に入《い》る、都《すべ》て二十二郡也《ぐんなり》、（中略）勝鹿《かつしか》(4)の郡《こおり》は下総国《しもうさのくに》の府也《ふなり》、大凡《おおよそ》地理の象《かたち》を以云時《もっていうとき》は、太《ふ》ト井《い》川《がわ》(5)利根川の流れを云《いう》の東南をのみいひては、一国の府とするに足らず、地幅狭《きょう》(6)して、河辺《かわべ》と海辺《うみべ》と野薄田《やぼた》又行徳の中も、地切迫《ちせっぱく》にして、南は川より近きは二三町、遠きは十町に不《たら》レ足《ず》、北は郊野山林のみなり計《ばか》りにして、熟田《じゅくでん》なし、（中略）一説に、下総葛飾の府は、元《も》ト葛西計《かさいばか》り也《なり》、但《ただ》し葛東《かっとう》より西面とするを云《い》ふなり葛《かつ》の東、葛《かつ》の西と、東に対して葛西《かさい》と呼ぶ、行徳領《ぎょうとくりょう》は、往古《おうこ》は海水(7)の干潟《ひがた》、磯《いそ》のみ也、人家次第に殖《ふえ》て、繁昌《はんじょう》の地と成《な》る、下総《しもうさ》の葛飾《かつしか》の府中《ふちゅう》と呼ぶもの、葛西《かさい》(8)のみにして、今に馬市場《うまいちば》の町屋の跡など残れりとかや、然《しか》れば、角田川《すみだがわ》(9)を両国の境《さかい》に紛《まぎ》れなきよし、(中略)又、元ト《もと》葛西《かさい》は葛飾の本《ほん》府《ぷ》にて、下鎌田《しもかまだ》と云所《いうところ》に、馬市抔《うまいちなど》の立《たち》たる跡有《あり》(10)と也《なり》、其《その》時代、行徳《ぎょうとく》は未《いま》だ干潟の新地也、府と云《いう》に足らず、(中略)真間《まま》の歌枕《うたまくら》にも、勝鹿《かつしか》は下総国葛飾《しもうさのくにかつしか》の郡《こおり》なり、かのかつしかの郡の中に大河あり、ふとゐといふ、川の西をば、葛西《かさい》の郡といふ也、と有《あ》り、清輔奥義抄《せいほおうぎしょう》是《これ》幸《さいわ》ゐに、昔の大船の着《つき》し場《ば》成故《なるゆえ》、葛西ともに、其時代忍《しのび》なく下総に用ゐたる也、元禄《げんろく》(一六八八~一七〇三)の頃まで、一ヶ年に両三艘宛《あて》、親舟の大船河尻《かわじり》より入《い》り来《きた》れり(11)、と現見の里老《りろう》語る、葛飾の府は今行徳領 往古《おうこ》は、江戸往還《おうかん》の舟、葛西の川は不通路にて、但し御当代に成《な》り新川《しんかわ》を掘る、夫《それ》より前は、川狭く通路不自由なれども、少しは通路の舟有《あり》し成《なる》べし、本所川《ほんじょがわ》、小名木川《おなぎがわ》も新掘《しんぼり》歟《や》 高瀬舟《たかせぶね》の分、常州《じょうしゅう》、銚子、上下野州《やしゅう》近か、奥州《おうしゅう》、下総《しもうさ》共に、残らず、塩其外《そのほか》大船の売買の湊津《みなとつ》也、但し鎌倉積替舟《つみかえぶね》の方《ほう》多し、(中略) 塩浜なき以前なるべし、但塩浜も薄塩《うすじお》にて、押切村《おしきりむら》より上へは皆塩浜なるべし 行徳の内《うち》湊村(12)といふは、海辺より大船の川へ入口也《なり》、但《ただし》右鎌倉船の入津場《いりつば》なり 今《いま》村名と成《な》る、寛永《かんえい》年中(一六二四~四三)、寺社《じしゃ》地方《じかた》御改《おあらた》め御吟味之節之由《ごぎんみのせつのよし》と云《いう》 大ホ川尻より入《い》る丶とは、弓と弦《げん》ほど近し、其《その》村の河尻跡とて畑に成り、持村一統《じそんいっとう》して河形《かわがた》知る丶、于今《ここにいま》河の入江の様に残し、押切《おしきり》(13)村《むら》、湊村の境に有り、往還《おうかん》なり 万海《まんかい》と云行人《いうぎょうにん》の墳《ふん》(14)、海より川へ入口の畠にあり、此所《このところ》の字《あざ》とす、大船、又《また》鎌倉往行の舟の通路の地成事《なること》を惜《おし》みて、末世へ伝《つたえ》んため遺言《いごん》せられて、此所《このところ》に葬りしと也、石仏有《あり》、詣《まいり》て祈念《きねん》すれば、流行《はやり》風等《など》の病《やまい》速《すみやか》に除く也、其外《そのほか》塩浜の場面にも、河跡《かわあと》塩不ㇾ宜所《しおよしからずのところ》、慥《たしか》に云伝《いいつた》へ是有《これあ》り、いつの世かは河築《つき》留《と》め、今皆《いまみな》塩浜と成る、但《ただし》築留たるも寛永年中歟《や》 惣《すべ》て行徳と名付る事、本行徳金剛院《こんごういん》の開山行人《ぎょうにん》よりして起《おこ》る、是《これ》も右の如《ごと》く、昔の大船の地なる事を惜《おし》みての行者《ぎょうじゃ》なるべし、札所《ふだしょ》二番也、但《ただし》今は寺なし、札所は二俣村《ふたまたむら》へ移す 然《しか》れば、諸国の高瀬舟《たかせぶね》の売買所は、

大河《おおかわ》にて、大河尻よりは此所《このところ》の方《か》タ近く、勝手宜敷有《よろしくあり》し也《なり》、（後略）

利根川　附タリ夜逍遥《しょうよう》の事　并《ならびに》桃花源《とうかげん》の事

上野国《こうずけのくに》利根川刀禰《とね》川とも云《いう》の末成故云《すえなるゆえいう》、葛飾郡《かつしかごおり》に至《いたり》てはかつしかの川といふ、景物あそび柳鳰鳥《におどり》、又、太《ふ》ト井川とも、文巻《ふまき》川ともいふ、真間《まま》の岸下辺《あたり》をからめき川と云《いう》、水底に岩有故《あるゆえ》俗に坂東太郎《ばんどうたろう》といふ、（後略）

葛飾浦《かつしかのうら》　又真間《まま》の入江共《とも》袖師が浦とも

安房《あわ》、上総《かずさ》、下総《しもうさ》、武蔵《むさし》四ヶ国の入合《いりあ》イ浦なり、西は、伊豆《いず》、相模《さがみ》の浦へ続く、（中略）

湊村竜神弁財天へ竜燈《りゅうとう》(15)度々上ル、皆拝す、但今はなし

（後略）

（1）『葛飾記』は寛延二年（一七四九）刊行。著者は青山氏とだけ記され、名前が不明。ただ、行徳の青山氏の一族の一人と言われ、青山文豹との説がある。行徳を広く深く紹介した地誌として最初の文献になる。

（2）『江戸砂子』菊岡沾涼作、享保《きょうほう》一七年（一七三二）刊行、『続《しょく》江戸砂子』享保二〇

年刊行。行徳《ぎょうとく》の紹介記事は『続江戸砂子』所収「近国《きんごく》の土産大概《みやげたいがい》」にある。
（3）利根川とは江戸川のこと。
（4）勝鹿。葛飾のこと。
（5）太ト井川《ふいがわ》。太井川《ふといがわ》。太日川《ふとゐがわ》。江戸川のことをいう。
（6）「地幅狭して」とは現在の旧行徳街道近辺の地形を言い当てている。
（7）真水ではなく海水としている。
（8）下総国府は国府台《こうのだい》だが、葛飾郡《かつしかごおり》の府《ふ》は葛西《かさい》としている。現在の青戸《あおと》、金町《かなまち》付近に葛西の中心があった。
（9）角田川は隅田川。武蔵国と下総国の旧国境。
（10）下鎌田《しもかまだ》。東京都江戸川区江戸川二丁目。行徳は中世以来細々と塩焼《しおやき》を稼業《かぎょう》としているだけだった。馬市は行徳塩の陸送のための馬の売買のためだったと思われる。岩槻道《いわつきみち》などの塩の道があった。
（11）親舟の大船河尻より入り来れり。河尻とは太日川《ふとゐがわ》（江戸川）の河口。本行徳《ほんぎょうとく》よりも下流に塩浜ができる前は塩その外を海上に錨《いかり》を入れた常設の場所（湊《みなと》という）で大船の上で売買をした。船堀川《ふなぼりがわ》の不便なことを指摘している。新川の開削を記している。「元禄の頃まで……」とは、元禄三年（一六九〇）に行徳船津が新河岸に移設され、本行徳沖に停泊して売買ができなくなったことに関連する。親舟の大船は海で使用する船なので吃水《きっすい》が深くて江戸川を遡上できなかったのである。

（12）徳川幕府による江戸川変流工事前は本行徳と欠真間《かけまま》地先《ちさき》の海が江戸川河口だった。寛永《かんえい》六年（一六二九）の塩浜検地《しおはまけんち》（古検《こけん》）の時に元の河口に一番近い陸地に「湊村」という地名を付けた。

（13）押切村と湊村の境にある入江とは江戸時代に祭礼河岸《さいれいがし》と呼ばれた貨物専用の行徳河岸のこと。現在の押切児童公園と排水機場のある場所。

（14）万海という行人の墳。いまは行徳駅前公園の一角に行人様《ぎょうにんさま》として祠《ほこら》が祀《まつ》られている。「行人」という字地《あざち》が『市川市字名集覧』に載っている。本行徳の開山行人とは金海《きんかい》法印《ほういん》をいう。

（15）『葛飾記』下巻の「弁財天井第六天」で詳述されている。竜燈とは神社に奉納する燈《とう》篭《ろう》。

（下巻）

行徳領

（中略）

閻魔王《えんまおう》

本行徳寺町徳願寺《ほんぎょうとくてらまちとくがんじ》(16)の地中に安置し奉《たてまつ》る、雲慶《うんけい》の作、座像《ざぞう》八尺也《なり》、毎年、正月、七月十六日、夥敷《おびただしき》参詣有《あり》、尤《もっとも》説法あり、

三千町《さんぜんちょう》

本行徳下《し》タ海面也、此所字長《このところあざなが》じまと云《いう》、海岸出張《でばり》の所也、長島《ながじま》の先に尼ヶ谷《あまがや》と云所有《いうところあり》、近来迄は磯馴松原《いそなれまつばら》也、南風高浪《みなみかぜたかなみ》にて皆欠《みなかけ》て、其跡《そのあと》も松もなし、此辺《このあたり》より海神村下迄干潟《ひがた》大凡三千町《おおよそさんぜんちょう》と積《つも》りし故《ゆえ》、名とす、右は則《すなわち》、塩浜に取立《とりたて》、堤にて締切《しめきり》、かこひの願ひ、江戸横山町何某(17)度々《たびたび》公儀《こうぎ》へ出て、三千町の内漸《うちようや》く三十町程叶《ほどかな》ひ、只今《ただいま》塩浜と成《な》れり、然《しかれ》ども、最初の積りなれば迚《とて》、三千町と呼ぶ也、右尼ヶ谷の磯馴松は、当浦《とううら》の景物なりしを、今欠《かけ》失《う》せし故、海辺《うみべ》の景すくなし、此所有《あ》りし内は、あまがへ野のちんば狐と云《いう》古ききつねの有《あ》りて、常に燐《キツネビ》絶《たえ》る事もなし、里人《さとびと》も馴《なれ》て、是を恐《おそ》る丶ものなし、今にても狐火《きつねび》は折々《おりおり》有《これ》レ之也《あるなり》、戦場にて、人血草に染《し》みて年を経れば、燐《りん》と成《な》る、人是《これ》に触《さわ》るれば、則《すなわち》散じて衣光《ころもひか》ると云《いえ》り、依《よっ》て、国府台其余《こうのだいそのよ》の古戦場にも、燐《りん》は有《ある》べし、此浦《このうら》は古戦場にてはなし、定《さだめ》て引場《ひきば》なるべし、この浦の燐は馬の骨なりと云《い》へり、

神明宮《しんめいぐう》　附伊勢大神宮の事

本行徳村《ほんぎょうとくむら》の鎮守也《ちんじゅなり》、本行徳宿四町有《しゅくよんちょうあり》、此宮は壱丁目に在《あ》り、此御神体《このごしんたい》は、勢州内宮《せいしゅうないくう》の御前《おんまえ》の土砂《どしゃ》[18]也とぞ、修覆遷宮《しゅうふくせんぐう》の時は、別当所《べっとうしょ》の役人、格式を以《もっ》て是を遷《うつ》し奉《たてまつ》る也、別当は神明山自性院《しんめいざんじしょういん》、真言宗葛西小岩村善養寺《かさいこいわむらぜんようじ》の末《まつ》也、神明宮にも、むかしは津久《つく》と云事《いうこと》有《あり》しと也、（津久の事、前《さき》の八幡の所に出す）今は祭礼となり、毎年九月十六日、屋台《やだい》を出す[19]也、屋台六基出る、中古は練《ね》り子の祭り有《あり》しを、凶年にひかれて、今は出し屋台計《ばか》り也、四町の外《ほか》、塩焼村《しおやきむら》と新《しん》宿村《しゅくむら》と云《いう》を入《いれ》て、祭り六番の所也、四丁目は新河岸《しんがし》とて、江戸小網町《えどこあみちょう》行徳河岸《ぎょうとくがし》よりの旅人の船宿河岸也、旅籠屋有《はたごやあり》、上総《かずさ》、下総《しもうさ》、安房《あわ》、常陸《ひたち》、ともに往還也《おうかんなり》、日本橋より三里あり、依《よっ》て右の如《ごと》く勧請《かんじょう》し奉《たてまつ》る故《ゆえ》、勢州と御同然《ごどうぜん》也、（後略）

弁財天[20]

幷《ならびに》第六天

本行徳宿《ほんぎょうとくしゅく》より四五町下《し》モ、湊村《みなとむら》の内《うち》、別当水奏山円明院《すいそうざんえんみょういん》、真言宗新武蔵葛西領小岩村《かさいりょうこいわむら》善養寺末《ぜんようじまつ》也、右円明院《えんみょういん》地中に立《たた》せ給《たま》ふ、正徳年中《しょうとくねんちゅう》（一七一一〜一五）、武江青山宿梅窓《ぶこうあおやまじゅくばいそう》院順誉上人唯然和尚《いんじゅんよしょうにんゆいねんおしょう》へ、此御神《このおんかみ》の霊夢の御告《おつ》げましまして、則《すなわち》堂を建立《こんりゅう》せられし也、（但《ただし》建立は享保《きょうほう》三戊戌年《つちのえいぬのとし》（一七一八）也、遷宮《せんぐう》は同四月朔日《ついたち》）元《も》トは潮《ウシホ》除ケ堤[21]の際《さい》ハ弁天山と云《いう》、松林の中也、近来境内へ引収る、尤《もっとも》地狭バに成故《なるゆえ》、拝殿を略して遷社《せんしゃ》す、弁天山の時は拝殿共に有《あ》り、則《すなわち》、沙竭羅《しゃかつら》竜王第三の姫宮、安芸《あき》の厳島《いつくしま》の明神《みょうじん》と御同体なり、御神体は唯然《ゆいねん》上人より奉納《ほうのう》、（但中興其元《そのもと》トは青木氏[22]の祖、相州《そうしゅう》より遷《うつ》り来て、江の島の弁財天を勧請《かんじょう》し奉ると云《いう》）又、弁財天は天竺《てんじく》にての御神《おんかみ》也、（中略）当寺に竜乗の神像（狩野筆也）一幅《いっぷく》納め有レ之《これあり》、（御舟玉《おふなだま》の神也、此所、昔少しき湊なる故に、此御神有《おんかみあり》、今の別当地は旧の社地、則《すなわち》大船其余の舟の目当ての森也(23)、今の社元《やしろもと》へ帰り給ふ是其旨証也《これそのむねあかしなり》、弁天山にては、近来まで小柴《こしば》を立て祈る事有《あり》し也、齲歯《むしば》又疣《いぼ》の類《たぐい》是、阿取坊明神《あとりぼうみょうじん》の内、御類神《ごるいしん》也、海神村《かいじんむら》は陽神《ようしん》也、其《その》由緒有故《あるゆえ》に、弁天免《べんてんめん》とて御除《おのぞ》きの田地有《でんちあり》、又、別に第六天免と云《いう》御除地《おのぞきち》も有《あり》、是は、魔王と云時《いうとき》は彦火々出見の尊の釣《ツリバリ》を呑《のみ》て釣《つりばり》失《う》せし心にて、赤女《あかめ》の魚を祀《まつ》りたりと覚《おぼえ》る也、此故に、是も御類神也、同寺兼帯《けんたい》又、第六天の魔王は天竺《てんじく》の神也、我朝《わがちょう》にては、天神七代の内、第六代面足尊《オモタルノミコト》、惶根《カシコネノ》尊の御事也《おんことなり》とぞ、霊夢中《れいむちゅう》の老翁《ろうおきな》は、則《すなわち》陽神彦火々出見の尊也、唯然上人、弁財天堂建立の時の縁起に、右の老翁、又同霊夢の中に楔《クサビ》と成《な》り見へ給《たま》ふ、尊《みこと》は当時法伝寺《ほうでんじ》より出給《いでたま》ふ、則楔《すなわちくさび》地蔵尊と号す、是慈覚大師《じかくだいし》の御作《おんさく》也、今は江府《こうふ》青山宿長春山梅窓院《ちょうしゅんざんばいそういん》に安置し給《たま》ふ、唯然、離有無上人の法縁《ほうえん》にて、法伝寺に宿《やど》し給ふ、夜、例《たとえ》に不レ変《かわらず》夢想有《あ》り、則《すなわち》、霊夢中の地景と地蔵尊とにて、其夜当所に必せしと也、委《くわし》くは縁起に見へたり、又、今は弁天山は石宮《いしみや》也、末社の稲荷、同石宮也、梅窓院は青山大膳亮様《あおやまだいぜんのすけさま》の御内寺《おんうちでら》也、

正一位香取大神社《しょういちいかんどりだいじんじゃ》

同闕真間村《かけままむら》の内《うち》に在《ざい》す、湊村《みなとむら》、同新田《どうしんでん》、香取《かんどり》、欠真間村《かけままむら》の内(24)、古名《こめい》也、右の神社在《ざい》す所、香取郡《かとりごおり》に間違《まちが》ふにより欠真間一村と云《いう》欠真間村、合せて四《し》ケ村《そん》の鎮守《ちんじゅ》也、別当水奏山円明院《べっとうすいそうざんえんみょういん》、前《さきの》弁財天と同じ尤《もっとも》、神主《じんしゅ》の家有《あ》れども、故有《ゆえあ》つて今は用ひず、此社《このやしろ》元《も》トは利根川の端《はし》也、香取《かんどり》の末枯松《すえかれまつ》とて大木の松有《あ》り、水当《みずあた》り強きを以《もっ》て、欠入《かけいり》て此《この》木《き》も河へ倒れ入《い》り、其社地も今は河中也、其後今の所へ遷宮《せんぐう》す、神官は、近来狩野氏何某《かのうしなにぼう》

願主《がんしゅ》にて、氏子を勧化《かんげ》して、京都吉田殿《よしだでん》へ上り、正一位《しょういちい》の官を頂戴《ちょうだい》す、毎年九月十一日祭礼有《あ》り、尤《もっとも》屋台《やだい》四基を出す、香取村《かんどりむら》も組合一村《いっそん》に立つ先年は踟子《ネリ》の祭り有《あり》しを、是も凶年にひかれて其事止《やみ》ぬ、此御神《おんかみ》は、一国の府中当時行徳領葛飾《かつしか》の府也成故《なるゆえ》に、香取郡《かとりごおり》の一ノ宮を遷《うつ》し奉《たてまつ》り、（後略）

行徳領三十三所札所《ふだしょ》ノ観音西国模《さいごくも》シ寺所名《てらしょめい》幷《ならびに》道歌《どうか》

一番　海巌山徳願寺《かいがんざんとくがんじ》　本行徳寺町《ほんぎょうとくてらまち》、楼山門の額は海巌山（大僧正雲臥《うんが》大和尚御筆《だいおしょうおんふで》）浄土宗鴻ノ巣《こうのす》勝願寺末《しょうがんじまつ》、寺領十石

紀伊国那智山

中興、和尚大願を起し、自分行徳三十三所の尊像を彫刻《ちょうこく》し、分《わか》つて札所とす、是《これ》札所順礼《じゅんれい》の始り也、都《すべ》て下総一国《しもうさいっこく》、佐倉領、印西《いんざい》、成田辺《なりたあたり》、島崎、埴生《ハブ》、城井《しろい》、神々廻《ミ、ハザマ》、大森、木卸《ヲロシ》、丁荷《テカ》、府佐《ふさ》、小金《こがね》領《りょう》、千葉、寒川《サン》、舟橋《ふなばし》筋より、皆札所順礼有《あ》り、

後《のち》のよをねがふ心は有《あり》がたやまいる我身《わがみ》の徳願寺かな

徳願寺鐘ノ銘、

二番　山福泉寺《ふくせんじ》　二俣村《ふたまたむら》、是は小庵也、但し、旧寺の廃壊の跡此所に元ト《も》有《あり》て、寺号計《ばか》り残りたる也、元ト《も》の二番は金剛院《こんごういん》といふ、今は寺なし

同国紀三井寺

かぎりなき法《のり》の教へはふくぜん寺つきぬ宝をとるこころせよ

三番　塩場山長松寺《えんじょうざんちょうしょうじ》　本行徳町、禅宗臨済派、当国馬橋万福《まばしまんぷく》寺末《じまつ》、此寺に薬師仏有《あり》、毎月八日参詣有《あり》

同国粉河寺

長き夜のねぶりをさます松風のみてらへ参る身こそやすけれ

四番　神明山自性院《しんめいざんじしょういん》　本行徳一丁目、真言宗、葛西《かさい》小岩村善養寺末、此寺神明宮の別当所也

和泉国槇尾寺

我思《われおも》ふ心の玉はみかゝしをたのむ仏のてらすなりけり

五番　山大徳寺《だいとくじ》　下新宿村《しもしんしゅくむら》、浄土宗、芝増上寺末、左《さ》の鐘ノ銘あり、此寺に十二時の鐘有、享保元丙申年《きょうほうがんひのえさるのとし》（一七一六）、河原村《かわらむら》道喜と云人《いうひと》建二立之一

河内国藤井寺

たぐひなき仏の道の大徳じもらさですくふ誓《ちか》ひたのもし

六番　山浄林寺《じょうりんじ》　同所、浄土宗、葛西上今井村浄光寺末

大和国壺坂寺

あなたふとこゝに浄土のはやし寺風もみのりのひゞきなるらん

七番　山正源寺《しょうげんじ》　河原村《かわらむら》、浄土宗、□末

同国岡寺

みなかみにたてればまさに源《みなもと》との流れをおくる寺のいにしへ

八番　山養福院《ようふくいん》　同所、真言宗、葛《か》西《さい》小岩村善養寺末

同国長谷寺

頼みあるちかひは常にやしなひの参る心にさいはひの寺

九番　山竜厳寺《りゅうごんじ》　同所、真言宗

奈良南円堂

ふりくだる大《ふと》ひの雨のりうごんじ世をあはれみの道のさまざま

十番　山福王寺《ふくおうじ》　稲《とう》［タウ］荷《か》木《ぎ》村《むら》、真言宗

宇治三室戸

はるばるとはこぶこゝろは水《みな》かみにあまねきかとのふく王寺かな

十一番　山了極寺《りょうごくじ》　高谷村《こうやむら》、浄土宗、舟橋浄性寺末、鐘ノ銘有り

山城国上ノ醍醐寺

さとり得てきわむる道をきくのりのたよりとなりてたのむ後《のち》のよ

十二番　山安養寺《あんようじ》　同所、真言宗、当国伊《い》野《の》村《むら》千手《せんじゅ》院末《いんまつ》

近江国岩間寺

目のまへにまゐりてたのむごくらくのしるべをこゝに安やうじかな

十三番　真宝山法泉寺《しんぽうざんほうせんじ》　本行徳一丁目、浄土宗、葛西浄光寺末、上今井村也

同国石山寺

しなじなに仏ののりのいづみ寺つきぬや浜のまさごなるらん

十四番　仏性山法善寺《ぶっしょうざんほうぜんじ》　同所一丁目裏(25)、門徒《もんと》宗《しゅう》、江戸《えど》麻布《あざぶ》善福寺《ぜんぷくじ》末《まつ》

大津三井寺

法《のり》によく頼みをかけてひたすらにねがへば罪も消てこそゆけ

十五番　山浄閑寺《じょうがんじ》　同所三丁目、浄土宗、芝増上寺末

京ノ新熊野

こけの露かゞやく庭の浄がんじるりのいさごのひかりなりけり

十六番　山信楽寺《しんゲウじ》　同所四丁目、浄土宗、葛西上今井村浄光寺末

同清水寺

ひとすぢにまことをねがふ人はたゞやすく生るゝ道とこそなれ

十七番　正覚山教善寺《しょうかくさんきょうぜんじ》　同所四丁目、浄土宗、葛西上今井村浄光寺末

同六波羅寺

おしなべてよきを教ゆるみ仏のちかひに誰も道はまよはじ

十八番　山宝性寺《ほうしょうじ》　関ヶ島村《せきがしまむら》、真言宗、葛西《かさい》小岩村善養寺末

同六角堂

□□□□□仏のたねをうへぬればくちぬ宝を身にぞおさむる

十九番　山徳蔵寺《とくぞうじ》　同所、真言宗、葛西小岩村善養寺末

一条革堂

よを秋のみのりのとくをおさめつゝゆたかにのちのよをばすぐべし

二十番　山清岸寺《せいがんじ》　伊勢宿村、浄土宗、芝増上寺末

西山良峰寺

只《ただ》たのめ誓《ちか》ひのふねにのりをゑてやすくもいたる清がんじ哉《かな》

二十一番　来迎山光林寺《らいげいざんこうりんじ》　押切村《おしきりむら》、浄土宗、葛西上今井村浄光寺末

丹波国穴太寺

みほとけにあゆみをはこぶ後《のち》のよはひかるはやしのむらさきの雲

二十二番　仏法山東漸院法伝寺《ぶっぽうざんとうぜんいんほうでんじ》　湊《みなと》村《むら》、浄土宗、芝増上寺末

摂津国惣持寺

今よりはのちはまよはじ法《のり》のみちつたふおてらへまいる身なれば

二十三番　水奏山円明院《すいそうざんえんみょういん》　湊村、真言宗、葛西小岩村善養寺末、護摩堂有《あり》、竜神、弁財天の社《やしろ》有、鎮守天満宮

同国勝尾寺

有《あり》がたや月日の影ともろともに身は明かになるぞうれしき

二十四番　青暘山光明院善照寺《せいようざんこうみょういんぜんしょうじ》　湊村、浄土宗、芝増上寺末、慈覚大師御作《おんさく》観世音、湛《たん》慶《けい》ノ作、焔魔王《えんまおう》、法然上人《ほうねんしょうにん》鏡の御影《みえい》有リ、鐘ノ銘有リ

同国中山寺

あはれみの大慈大悲《だいじだいひ》のちかひにはもらさでよゝぞてらす寺かな

二十五番　西光山安楽院源心寺《せいこうざんあんらくいんげんしんじ》　闕真間《かけまま》村《むら》、浄土宗、芝増上寺末、塔中安楽院、寺領六石、阿弥陀堂有り、鎮守石不動尊有、毎月二十七日夜参詣有、鐘ノ銘有

播磨国清水寺

みなもとの清きながれをこゝろにてにごる我身《わがみ》もすみよかりけり

二十六番　山了善寺《りょうぜんじ》　相野川《あいのかわ》、門徒宗《もんとしゅう》、江戸麻布善福寺末

同国法華寺

まよひにし心もはれてさとるべしよき教へぞたのむ我身《わがみ》は

二十七番　山新井寺《しんせいじ》　新井村《あらいむら》、禅宗洞家《ぜんしゅうとうけ》、当国栗原法成寺末《くりはらほうじょうじまつ》

同国書写寺

いさぎよきあらゐにやどる月かげの誓《ちか》ひはいつもあらたなりけり

二十八番　山延命寺《えんめいじ》　同所、真言宗、□末

丹波国成相寺

そのかみのそゝぎし菊のながれともはこぶかさしのゐん命じかな

二十九番　山善福寺《ぜんぷくじ》　当代島村《とうだいじまむら》、真言宗、□末

若狭国松尾寺

徳のもとむかしやうへしたねならむくちせぬはよきさいわひのてら

三十番　山華蔵院《けぞういん》　猫実子村《ねこざねむら》、真言宗、□末

近江国竹生島

浪《なみ》の花晴《は》れておさまる海やまのながめはひろき此寺の庭

三十一番　医王山東学寺《いおうざんとうがくじ》　堀江村《ほりえむら》、真言宗、□末

同国長命寺

ふだらくや南のきしを見わたせば誓ひもうみもふかき浦なみ

三十二番　清滝山宝城院《せいりゅうざんほうじょういん》（堀江村、真言宗、□末）

同国観音寺

参り来て頼むたからのしろの寺木くさのいろも浄どなるらん

三十三番　光縁山勢至院大蓮寺《こうえんざんせいしいんだいれんじ》（堀江村、浄土宗、芝増上寺末、常念仏《じょうねんぶつ》有《あり》、学誉《がくよ》冏鑑《きょうかん》大僧正御寄附《ごきふ》、鐘ノ銘有リ）

美濃国谷汲寺

もちむかへ給《たま》ひしみねの大蓮寺《だいれんじ》花のうてなにやどるしゅんれい

堀江村清滝権現《せいりゅうごんげん》の社有《やしろあり》、鎮守也、猫実村神明《ねこざねむらしんめい》の社有《やしろあり》、此所海岸出張《このところかいがんでばり》にて、能景地《のうけいち》也、則《すなわち》、八景の夜雨《よさめ》に入《い》る此所《このところ》也、又海中に白き洲有《あり》、是景物の沖津洲《おきつす》也、皆貝計《かいばか》り也、此洲にて新《あ》ラ鷹《たか》を取らるゝ也、中古は東浜《ひがしはま》に有《あ》り、竜宮より運び移し給《たま》ふと云《い》へり、

三十三所之外《ほか》　観音堂《かんのんどう》（藤原台村《ふじわらだいむら》、本行徳徳願寺持《も》チ也、是は、行徳三十三所を三度順礼《じゅんれい》して、此一枚を入れて、合せて百番と成《な》る結願所《けちがんじょ》也）

たのもしやめぐりおさめしくわんぜおん二世あんらくといのる心は

（中略）

維時寛延《いじかんえん》二（一七四九）己巳中呂上浣《つちのとみちゅうろじょうかん》

青山氏書レ之《あおやましこれをしょす》

---

(16) 徳願寺。千葉県市川市本行徳五番二二号。浄土宗武州鴻巣勝願寺末。慶長《けいちょう》一五年

（一六一〇）円誉不残上人創建。
(17)江戸横山町何某。江戸日本橋横山町の升屋作兵衛。加藤氏を名乗る。加藤新田の開拓者。
(18)神明宮の御神体は伊勢神宮の内宮の御前《おんまえ》の砂である。
(19)今は屋台（山車のようなもの）は出ず、神輿のみ担ぐ。屋台が出るのが本祭とされた。
(20)現在の弁天公園地内。
(21)潮除堤は「うしおよけつつみ」と読むとわかる。
(22)青木氏は青山氏。
(23)弁天山にあった松林を目印に沖にいる大船が湊へ近づいてくる。弁天山は江戸時代初期まで海に浮かぶ島だった。
(24)香取《かんどり》は欠真間村《かけままむら》の内《うち》とする。香取が行政区画として独立したのは昭和三一年（一九五六）に南行徳町が市川市に合併してからである。香取《かんどり》神社は四ケ村の鎮守で今でもそうである。
(25)同所一丁目裏とは本行徳一丁目のこと。札所が設定された元禄三年（一六九〇）の時代には行徳新田（現本塩）はまだ分けられていなくて本行徳の区割りである。享保元年（一七一六）行徳新田となる。

葛飾誌略(1)

『房総叢書』第六巻　所収『葛飾誌略』

本行徳は行徳(2)の母郷と書く唯一の地誌

葛飾浦(3)　此辺の浦をすべて云ふ。古歌或は歌枕等にも多く載せたり。景物、松、かつしかの浦、朱《あけ》のそほ舟《ぶね》(4)、沖津洲《おきつす》、など、読み遺したり。

---

(1)『葛飾誌略』の特長は江戸川下流から上流の国府台にかけて一つ書きで各村の石高、塩浜反別、家数、寺社、旧蹟、風物などを細やかに書いていること。郷土史を知るには一級の資料ということができる。著者は馬光《ばこう》という人物と思われるが不詳。

(2)本項は二〇一六年一一月現在の千葉県市川市行徳支所管内の部分のみ抜粋した。市川市に合併前の行徳町、江戸時代の行徳の範囲はもっと広い。

(3)『勝鹿図志手《かつしかずして》くりふね』はかつしかの浦と詠《よ》むべきと強調している。

（4）朱《あけ》のそほ舟。保全・装飾のため赤く塗った舟。

塩　御領中産物さまざま多き中に、わけて塩は第一の名産にて、海浜付共二十余村は、大体塩を焼いて以《もっ》て活計《かっけい》とする也。塩は米穀と共に位し、貴賤とも一日も欠いては、身命を全くする事ならず。昔、永禄十年（一五六七）十月の比、甲州家と北条家と楯鉾《たてほこ》の時、小田原より甲州へ塩留めをせられければ、流石《さすが》の名将も難儀に及び、国中大きに苦しめりとぞ。（後略）

（中略）

一、塩外。是は桶なり。七升三合入る。是、昔の儘にて、国初様の御時も改むる事なく、昔の儘にて今通用なり。（中略）よく泣けばなくほど、十のもの九分は上州辺へ上るといふ。此職の言葉になくといふを吉事とする也。よく泣けばなくほど塩も多々出来る也。大和詞《やまとことば》に泣涙の二字をしほたると訓ず。斯様《かよう》の言葉は田舎言葉にて、方言のやうに思へる人もあれど、古語にして片言にあらず。

（中略）

一、御手浜《おてはま》といふは、欠真間村《かけままむら》にて、寛政三亥年《いのとし》（一七九一）、御大老松平越中守様の時に、御勘定早川富三郎殿開発有り。(5) 初めは、上様にて御持の所故に此名あり。

一、新開浜。是も此村先、都《すべ》て四ヶ村へかかる。文化四卯年《うのとし》（一八〇七）、御勘定中川瀬平殿、塩浜海面囲堤長六千八百七十四間、(6)但し新井村より二俣村迄也。

（中略）

一、内匠堀《たくみぼり》。一名浄天堀《じょうてんぼり》。川幅二間。八幡町近所にては富貴川《ふうきがわ》といふ。凡一万石余（米約二万五千俵）之《の》用水堀にて、下は当代島村より上は凡三里余へ続き、鎌ケ谷の脇道辺《みちのべ》村囃水《むらはやしみず》の池にして続く。此用水川を斯《か》く便利に開きしは、元和《げんな》六庚申年《かのえさるのとし》（一六二〇）狩野《かのう》浄天・田中内匠の両人、(7)公へ訴訟し、蒙《こうむり》二免許《めんきょを》一開《ひらく》レ之《これを》。今に至り、其人々の大功を賞し、川の名に呼びて永代朽ちず。当年迄凡百九十年に及ぶ。(8)堰長四千三百十四間也。但し当代島村より八幡圦樋迄也。水引組合高之事略《りゃくす》レ之《これを》。

---

(5) 一之浜〜七之浜まで七つの塩浜を開発。御手浜公園として名をのこす。

(6) 新開浜にあたり築堤工事が先行する。文化六年（一八〇九）に新開浜開発が命じられ、文政《ぶんせい》一二年（一八二九）に新開塩浜御取立《おとりたて》となる。

(7) 狩野浄天。寛永《かんえい》六年（一六二九）没。浄土宗源心寺《じょうどしゅうげんしんじ》の創立者。田中内匠。別名田中重兵衛。慶安《けいあん》四年（一六五一）没。当代島の開拓者。

(8) 内匠堀開削年代。囃子水《はやしみず》〜八幡圦樋《やわたいりひ》までは寛永までに、八幡杁樋〜稲荷木《とうかぎ》・田尻《たじり》までは元禄《げんろく》までに、川原《かわら》~当代島までは元禄一五年迄に開削された(『葛飾風土史 川と村と人』)。

行徳領 凡四十余ケ村にして高凡一万石余也。(後略)

(中略)

一、行徳塩浜高凡二百町六反四畝七歩。但し西海神村は未レ詳《いまだくわしからず》。本行徳は母郷(9)なれば行徳より書き出す筈なれども、村々順路読み継ぎ悪しきやうなれば、下より書き出して、国府台辺にて終る也。

(9)本行徳は母郷。江戸川向こうの本行徳中洲にあった神明社が、寛永一二年(一六三五)に現在地へ遷座《せんざ》された。これにより「行徳の本地」はすべて本行徳へ移されたことになった。母郷は東京都江戸川区にあった。

一、川(10)。幅凡五六間。村の真中にあり。利根の枝川也。田中内匠は当村草創の家也。利根川向ふに当代といふ字の田畑凡十四五丁あり。此人開発の新田也。今井渡舟も此人の農業渡し也(11)。今も右渡し船持より田中氏へ上げ銭出づといふ。

(10) 千葉県浦安市当代島の船圦川《ふないりがわ》のことで現在は緑道公園になっている。
(11) 今井渡舟とは江戸時代の今井の渡しのこと。欠真間村の百姓に渡船《とせん》の権利が譲渡されたのだが田中氏へ上げ銭が出ていたとする。

一、新井村。高百五十八石七斗四升四合。外に一石二斗二升四合。塩浜高九町五反四歩。家数凡八十戸。高村は欠真間村の出村《でむら》也。
一、熊野社。当村鎮守。祭神紀州熊野同神。別当、延命寺。（後略）
一、新井寺《しんせいじ》。普門山といふ。禅宗。栗原寶成寺末。開基不レ詳《くわしからず》(12)。元和《げんな》二辰年《たつのとし》（一六一六）建立。行徳札所観世音二十七番安置。
一、延命寺(13)。寶珠山といふ。真言小岩末。開基券長法真誉法印。慶長元申年《さるのとし》（一五九六）建立。行徳札所二十八番安置。
一、経塚。海浜に有り。中頃自潭《じたん》(14)和尚《おしょう》大般若を書いて、水難除け祈祷に築きしといふ。

川幅五間ばかり。元禄御縄入後（一七〇二）開レ之《これをひらく》といふ。利根川の枝川也。[15]

---

(12) 船橋《ふなばし》の宝成寺の能山和尚が真水の出る井戸を掘り当てたので寺を建立したと伝える。

(13) 首切り地蔵を祀《まつ》る。新井《あらい》小学校があった。お寺の学校。

(14) お経塚。市川市の史跡。自潭は慈潭で新井寺《しんせいじ》第四世和尚。

(15) 新井川《あらいがわ》。元禄一五年以後に現在の市川市広尾地区を農地に開墾するために掘削《くっさく》した水路。現在新井緑道として保存。全長約五〇〇メートル。

（中略）

一、欠真間村《かけままむら》。高四百五十二石六斗二升五合。塩浜高二町三反四畝三歩。家数凡二百三十軒。香取《かんどり》相の川分一村也。[16]

（中略）

一、了善寺。親縁山といふ。一向宗西末（浄土真宗西本願寺派）。麻布宗福寺末。開基慈縁和尚。応仁二戊子年《つちのえねのとし》（一四六八）建立。凡三百四十二年に及ぶ。御除地四反三畝十二歩（約千三百二坪）。当寺は、昔、吉田佐太郎[17]といふ士《さむらい》の陣屋也といふ。然《しか》れども、吉田といふ士は何れの軍臣に候や、未だ是を詳《つまびらか》にせず。札所観世音二十六番安置。

（中略）

一、香取祠。渡し場九軒(18)鎮守。別当今井圓勝寺。

一、今井渡。此《この》渡しは欠真間村也。然《しか》れ共、諸人《もろびと》今井の渡といふ。尤《もっと》も、以前今井にて渡せし也。此渡しより富士山見えて佳景也。（中略）行徳より此渡し場迄千七百六十六間三尺。国初様(19)東金御成りの節、則ち此渡しを御通り被レ遊《あそばされ》し也。台徳院様（徳川秀忠）御成りの時も御通り也。還御《かんぎょ》には市川を御通り有りし也。（中略）明暦三年（一六五七）、江戸大火の節、当所舟越の儀、運上金差上げ、長く御免許の儀、郷中より伊奈半十郎様へ願上候處、行徳より小網町迄の御免の長渡し有レ之《これあり》、右の障りに相成候に付、相叶はず(20)。近郷のもの丶外、旅人等一切渡す間敷旨《まじきむね》、被二仰付一《おおせつけられ》候也。渡船由緒書略レ之《これをりゃくす》。

一、桀場《はりつけば》。此渡下一丁許《ばかり》いま字のやうに成れり。此由緒を尋ぬるに、正保元甲申年《しょうほうがんきのえさるのとし》（一六四四）、生實《おゆみ》の城主森川半彌様御家来男女二人久三郎イネ駈落ち、此川を舟越えす。船頭両人鎌田村某当村某、此両人法外の価を取り船を渡したり。尤も渡船にては越さずと雖も、渡し場見懲らしめのため御仕置被レ成《なされ》、男女両人船頭両人共、幷《ならび》に当村某が女房共に五人同罪になり、村方三人は菩提所へ引取り葬る。両人は此所へ埋む。印には石地蔵を立て、ね丶塚(21)といへり。何れの頃か洪水に川へ埋れたりと。云々。（後略）

一、妙見島(22)。川尻に有り。妙見祠有る故にいふ。此一島は先年小宮山杢之進様御支配の節、当村狩野氏《かのうし》[23]御手代を勤めし功により被レ下《くだされ》たりといふ。
一、源心寺。西光山といふ。御朱印六石。浄土芝末。開基増上寺中興開山源誉上人観智国師。大檀那狩野《かのう》新右衛門[24]尉《じょう》。慶長十六年辛亥《かのとい》（一六一一）建立。
一、六地蔵。本堂に向ふ。石体総高一丈三四尺、狩野氏本国豆州より積み下したりと。
云々。
（中略）
一、狩野氏影堂。当寺（源心寺）大檀那源正院心誉浄天居士、其外一族の影有り。今はなしと雖も、其有りし時を記す。[25]予幼年の頃是を見しに、皆玉眼入りて彫刻するが如し。堂は室形造りにて美麗也。四方の長押《なげし》には三十六歌仙を畫《か》き、格天井に真中蟠龍《ばんりゅう》有り。其四面天人の畫《え》也。狩野友信畫也とぞ。其頃不審なることは、此近辺に時々龍が降るといふ事有りて、大風吹き立て、災度々あり。諸人又源心寺の龍が出でたりと云ひ合へり。此蟠龍破れてより、此辺に左様の災なし。奇なる事也。（後略）
（中略）
一、香取社[26]。当村鎮守。祭神經津主命《ふつぬしのみこと》。香取郡香取宮同神。別当圓明院《えんみょういん》。欠真間《かけまま》・香《かん》取《どり》・湊新田・湊村四ケ村の鎮守也。下総国一宮香取太神宮を勧請也。日本鎮守棟梁也。
（中略）当社祭礼は九月十一日也。家臺四番出づ。三十六年前、安永二癸巳年《みずのとみのとし》（一七七三）花麗の事有りし也。其後は神輿のみ渡りて本祭なし。御膳、古は狩野家にて奉献

せし也。中頃、四ケ村へ譲りし也。[27]（後略）

（中略）

一、狩野氏《かのうし》事跡。先祖浄天は用水堀を開き、塩浜定免永の事、幷《ならび》に塩浜御普請の事、村々耕地圦樋の事、願ひを立て粉骨し、便利にせしとなり。[28] 先祖本国は豆州狩野庄にて、北条氏政の舎弟陸奥守氏照の臣、狩野一庵といふ祐筆なりしが、武辺にして侍大将となる。天正年中（一五七三～九二）、二三千の兵にて八王子の城に籠り、太閤様御先手加賀上杉の五万余騎を引請け、血戦する事数十度にして本丸に引入り、忠死して名を万代に揚げたり。神君御感有りて甚だ惜しませ給ひ、悴主膳を被二召出《めしだされ》一、禄を下し給ふ也。[29]

一、湊新田。高三十石五斗四升七合。塩浜反別四町三反一畝十九歩。実は新田にあらず。[30] 元禄年中（一六八八～一七〇四）故有りて一村と成り、公儀へ新湊村と書き上げし也。家数凡五十戸。

一、第六天祠。圓明院持。野中に有り。毎年六月花火神事あり。[31]

---

(16) 香取《かんどり》と相之川《あいのかわ》が大字として独立した行政区域になったのは昭和三一年（一九五六）一〇月に南行徳町が市川市に合併された時である。

(17) 吉田佐太郎。慶長《けいちょう》元年（一五九六）正月晦日《みそか》、新塩浜開発御書付《おんかきつけ》を行徳塩浜に与

える。『市川市史』の「塩浜由来書」の中に妙典村に残されたものが記載されている。
(18)上今井村《かみいまいむら》から渡船の権利の譲渡を受けた欠真間村の百姓は九名である。氏名は不明。
(19)国初様は徳川家康、台徳院様は徳川秀忠。
(20)欠真間村から下今井村への渡船の願いが却下された。一方通行のまま明治を迎える。
(21)ね、塚の地蔵は洪水に埋もれてしまった。延命寺の首切り地蔵とは別のものである。
(22)妙見島は元欠真間村の飛び地。現在は東京都江戸川区東葛西。
(23)狩野氏。内匠堀を開削した狩野浄天の子孫。
(24)新左衛門とも。いずれか不詳。
(25)予とは『葛飾誌略《かつしかしりゃく》』の著者のこと。蟠龍とは龍がとぐろを巻いているさまのこと。
(26)現在の香取神社《かんどりじんじゃ》。香取はかんどりと読む。
(27)狩野家が支えていたが四ヶ村へ渡したことがわかる。狩野家が衰えたためと思える。
また、本祭とは家台を出すお祭りだとわかる。
(28)狩野浄天の功績は内匠堀開削だけではないことを再認識しなければならない。
(29)一庵の悴主膳が徳川氏の旗本になったとされている。
(30)「実は新田にあらず」の理由が伝わっていない。
(31)胡録神社《ころくじんじゃ》は湊新田の鎮守。新湊村となってからの建立だろう。花火神事は現在も続いている。

（中略）
一、湊村。(32)高八十九石六斗八升九合。塩浜高十一町一反九畝二十八歩。（後略）
一、圓明院《えんみょういん》。水奏山といふ。真言小岩末。開基正誉法印。家数百余戸。御除二反二畝歩。永禄五 壬 戊年《みずのえいぬのとし》（一五六二）建立。凡二百四十八年に及ぶ。札所観音二十二番目安置。
一、不動堂。霊験有り。弁天祠。(33)昔は野中に在り。宝永年中（一七〇四〜一〇）此所へ遷す。
一、善照寺。青騰山《せいとうざん》(34)といふ。浄土芝末。開基覚誉上人。元和《げんな》七辛酉年《かのととりのとし》（一五二一）建立。凡百九十九年に及ぶ。額、文豹筆。(35)
（中略）
一、五智如来。石像也。文豹墓。辞世。極楽も地獄もさきにあらばあれ心の外に道もなければ。（文豹は青山氏にて、佐文山の門弟。能書也。所々に筆跡残る。徘徊し遊び、両后といふ）
一、法伝寺。(36)仏法山といふ。浄土芝末。開基観龍上人。天正二甲戌年《きのえいぬのとし》（一五七四）建立。凡二百三十六年に及ぶ。札所観世音二十二番目安置。
（中略）

一、舟渡。諸人前野渡し(37)といふ。百姓渡し也。昔、前野鎌内より塩稼の為舟越えしたり。今に当村（湊村）に前野分といふ所有り。此故に女も渡す也。当村汐除堤《しおよけづつみ》は、小宮山様の時に三度築き出したり。関ヶ島・伊勢宿の辺は昔の儘也。故に分内甚だ狭し。此堤、今の如く厳重に成りたるは小宮山様の時也。

---

(32) 湊とは水上で人や物が集まる所。湊村は寛永《かんえい》六年（一六二九）の検地《けんち》の時にできた村。
(33) 弁天祠。現在の千葉県市川市行徳駅前二丁目の弁天公園にあった。
(34) 青騰《せいとう》は青暘《せいよう》。
(35) 文豹。青山藤左衛門英貞。『葛飾記《かつしかき》』の著者とされるが未詳。
(36) 新井村名主鈴木清兵衛、俳号行徳金堤《きんてい》の墓があったが、無縁の墓に収納されて見ることができない。明徳尋常《めいとくじんじょう》小学校（湊小学校）があった。
(37) 前野渡し。明治時代は湊の渡しと呼んだ。前野とは現東京都江戸川区南篠崎五丁目。

一、押切村。高六十八石五合。塩浜高十二町八反三畝歩。別当鎌田長壽院。（後略）

一、光林寺。木迎山(38)といふ。浄土今井浄貞（興）寺末。開基三誉尊了和尚。天文年中（一五三二～五五）建立。凡二百七十年に及ぶ。札所観世音三十二番目安置。御除地六反三畝歩。

（中略）

一、溜。古き溜也。昔は此所より海へ水を落せしと也。故に押切りと呼ぶとぞ。又、此河岸を祭礼河岸(39)といふ。弁天祠(40)有りし故にいふと也。又、西連河岸《せいれんがし》といふは、西連といふ法師住みたる故にいふと。此所利根川開いてより、北樋に成りしとぞ。（後略）

---

(38) 木迎山。今は来迎山《らいげいざん》。浄貞寺は浄興寺《じょうこうじ》。
(39) 祭礼河岸。行徳河岸。貨物専用の河岸。
(40) 弁天祠。湊の水神様。

一、伊勢宿村。高二十九石二斗九升。塩浜高四丁一反二畝十一歩。凡家数四十余戸。

一、神明社。当所鎮守。伊勢内宮同神也。（後略）

一、清岸寺《せいがんじ》。徳永山(41)といふ。浄土京都智恩院末。当時芝預り。開基徳願寺二世行誉上人。

慶長十九甲寅年《きのえとらのとし》（一六一四）建立。百九十六年に及ぶ。御除地一反二十五歩。（後略）

（41）徳永山。現在は松柏山《しょうはくさん》という。

（中略）

一、関ヶ島村。高三十七石七斗四升三合。塩浜高三丁一反三畝十一歩。

一、第六天祠[42]。当所鎮守[43]。祭神は市川村條下に委《ゆだね》し。依《よっ》て略す。別当、徳蔵寺。

一、徳蔵寺。関島山といふ。真言小岩末。開基乗意法印。天正三乙亥年《きのといのとし》（一五七五）建立。二百三十五年に及ぶ。観世音十九番目安置。（後略）

一、法性寺[44]。医王山といふ。真言小岩末。開基権僧都覚順。天正四丙子年《ひのえねのとし》（一五七六）建立。二百三十四年に及ぶ。観世音十八番安置。（後略）

（42）胡録神社。

（43）今は関東山と書く。

(44) 昭和四〇年代に徳蔵寺に吸収される。

（中略）

一、三千町。加藤新田といふ。塩浜反別二丁三反七畝三歩（約七千百十三坪）。一村持也。高三石九斗五升九合（米約十俵弱）。近藤兵右衛門殿御改也。明和五年戊子《つちのえね》（一七六八）。

（中略）

一、本行徳。駅也《なり》[45]。高九百五十四石八斗五升八合。塩浜高三十七町六反九畝四歩。家数凡《およそ》三百余軒。是《これ》領内の村にして、房州・上総・常陸、并《ならび》に当国の街道也。領内凡二里三里が間也。当所町並は南北三百九十四間、東西百十間平均也とぞ[46]。旅人往来、今は登戸船にて多く往来しつれば、昔よりは減なしと。然《しか》れ共、日夜旅人の絶間なく、又、春冬は銚子の魚物、夏は西瓜瓜等、この前栽《せんざい》、秋より冬は大根等付け出す。馬の夥《おびただ》しく嘶《いなな》く聲《こえ》、馬士唄《むまかたうた》の喧《やかま》しきなど、言ふばかりなし。（後略）

一、新川岸。川場也。元禄三庚午年《かのえうまのとし》（一六九〇）此所へ移る。故に新川岸[47]といふ。南側に宿屋十余軒、此内亀屋は僧侶宿なり。山口屋は木賃宿《きちんやど》也。

宿取りて塩浜見に行く春日哉　祖風。（後略）

一、川岸番所。同船会所(48)。寛永九壬申年《みずのえさるのとし》（一六三二）、伊奈半十郎様御支配の節、江戸小網町迄水上三里舟渡被二(49)仰付《おおせつけられ》一、并《ならび》に御伝馬《てんま》駄賃人足相定まる。当年迄凡百七十八年に及ぶ。

---

(45) 駅。律令制で、公私の旅行のため駅馬・駅船・人夫を常備している所。
(46) 南北約七一七メートル、東西約二〇〇メートルの範囲内に本行徳があった。
(47) 新川岸。新河岸《しんがし》のこと。『江戸名所図会』に「行徳船場《ぎょうとくふなば》」の図がある。
(48) 会所。江戸時代、町役人・村役人の事務所。『江戸名所図会』の「行徳船場」の図の番所裏に会所が描かれている。
(49) 水上三里の船渡しとは行徳船のこと。

（中略）

一、成田山常夜燈。笠石渡凡《およそ》五尺、火袋二尺余、惣高一丈五尺の大燈籠、川岸に立つ。去る未年《ひつじのとし》日本橋講中建レ之《これをたてる》(50)。

（中略）

一、笹屋饂飩。（中略）此うんどんは行徳の名物にて、大坂砂場のそばと同じく、旅人の立ち寄らざるはなし。

（中略）

一、遊女屋二軒。（中略）四丁目火事(51)といふは、明和六年己丑《つちのとうし》（一七六九）二月十六日也。川原村表通り迄焼けたり。棟数凡三百軒。此時神明宮は残る。其前に大坂屋火事といふは、笹屋など焼けたり。行徳といふ地名は、其昔、徳長けたる山伏此所に住す。諸人信仰し行徳と云ひしより、いつとなく郷名となれりと(52)。云々。其後、此庵へ出羽国金海法印といふもの来りて、行徳山金剛院といふ。羽黒法漸寺末と成る。天文十一壬《みずのえ》寅年《とらのとし》（一五四二）也。御行屋敷といふ。此寺享保年中（一七一六～三五）退転すといふ。

一、神明宮。四丁目并《ならび》に新田鎮守(53)。別当月性院。則《すなわ》ち伊勢内宮様同神也。中例に在る時は小祠也。寛永十二乙亥《きのとい》（一六三五）大社に造立(54)。其造立の節、十五ケ村より寄進有りしといふ。本願主田中嘉左衛門。元文《げんぶん》二丁巳年《ひのとみのとし》（一七三七）・享保元申年《きょうほうがんさるのとし》（一七一六）とも田中三左衛門催しにて、祭礼に始めて屋臺を出す。町内も此時四丁に分る。新田とも家臺五つ、新宿《にいじゅく》客祭として家臺以上六つ也。其後、度々屋臺出でしかども、新田迄は不ㇾ引《ひかず》といふ。

一、自性院《じしょういん》。神明山といふ。真言小岩末。開基法仙法印。御除地一反四畝二歩。天正十

六 戊子年《つちのえねのとし》（一五八八）建立。凡二百二十二年に及ぶ。法仙は一臈職《ろうしょく》にて当寺より本寺へ移る。

（中略）

一、法泉寺。真寶山といふ。浄土今井浄興寺末。本は芝末也。開基法誉上人。御除地一反五畝歩。元亀《げんき》元庚午年《がんかのえうまのとし》（一五七〇）建立。凡二百四十年に及ぶ。（後略）

（中略）

一、権現堂《ごんげんどう》。是は神君東金御成りの節、当寺御小休の節、御入り被レ遊《あそばされ》し道[55]也。其頃、当寺にて御小休宿被レ遊しは両三度也とぞ。古老茶語に云ふ、或時、至尊御尋ねに、坊主は田地にても持つやとの御意也。此時、住持其席に居合せず。徳願寺和尚居合せ候て、御答へに、極貧にて一合も所持不レ仕《つかまつらず》候と申上げ候ければ、寺号を御尋ねに付、徳願寺と申上ぐ。神君御側衆へ命有りて、御墨付を被レ下《くだされ》けり。いま徳願寺御朱印是也と。其節に至り、其席に居合せずば能《よ》く能《よ》く不仕合也。此一事、真偽不レ詳《くわしからず》と雖《いえど》も、聞ける儘に書す。（後略）

一、本久寺。浄延山[56]といふ。日蓮宗中山末。開基日能上人。元亀《げんき》三壬申年《みずのえさるのとし》（一五七二）建立。凡二百三十八年に及ぶ。御除地四畝歩。

一、祖師木像。身延山日朝上人作。隣寺の本應寺も中山末なりけるが、近年二ケ寺を合せて一ケ寺とし、本應山本久寺といふ。本應寺御除地八畝歩也。天正六戊寅年《つちのえとらのとし》（一五七八）建立。開基は實相院日應上人也。
一、法善寺。佛性山と云ふ。諸人塩場寺《しょばでら》といふ。門徒西末。開基権大僧都宗玄。慶長五庚子年《かのえねのとし》（一六〇〇）建立。凡御除地六畝歩。（後略）
（中略）
一、潮塚《うしおづか》。うたがふな潮の花も浦の春。[57] 是はばせを伊勢二見の浦の句也。当所に似合はしとて穿ちて霊とせり。寛政五 癸丑年《みずのとうしのとし》（一七九三）の翁百年に建レ之《これをたてる》。手跡は行脚麦《ばく》丈《じょう》。（後略）
一、常運寺。題目山といふ。日蓮宗中山末。開基日善上人。慶長二十年乙卯《きのとう》（一六一五）建立。百九十五年に及ぶ。
（中略）
一、長松寺。塩場山《えんじょうざん》といふ。禅宗馬橋萬満寺末。開基溟山《めいざん》和尚。御除地二反五畝歩。本願主松原淡路守永正。天文二十三甲寅年《きのえとらのとし》（一五五四）建立。凡二百五十六年に及ぶ。此寺むかし中例に有りし頃は、此辺塩場《しょば》也とぞ。今の法善寺の地は、もと長松寺の旧地也。故に塩場といふ。
一、薬師如来。聖徳太子作。境内に安置す。（中略）塩竈小祠、此寺草創よりの祠也とぞ。当領内は塩竈明神を祭る事勿論なるべし。祭神味耜彦根命《あじすきひこねのみこと》。相伝ふ、昔、当社明神始焼レ塩《しおをやく》。（後略）

一、神明社。四丁目にあり。是は御旅所也[58]。拝殿に法楽額有り。願主稚乙。
一、八幡社。三丁目にあり。
一、徳願寺。海巌山といふ。浄土武州鴻巣勝願寺末。開基勝願寺中興不残上人。御朱印十石。慶長五年（一六〇〇）創立。昔は普光院とて草庵なりしとぞ。
一、阿弥陀如来。本尊也。運慶作。鎌倉右大将頼朝公簾中尼将軍の宥経仏《ゆうきょうぶつ》也。上様より忠残上人へ被二下置《くだしおかれ》一し也。
（中略）
一、閻魔堂。像、運慶作。（中略）行徳観世音第一番目安置。此札所初めて元禄三庚午《かのえうま》年《のとし》（一六九〇）、当寺十世覚誉上人三十三体の尊像[59]を刻みて、諸寺へ納められしと也。凡百二十年に及ぶ。
（中略）
一、宮本武蔵の塚[60]。是其頃妙典村五兵衛といへる者の所に止宿せしが、不図《ふと》病気づいて卒す。いつの頃にや、大洪水の節、押埋りて其跡今は不レ詳《くわしからず》。武蔵は武芸の士《さむらい》也と。
一、溺死万霊塔。当寺門前に立つ。高さ一丈二尺。先年江戸深川八幡宮祭礼の節、永代橋落ちて流死の為に、日本橋講中建レ之《これをたてる》[61]。
（中略）
一、浄開寺。三丁目。芝末。開基鎮誉上人。寛永三丙寅年《ひのえとらのとし》（一六二六）建立。名号石、

堂前に有り。四方六面、高さ一丈許《ばかり》。観世音札所十五番目安置。

一、成田山不動尊開帳。(62)寛政元酉《とり》年（一七八九）の事也。是深川より御帰りの節也。七昼夜開扉《かいひ》有り。此時、川原村より相の川迄の村々不レ残《のこらず》大幟《おおのぼり》を持ち、若々衆思ひ思ひの揃衣にて、御迎へに出でたり。

一、信楽寺《しんぎょうじ》(63)。佛貼山といふ。四丁目今井浄興寺末。開基富誉順公。札所観世音十六番目安置。元亀《げんき》庚午年《かのえうまのとし》（一五七〇）建立。御除地一反畝。

一、圓頓寺《えんとんじ》(64)。御除地七畝歩。日蓮宗中山末。天正十二甲申年《きのえさるのとし》（一五八四）建立。開基律師日圓。

一、正讃寺。法順山といふ。日蓮宗真間末。御除地八畝歩。開基日蓮上人(65)。天正三乙亥《きのといの》年《とし》（一五七五）建立。

一、常妙寺(66)。寺町。正永山といふ。日蓮宗中山末。開基日圓上人。慶長三戊戌年《つちのえいぬのとし》（一五九八）建立。御除地二畝二十歩。

一、妙頂寺。真光山といふ。日蓮真間末。開基日忍上人。天正五丁丑年《ひのとうしのとし》（一五七七）建立。

一、妙應寺。正国山といふ。日蓮宗中山末。開基日忠上人。天正元癸酉年《みずのととりのとし》（一五七三）建立。除地五畝歩。

一、寺町。一丁目横町《よこまち》をいふ。石橋、寺丁《まち》に懸る(67)。長さ八尺五寸、横一丈五寸。宝永七庚寅年《かのえとらのとし》（一七一〇）、御代官平岡三郎左衛門様、市川溜井の左右を以て御懸被レ下《おかけくだされ》し也。

其以前は土橋也といふ。
一、行徳新田(68)。享保元丙申年《きょうほうがんひのえさるのとし》（一七一六）、此新田をわける。神明御旅所当所にあり。

---

(50) 蔵屋敷として一〇名、西河岸町として一一名の名がある。文化《ぶんか》九壬申年《みずのえさるのとし》三月建之とある。未年は文化八年（一八一一）。

(51) 行徳の大火は大坂屋火事、四丁目火事、明治一四年の大火の三度である。明治の大火は新河岸に停泊中の蒸気船から出火し一丁目までと新田を焼いた。四丁目火事は明和の火事ともいい、この火事をきっかけとして塩浜由緒書が作成されたと筆者は推測している（『行徳歴史街道2』所収「行徳の大火と塩浜由緒書」）。

(52) 行徳の地名発祥を書いている。『葛飾記』に同内容のものあり。

(53) 新田は行徳新田（今の本塩《ほんしお》）、四丁とは本行徳一丁目・二丁目・三丁目・四丁目のこと。

(54) 寛永十二乙亥大社に造立とは、川向こうの本行徳中洲にあった神明社を本行徳一丁目の現在地へ遷座した時のこと。行徳塩浜十五ケ村の総鎮守と崇《あが》められた。

(55) 「道」の文字が一ヶ所あるが、筆者はこれは堂が正しいと思われる。ただ、権現道《ごんげんみち》の由来を語る時どうしてもこの部分の「道」を意識することになる。他の文献に本行徳の権現道の由緒を記したものがない。家康と和尚の問答は有名。

(56)今は照徳山という。

(57)句碑には「宇たがふな潮の華も浦の春」とある。ばせをとは芭蕉。翁百年は寛政六年。

(58)御旅所。神社の祭礼に、神輿が本宮から渡御《とぎょ》して仮にとどまる場所。

(59)行徳領三十三所観音札所巡り。元禄三年（一六九〇）は徳川家康が江戸城に入城した天正《てんしょう》一八年（一五九〇）からちょうど百年目の年である。

(60)塚は行方不明だが、徳願寺に供養地蔵がある。当時の住職の計らいだろう。風化が激しいが台座に「正徳《しょうとく》二 壬 辰年《みずのえたつのとし》（一七一二）七月二十四日」「単誉直心」とある。

(61)文化《ぶんか》四年（一八〇七）八月一九日の祭礼の折、永代橋崩落、死者二〇〇〇〜三〇〇〇人の大惨事。亡くなった人の多くは成田山参詣の講中だったと思われるので、徳願寺門前は必ず通過する場所であり、この地を選んだと考えられる。

(62)浄閑寺にて開帳。天災続きで塩浜不景気のためのイベントと筆者は考えている。この二年後に幕府直営の塩田開発が欠真間村《かけままむら》地先で実施され、これを御手浜《おてはま》と称した。

(63)昭和二〇年（一九四五）一月二八日の空襲で被弾、同二七年 教善寺《きょうぜんじ》に吸収合併され教信寺《きょうしんじ》と変更。

(64) 山号は海近山《かいこんざん》という。寺建立当時は背後に海が迫っていたからだ。言い得て妙である。
(65) 開基日蓮上人では時代が合わない。
(66) 廃寺となり墓は隣の妙頂寺へ移された。
(67) 現在の一方通行の道である。石橋が懸ったのは内匠堀《たくみぼり》を渡るためのもの。左が妙応寺、右が長松寺、内匠堀を渡った先の左が徳願寺、右が常運寺。
(68) 行徳新田は現在の本塩。

（中略）

一、新宿《にいじゅく》村《むら》(69)。高六十九石五斗五升一合。外に二石七斗六升二合新規。塩浜高一反畝。

一、稲荷社。当村鎮守。京都稲荷山同神。川原村養福院持。

一、大徳寺。十方山といふ。浄土芝末。開基光誉快山和尚。元和《げんな》元乙卯年《がんきのとうのとし》（一六一五）建立。凡百九十五年に及ぶ。札所観音十五番目安置。

（中略）

一、浄林寺(70)。浄土今井浄興寺末。開基貝誉上人。慶長二丁酉年《ひのととりのとし》（一五九七）建立。本尊、海中出現。妙典村の人奉持して当寺へ納む。蠣殻《かきから》ついて有りといふ。

(69) 下新宿村《しもしんしゅくむら》のこと。
(70) 『葛飾記』に記載があるため、寛延《かんえん》二年（一七四九）以降に廃寺。札所六番目。

（中略）
一、川原村。高三百二十九石四斗四升三合。外に十三石新規。塩浜二丁六反六畝二十一歩。
一、春日社。当村鎮守。南都春日同神也。別当龍厳寺。（後略）
（中略）
一、養福院。不動山といふ。真言小岩末。開基重海法印。行徳札所八番目安置。天文十九庚戌年《かのえいぬのとし》（一五五〇）建立。
一、龍嚴寺《りゅうごんじ》(71)。龍燈山といふ。真言古作明王院末。開基養誉法印。宝徳元己巳年《つちのとみのとし》（一四四九）建立。凡三百六十一年に及ぶ。札所観音九番目安置。
一、正源寺。聖中山といふ。浄土今井金蔵寺末。開基信誉和尚。宝徳元己巳年《つちのとみのとし》（一四四九）建立。凡三百六十一年に及ぶ。札所観音七番目安置。
（中略）

一、舟渡し。百姓渡し也。昔は篠崎村にて舟渡したり。近年、川原村へ頼む。此渡し、旅人は禁制也。舟会所より人を付け、旅人の往来を禁ず。(72)

(71) 大正元年（一九一二）からの江戸川放水路開削工事により稲荷木村《とうかぎむら》に移転。福王寺《ふくおうじ》と合併して雙輪寺《そうりんじ》となる。

(72) 新河岸にある舟会所から見張りの村役人が出張って監視していた。

（中略）

一、新道。行徳より八幡迄の街道也。昔、神君東金御成りの節、此道を新に開く。(73) 故に新道の名あり。（後略）

(73) 慶長《けいちょう》年間（一五九六〜一六一五）、伊奈忠次《いなただつぐ》に命じて築造とされる。

一、下妙典村。高百二十二石九斗三升五合。外に五石八斗新規。塩浜高十五丁二反六畝歩。
一、春日社(74)。当村氏神也。南都春日勧請。
一、清寿寺。顕本山といふ。日蓮宗中山末。近年永代上人と成る。開基日開上人。御除地二反五畝歩。元禄年中（一六八八～一七〇四）建立(75)。

(74) 古文書は安政《あんせい》三年（一八五六）の大津波で流失、創建年代不明。
(75) 元禄八年（一六九五）、日開上人により開山、清寿尼が開基したとされる。

一、上妙典村。高百四石九斗一升一合。外に十八石七斗四升四合新規。塩浜高十四丁七反四畝五歩。妙典とは法華経をいふ也。妙は妙法也。典は爾《じ》雅《が》経《きょう》也。当村の名は尊き名也。
一、八幡社(76)。当村鎮守。
一、妙好寺。妙承山(77)といふ。中山末。御除地一反一畝歩。開基日説(78)。永禄八乙丑《きのとうし》（一五六五）建。此両村は、伊勢皇太神宮の御秡(79)を、家内へ不レ納《おさめず》といへり。（中略）此両村、他宗一軒もなし。只《ただ》、徳願寺檀方に念仏五兵衛(80)とて一人有りしが、是《これ》も当時は改宗して日蓮宗に成れりといふ。

---

(76) 元禄年間（一六八八～一七〇四）の創建と伝える。

(77) 妙承山。現在は妙栄山。

(78) 永禄八年八月一五日、一乗《いちじょう》阿闍梨《あじゃり》日宣《にっせん》法印《ほういん》により開山。開基檀頭は千葉氏千田の子孫小田原北条氏の家士篠田《しのだ》雅楽助《うたのすけ》清久《きよひさ》。

(79) 御秡。秡は祓の俗字。フツ。

(80) 念仏五兵衛とは宮本武蔵の塚を建てた人物。浄土宗から日蓮宗へ改宗とされる。これで上下妙典村は日蓮宗だけの村になった。

勝鹿図志手くりふね　行徳金堤(1)

『影印・翻刻・注解勝鹿図志手繰舟』高橋俊夫 編著

行徳(2)にて汐垂るを泣くといい、塩尻の意味の説明は博識

（勝鹿浦紀事）

はるかにいにしへをおもふに国々処々《くにぐにしょしょ》の名におのおの唐文字《からもじ》ふたつづゝをさだめて地の名にあてしめたまひし後《のち》、諸国《しょこく》に風土記《ふどき》ありて、その地に名づけたるゆゑもよしもあきらかなりしとぞ。されど其書《そのしょ》はやくほろびて出雲国《いずものくに》の外《ほか》おほくつたはらねば、地に名付《なづけ》たるゆゑも今の世にてはしるべからず。わがすむかつしかは古くより名だゝる処《ところ》にて赤人虫麻呂《あかひとむしまろ》の詠《うた》をはじめ代々の哥《うた》まくらとなりて、久しくその名をうしなはず。古く真間《まま》の入江《いりえ》などつゞけしをみるに、むかしは此《この》あたりまで海のさし入《(いり)》たるならん。その形おろおろ見にたれば、今の行徳《ぎょうとく》といふあたりより、すべてひとつ浦にして此海辺《このうみべ》をひろくかつしかの浦とはいひしとおぼゆ。中頃何《なかごろなん》の人かいひそめけん、こゝを袖《そで》の浦《うら》とよびて句《く》にもつくり或《あるい》はことのはなどにも、やさしばみてかくいへり。もとより此処《このところ》は安房《あわ》の国《くに》より上下《かみしも》の総《ふさ》の国《くに》かけて立《たち》めぐりたる浦辺《うらべ》のありさま、おのづから袖のかたちにも似かよひたりしより、さも名付たらんものか。袖の浦、袖しが浦などはみな余国《よのくに》の名処《めいしょ》にして出羽《でわ》出雲《いずも》など抄物《しょうもつ》にも注《ちゅう》せれば此浦《このうら》の名ならぬことあきらけし。なぞふるくよりの名を捨て故《ゆえ》もなき袖の浦とはいふべきや。されば此後《こののち》こゝにあそばむ人のかりそめの筆のすさびも、たゞかつしかの浦としるべき事なるをや。さらばいにしへの名のいよいよあらはれて浦のみるめもやすらかに、かる《(刈)》も《(藻)》の玉のこと葉にも遠き後までいひつぎゆかむは世にめでたき事なるべし。此《この》ことを人にも告《(つげ)》んとおもふからに、浦辺《うらべ》によせある諸風士のことばをひろひて此さうしとはなしけるなり。

その浦の漁人《ぎょにん》金堤《きんてい》誌《しるす》

※次頁の金堤画(3)「行徳周辺図」は画中に「葛飾浦ハ行徳領三拾余ヶ村也」とあり、下の「竈家図」には「塩焼竈屋凡竪六間横五間此内に下に図する塩竈有。竈屋に続きて屋根ばかりなるは潮垂水溜置所也。是を土船《どぶね》と云《いう》」「竈後に灰抜穴有。竈尻と云」「塩焼竈凡弐間四方」「竈高サ凡弐尺」とある。

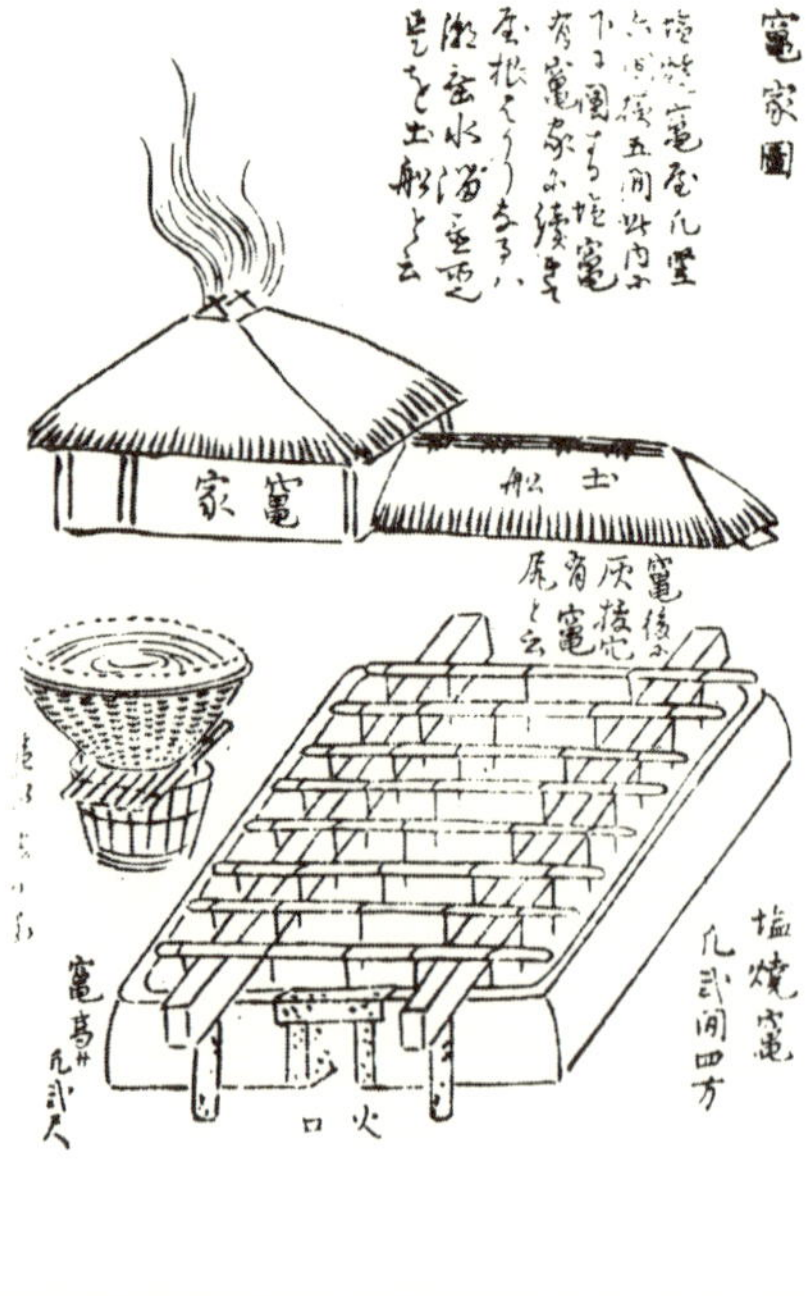

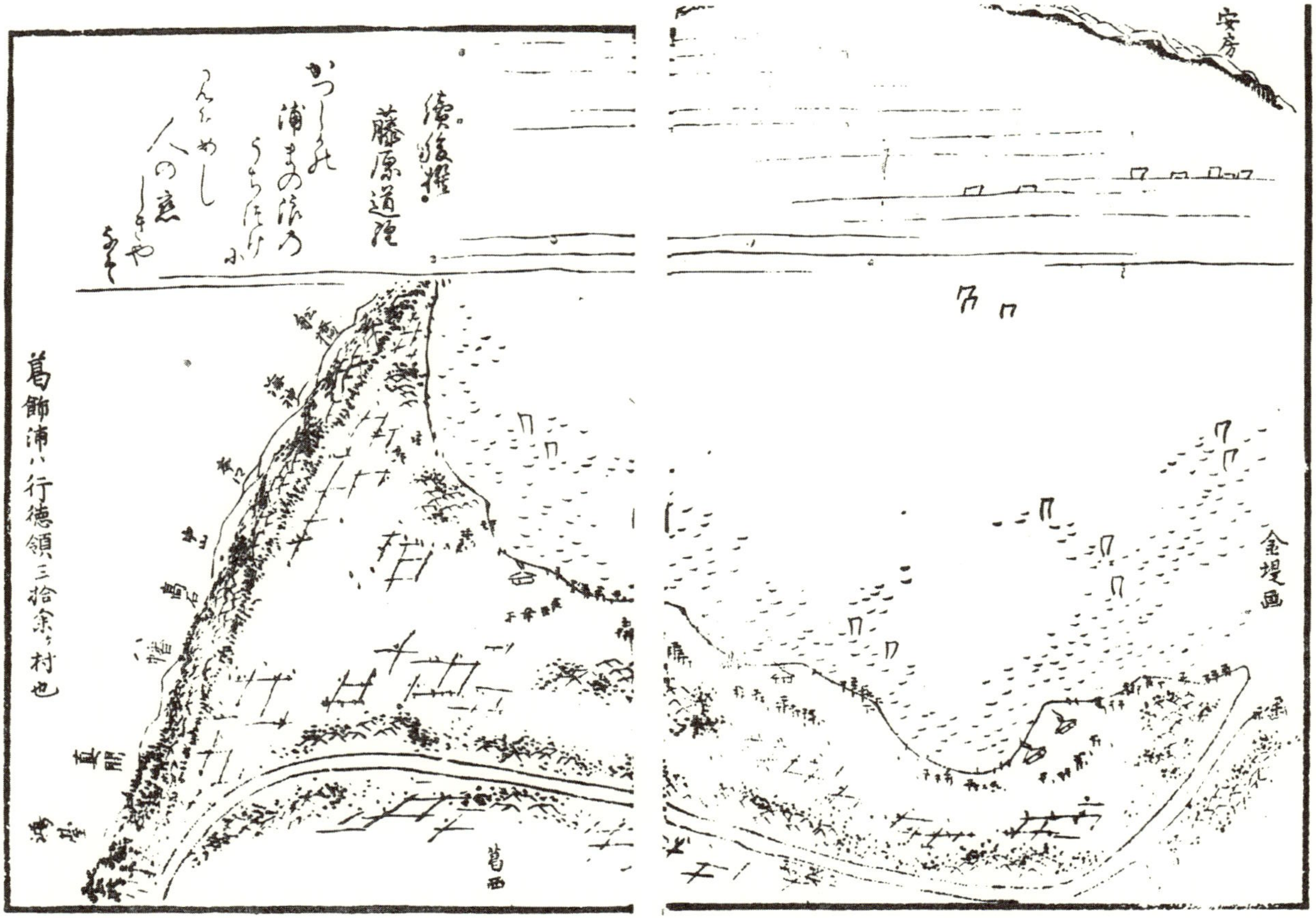

葛飾浦ハ行徳領三拾余ヶ村也
藤原道經
安房
金堤画
真間
葛西

（中略）

▲海巌山徳願寺《かいがんざんとくがんじ》　在本行徳村《ほんぎょうとくむら》

本尊阿弥陀如来《あみだにょらい》は鎌倉右大将家二位の禅尼《ぜんに》の、大佛工運慶《だいぶっくうんけい》に命じて彫刻なさしめ玉《たま》ふ尊像なるよし。伝来《でんらい》寺記に委《ゆだね》し。当寺十七世晴譽和　尚《せいよおしょう》(4)は中興の開基にして昼夜念佛《ねんぶつ》怠る事なし。其行《おこな》ひ衆人のしる(知)所也《なり》。雪中庵蓼太参謁《さんえつ》したりし時、

念佛の外に念なし秋のくれ

晴譽和尚の挨拶に、

遠くはないぞちかい極楽

（中略）

▲狩野家六地蔵　在欠真間村源心寺《かけままむらげんしんじ》

狩野家《かのうけ》は小田原北條家《ほうじょうけ》の旗下《きか》にて豆州《ずしゅう》狩野の庄の砦《とりで》の主将たりしが城破れて後、二君に仕《つか》（ふ）る事を思はず、葛飾《かつしか》の浦行徳欠真間村《ぎょうとくかけままむら》に来住して范蠡《はんれい》が富をなし新《あらた》に田畑《でんばた》を開き土人に耕作をすゝめ、又北條家の亡霊かつは狩野家祖先の追福《ついぶく》のためにや、旧領の地狩野の庄より土石を運ばせ石の六地蔵　并　廟堂一宇《ならびにびょうどういちう》を造営なす。いらかを磨き梁《はり》に丹朱《たんしゅ》を彩《いろど》り七宝を鏤《ちりば》め壮麗なる事云《いう》ばかりなし。里人是を御影堂《みえいどう》と云《いう》。愚老《ぐろう》若年の頃よりよく見おきたりしが廿年も前、破却して(5)今は狩野家も衰微《すいび》し苗裔《びょうえい》かすかに残りてたゞ石の六

地蔵のみ歴然《れきぜん》たり。
御影堂の天井に画工狩野某の筆なりとて花鳥《かちょう》を画《えが》き、中の一間《ひとま》は九龍也。又御影堂に並びて不動堂有《あり》て御手洗《みたらし》の古池は夏月の事なるに俄《にわか》に黒雲掩《おほ》ひ雷鳴風雨しきりに吹降《ふきをち》て、御手洗溢《みたらしあふ》れ龍水《りゅうみず》を渦《まき》あげたり。農人是を見て鎌を投《なげ》つけたりしかば龍の尾にあたりたるよし。雲雨《うんう》おさまりて御影堂を見るに、九龍の一間《ひとま》抜出《ぬけいで》て其行方《そのゆくえ》をしらず。是より後は近里に龍水をあぐるを見ては御影堂の尾切龍《しりきれたつ》とよべり。愚評曰《ぐひょういわく》、龍は四靈のうち、ことに霊なるものにて人の眼に見へ手にあたるべき物にあらず。古画の馬、夜よく草をはみ木に彫みたる龍水を呑（む）などの俗話あれども、愚老眼前見ざる事故《(ゆゑ)》不《しん》レ信《ぜず》。古人も龍雷同物の論あれば、龍は天地陰陽の一気とおもはる。又、天地の中、理外の事もあれば強而《(しいて)》も云《いい》がたし。

（中略）

『小田原軍記』・『関八州軍記』等を考るに狩野家は豆州の所産、武州《ぶしゅう》八王子の城主北條《ほうじょう》陸奥守氏照《むつのかみうじてる》の長臣にて狩野主膳正《かのうしゅぜんのしょう》と名乗り、豆州狩野の庄を領し一方の武主たりしが老後に入道して一庵《いちあん》と号し子息主膳正《しゅぜんのしょう》に家督《かとく》を譲り小田原陣の時、北條氏照は小田原城に籠《こも》り、一庵は八王子の城を守（る）。加州北越《かしゅうほくえつ》の大軍、是を攻《せめ》、一庵終《つい》に節に死す。小田原落城の後、御入国の節、息男狩野主膳正召出《めしだ》されたるよし。行徳に来住したるは新右衛門尉《じょう》と云伝《いいつた》ふ。二男か三男か未詳《いまだつまびらかならず》(6)。

▲吉田佐太郎陣屋跡　在同村

今は親縁山了善寺《しんえんざんりょうぜんじ》と云《いう》門徒宗《もんとしゅう》の寺となる。此寺児童のうちは吉田を名乗る。又、三十年も以前、境内に井を鑿《うが》ちたりしに石櫃土中に有《あり》。鏡・太刀《たち》蔵《(おさ)》め置《おき》たり。殊《こと》に鏡は明鏡たるよし。什宝《じゅうほう》となす。(7)鏡裏《かがみうら》に文字あれども分明ならず。吉田家は小田原の旗下なりしと里人云伝るといへども都而《(すべて)》軍記等に見へず。後人猶《なお》考《かんがう》べし。寺より西の田畠《でんばた》を城山《じょうやま》と云《いう》。愚老が住所に隣れり。

▲塩浜

葛飾の浦行徳の塩浜は竪《たて》三里余有《よあり》。いつの比《ころ》開発せしか詳《つまびらか》ならず。鎌倉北條家へ塩貢《こう》納《のう》せし手形所持せし村長《むらおさ》今に存せり。行徳にて汐垂《しおた》るを泣《なく》といひ、(8)延喜式伊勢斎宮内外の忌詞《いみことば》外七言の内、哭《なく》を汐垂ると云《いう》。又塩たれたる砂を籠《かご》よりうつふせに打《うち》あけたるを塩《しお》尻《じり》と云《いい》て不二山《ふじのやま》に似たり。『いせ物語』に不二《ふじ》のかたちを塩尻と云《いう》。いさゝか口伝有《くでんあり》。後《のち》、行徳も小田原の領地となり北條家と甲州へ塩を送る事を制禁したるは行徳の塩なりと言伝ふ。

▲利根川

『萬葉』には刀禰《とね》と書。水源常州文珠《もんじゅ》が嶽《たけ》より落る故に智恵利根《(ちえりこん)》の意にて利根川と名付たるよし。又太《ふと》井川とも。『名所記』に書巻《ふみまき》川と下総の部に入たるは刀禰川《とねがわ》の事也。此川葛飾の中に落《おち》て川より西、葛西《かさい》といへば川より東は葛東《(かとう)》と地名してよかるべし。

▲行徳の破魔弓《はまきゅう》

正月行徳にては童子《どうじ》二三人づゝ左右に立わかれて、其間十歩あるひは二十歩、手ごとに短き棒をもちて木にてつくりたる輪をまろばし、かの棒にて打かへし、其輪のたをれたる方をまけとなす。輪の名はたまとも、はまとも云《いう》。

按《あんずる》に『増山の井』云、破魔弓とは、はまとて輪をまろばし、かの弓矢にて是を射て勝負をいどむ事也と云々。弓矢を棒にとりちがへたる古実なるべし。

▲葛飾の垸飯《わうばん》

葛飾にて正月親族を招て酒食をすゝむるを垸飯饗応《わうばんぶるまひ》と云。琓飯《（ママ）》とは土器三方を用る礼膳なり。民家には土器三方も用（ひ）ず。『東鑑』にも正月将軍家へ垸飯をすゝむる事巻々に見へたり。鎌倉の古実かつしかにのみ遺れり。愚老、若年の比《ころ》、毎度垸飯饗応に招れたる事あり。

（跋文）

屠蘇《とそ》ははじめ庵の名にして鍾旭《しょうき》は草の名なりとかや。あしをよしとよび梨子《（なし）》をありの実といふは、ことさらによき名によびかへたり。款冬《（にんどう）》と蓑荷《（すひかづら）》をあらぬ字音になし、富貴冥加にひゞかせたるはつくし歌の作意なり。是等のたぐひは音と訓とにまぎれゆきて末々はいづれをさきとし、のちとせんもしるべからず。かつしかの金堤、わがすむかたの浦の名をいにしへのふみどもにかうが《（考）》へて、今のとなへのひがめるをあらためんとす。[9]是古きをこのむあまり、これらの事にいたりて、ながく来遊の風人墨客のまどひをとく。なほ俳句若干をあつめて是がかざりものとし、遠きちかき好事の家にわかちおくらんといふ。その事よくつとめたるかな。今よりのち此の浦の名の正しきにかへらば、金堤の功またすくなしといふべからず。かの集既になれる折から、その需《（もとめ）》に応じて。

成美跋

（1）行徳金堤。鈴木金堤とも。新井村名主鈴木清兵衛の俳号。天保《てんぽう》七年（一八三六）正月七日没。墓は浄土宗仏法山法伝寺にあったが今は所在不明。文化《ぶんか》一〇年（一八一三）『下総葛飾郡勝鹿図志手繰舟』（『勝鹿図志手くりふね』）二巻本を私家本で刊行。俳号の金堤とは、行徳塩浜では金銀と同価値を意味する堤防にちなんだもの。

（2）本項は二〇一六年一一月現在の千葉県市川市行徳支所管内の部分のみ抜粋した。市川市に合併前の行徳町、江戸時代の行徳の範囲はもっと広い。

（3）金堤画は行徳塩浜から船橋までを俯瞰《ふかん》して画《か》いている。貴重な図と言える。竈家《かまどや》の図は寸法が出ている。『江戸名所図会』の「行徳塩竈《しおがま》之図」では作業方法と薪、塩場桶《しょばおけ》などが描かれているが寸法は推測するしかない。

（４）徳願寺第十七世晴誉上人の名望は冠たるものだったようだ。「遠くはないぞちかい極楽」は悟りの境地であろう。

（５）狩野家の御影堂の破却時期は筆者の推測では寛政《かんせい》五年（一七九三）頃と思われる。金堤三〇歳頃のことである。詳細は拙書『勝鹿図志手くりふねの世界』の「狩野家六地蔵」の項を参照されたい。

（６）内匠堀開削の功労者狩野浄天は果して狩野新右衛門尉なのか新左衛門なのかは未詳である。二男か三男かとしている。

（７）金堤二〇歳頃と思われる時期に了善寺境内から石櫃が出た。明鏡があり什宝とされたが、これらは現存しない。城山は新井村名主の金堤宅からほど近い田畑の中に存在した。昭和の時代になってもその小高い城山はあったが、昭和四〇年代（一九六五〜一九七四）に完成した土地区画整理事業で消滅した。筆者の住いの近くにあった場所。城山から太刀が出たと土地所有者の新井の古老の口伝あり。

（８）汐垂るを泣く、塩尻の意味の説明は金堤の博識のなせるわざ。小田原北条氏は行徳塩浜から塩を年貢として徴収していた。

（９）俳句の好事に金堤の書を贈れば句の中にかつしかの浦を詠む人も増え、袖ヶ浦を詠む人も少なくなると金堤は思ったのである。

江戸名所図会

斎藤月岑(1)

『江戸名所図会　下』人物往来社

江戸小網町三丁目の河岸より新河岸まで船路三里八丁あり

（前略）

行徳船場《ぎやうとくふなば》(2)　行徳《ぎやうとく》四丁目《ちやうめ》の河岸《かし》なり。土人《どじん》新河岸《しんがし》と唱《とな》ふ。旅舎《りよしや》ありて賑《にぎは》へり。江戸小網《えどこあみ》町《ちやう》三丁目《ちやうめ》の河岸《かし》より此地迄《このちまで》、船路《ふなぢ》三里《り》八丁《ちやう》あり。此所《このところ》はすべて房総《ばうそう》・常陸《ひたち》等《とう》の国々《くにぐに》への街道《かいだう》なり。

（『行徳船場』の図略。図に次の文字あり。『大江戸小網《ゐとこあミ》町三丁目行徳河岸《きやうとくかし》といへるより此地《このところ》まで船路《ふなち》三里八丁あり房総《はうさう》の駅路《むまやち》にして旅亭《はたこや》あり故に行人絡繹《かうしんらくえき》として繁昌《はんしやう》の地なり殊更正五九月ハ成田不動尊《なりたふとうそん》へ参詣《さんけい》の人夥《おひたた》しく賑《にきは》ひ大方ならず』）

弁財天祠《へんざいてんのほこら》　同所《どうしょ》四五町《ちやう》下《しも》の方《かた》、湊村《みなとむら》にあり。昔《むかし》は潮除堤《しほよけづゝみ》の松林《まつばやし》の下《もと》にありしとなり。其旧地《そのきうち》を弁天山《べんてんやま》(3)と号《がう》して、石《いし》の小祠《こほこら》あり。今《いま》は圓明院《ゑんみやうゐん》に移《うつ》す。正徳年間《しやうとくねんかん》（一七一一〜一七一五）、江戸青山梅窓院《えどあをやまばいさうゐん》の順誉唯然和尚《じゆんよゆゐねんをしやう》、此神《このかみ》の霊示《れいじ》により、享保《きやうほ》三年戊戌《ねんつちのえいぬ》

（一七一八）、宮居《みやゐ》を建立《こんりふ》ありしといふ。祭《まつ》る所《ところ》は芸州《げいしう》厳島《いつくしま》の御神《おんかみ》に同《おな》じく、市杵島姫《いちきしまひめの》神《かみ》にして、海神村《わだつみむら》の阿諏訪神《あすはのかみ》は男神《をがみ》、当社《たうしや》は女神《めがみ》と称《しよう》す。神田《しんでん》あり。弁天免《べんてんめん》と唱《とな》ふ。

船霊宮《ふなだまのみや》　画像《ぐわざう》一幅《ぷく》。探信《たんしん》の筆《ふで》なりといふ。古《いにしへ》此地《このち》大船入津《だいせんにふしん》の湊《みなと》なりし故《ゆゑ》に、此神《このかみ》を崇《あが》むるといへり。

古鈴一口《これいいつく》　湊村青暘山善照寺《みなとむらせいやうざんぜんせうじ》といへる浄刹《じやうせつ》に収蔵《しゆざう》せり。芝増上寺《しばぞうじやうじ》に属《ぞく》す。開山《かいざん》は覚誉《かくよ》上人《しやうにん》と号《がう》す。慈覚大師《じかくだいし》彫像《てうざう》の観音《くわんおん》、湛慶《たんけい》の作《さく》の焔王《えんわう》、又法然上人《またほうねんしやうにん》鑑《かゞみの》御影《みえい》と称《しよう》するものあり。

斤量《おもさ》五十二銭目余《せんめよ》　唐銅《からかね》の如《ごと》くにて、甚《はなはだ》古色《こしき》なり。惣長《そうなが》さ三寸二分《ずんぶ》、剣《けん》の裏延板《うらのべいた》。

鈴大《すゞおほき》さ三寸回《ずんまはり》、内《うち》に小石《こいし》一つ宛《づゝ》あり。鈴《すゞ》の口《くち》一寸《すん》八分《ぶ》、剣先《けんさき》より元《もと》まで二寸《すん》三分《ぶ》。

（『古鈴』の図略）

行徳八幡宮《ぎやうとくはちまんぐう》　本行徳《もとぎやうとく》三丁目《ちやうめ》、道《みち》より右側《みぎがは》にあり。別当《べつたう》は同所《どうしよ》一丁目《ちやうめ》自性院《じしやうゐん》兼帯《けんたい》す。此地《このち》の鎮守《ちんじゆ》にして、毎歳《まいさい》八月《ぐわつ》十五日祭祀《にちさいし》を行《おこな》ふ。

神明宮《しんめいぐう》　同所《どうしよ》一丁目《ちやうめ》、街道《かいだう》の左側《ひだりがは》にあり。此地《このち》の鎮守《ちんじゆ》とす。別当《べつたう》は真言宗《しんごんしう》にして、自《じ》性院《しやうゐん》と号《がう》す。毎歳《まいさい》九月《ぐわつ》十六日《にち》を以《もつ》て祭祀《さいし》の辰《しん》とす。其祭《そのまつ》る所《ところ》は伊勢内宮《いせないぐう》の土砂《どしや》を遷《うつ》して、内外両《ないげりやう》皇太神宮《くわうだいじんぐう》を勧請《くわんじやう》し奉《たてまつ》る。相伝《あひつた》ふ、当社昔《たうしやむかし》は川向中洲《かはむかうなかす》と云《い》ふ地《ち》にありしを、後此所《のちこのところ》へ遷《うつ》すとなり。（4）又此地《またこのち》を金海《きんかい》の森《もり》と号《なづ》く。慶長《けいちやう》十九年甲寅《ねんきのえとら》（一六一四）、金海法印《きんかいほふいん》といへる沙門《しやもん》、此地《このち》に一宇《う》の寺院《じゐん》を開創《かいさう》して、金剛院《こんがうゐん》と号《がう》す。依《よつ》て金海《きんかい》の森《もり》といふとぞ。金剛院今《こんがうゐんいま》は廃《はい》せり。

按《あん》ずるに、［葛西志《かさいし》］といへる書《しよ》に、行徳《ぎやうとく》は金剛院《こんがうゐん》の開山某《かいざんそれがし》、行徳《ぎやうとく》の聞高《きこえたか》かりし故《ゆゑ》に地名《ちめい》とする由記《よししる》せり。

金剛院廃址《こんがうゐんはいし》　当寺《たうじ》より南《みなみ》の方《かた》にあり。御行屋敷《ごぎやうやしき》と字《あざな》せり。是則先《これすなはちさき》にいへる処《ところ》の金剛院《こんがうゐん》の旧地《きうち》なり。金剛院《こんがうゐん》は羽州羽黒山法漸寺《うしうはぐろさんほふぜんじ》に属《ぞく》すといへり。其昔行徳《そのむかしぎやうとく》有験《うげん》の山伏《やまぶし》住《す》みたりしにより、竟《つひ》に此地名《このちめい》となるよし云《い》ひ伝《つた》ふ。

海巌山徳願寺《かいがんざんとくぐわんじ》　本行徳《もとぎやうとく》の駅中《えきちう》一丁目《ちやうめ》の横小路《よここうぢ》、船橋間道《ふなばしかんだう》の左側《ひだりかは》にあり。浄土宗《じやうどしう》にして、鴻巣《こうのす》の勝願寺《しようぐわんじ》に属《ぞく》す。当寺往古《たうじいにしへ》は普光庵《ふくわうあん》といへる草庵《さうあん》なりしが、慶長《けいちやう》十五年庚戌《ねんかのえいぬ》、開山聰蓮社円誉不残上人《かいざんそうれんしやゑんよふざんしやうにん》、寺院《じゐん》を開創《かいさう》して、阿弥陀如来《あみだによらい》の像《ざう》を本尊《ほんぞん》とす。丈三《みたけ》尺《じやく》二寸《すん》あり。仏工運慶《ぶつくうんけい》の作《さく》なり。往古鎌倉二位《そのかみかまくらにゐ》の禅尼政子《ぜんにまさこ》の命《めい》により是《これ》を造《つく》る(5)。遙《はるか》の後《のち》、天《てん》正《しやう》十八年《ねん》（一五九〇）に至《いた》り、一品大夫人崇源院殿鎌倉《いつぽんだいふじんそうげんゐんでんかまくら》より移《うつ》し給《たま》ひ、御持念《ごぢねん》ありしが、後大超上人《のちだいてうしやうにん》に賜《たまは》り、又当寺第二世正蓮社行誉忠残和尚《またたうじだいにせしやうれんしやぎやうよちうざんをしやう》、当寺《たうじ》に安置《あんち》なし奉《たてまつ》るとなり。十七世晴誉上人《せせいよしやうにん》、殊《こと》に道光普《だうくわうあまね》く四方《よも》に溢《あふ》れ、信心《しんじん》の徒多《ともがらおほ》かりしとなり。境内《けいだい》閻王《えんわう》の像《ざう》は運慶《うんけい》の彫像《てうざう》なり。座像《ざざう》にして八尺《しやく》あり。毎年正月《まいねんしやうぐわつ》・七月《ぐわつ》の十六日《にち》には、参詣群集《さんけいくんじゆ》す。当寺《たうじ》十月《ぐわつ》は十夜法会《じふやほふゑ》にて、最賑《もつともにぎは》し。山門額《さんもんがく》『海巌山《かいがんざん》』の三大字《だいじ》は、縁《えん》山前大僧正雲臥上人《ざんさきのだいそうじやううんぐわしやうにん》の真蹟《しんせき》なり。（『行徳徳願寺《ぎやうとくとくぐわんじ》』の図略）

塩浜《しほはま》　同所海浜《どうしよかいひん》十八箇村《かむら》に渉《わた》れりと云《い》ふ。風光幽趣《ふうくわういうしゆ》あり。土人《どじん》云《い》ふ、此塩浜《このしほはま》の権輿《けんよ》は

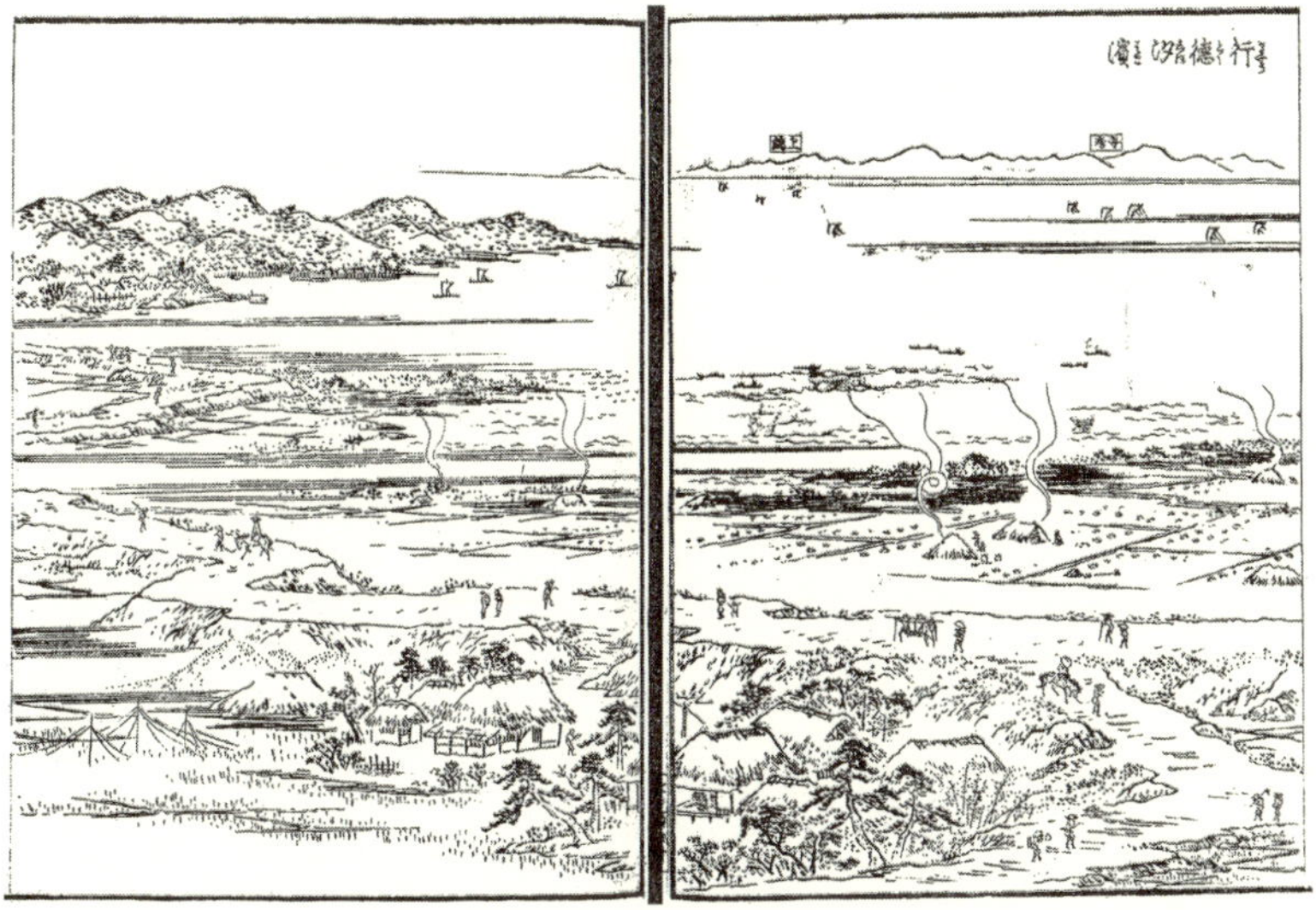

行徳塩浜（『江戸名所図会』国立国会図書館デジタルコレクション）

最久《もつともひさ》しうして、其始《そのはじめ》をしらずといへり。然《しか》るに天正《てんしやう》十八年《ねん》（一五九〇）関《くわん》東御入国《とうごにふごく》の後《のち》、南総東金《なんそうとうがね》へ御遊猟《ごいうれふ》の頃《ころ》、此塩浜《このしほはま》を見《み》そなはせられ、船橋御殿《ふなばしごてん》へ塩《しほ》焼《やき》の賤《しづ》の男《を》を召《め》し、製作《せいさく》の事《こと》を具《つぶさ》に聞《きこ》し召《め》され、御感悦《ごかんえつ》のあまり、御金若干《おんかねそこばく》を賜《たまは》り、猶末永《なほすゑなが》く塩竈《しほがま》の煙《けぶり》絶《た》えず営《いとな》みて、天《あめ》が下《した》の宝《たから》とすべき旨鈞命《むねきんめい》ありしより以《この》来《かた》、寛永《くわんえい》（一六二四〜一六四三）の頃《ころ》迄《まで》は、大樹東金《だいじゆとうがね》御遊猟《ごいうれふ》の砌《みぎり》は、御金抔《おんかねなど》賜《たまは》り、其後風浪《そのゝちふうらう》の災《わざはひ》ありし頃《ころ》も、修理《しゆり》を加《くは》へたまはるといへり。〔事跡合考《じせきがつかう》〕に云《いは》く、此地《このち》に塩《しほ》を焼《や》く事《こと》は、凡《およそ》一千有余年《いうよねん》にあまれりと。又《また》〔同書《どうしよ》〕に、天《てん》正《しやう》十八年御入国《ねんごにふごく》の後《のち》、日《ひ》あらず此行徳《このぎやうとく》の塩浜《しほはま》への船路《ふなぢ》を開《ひら》かせらるゝ由《よし》みゆ。今《いま》の小奈木川是《をなぎがはこれ》なり。

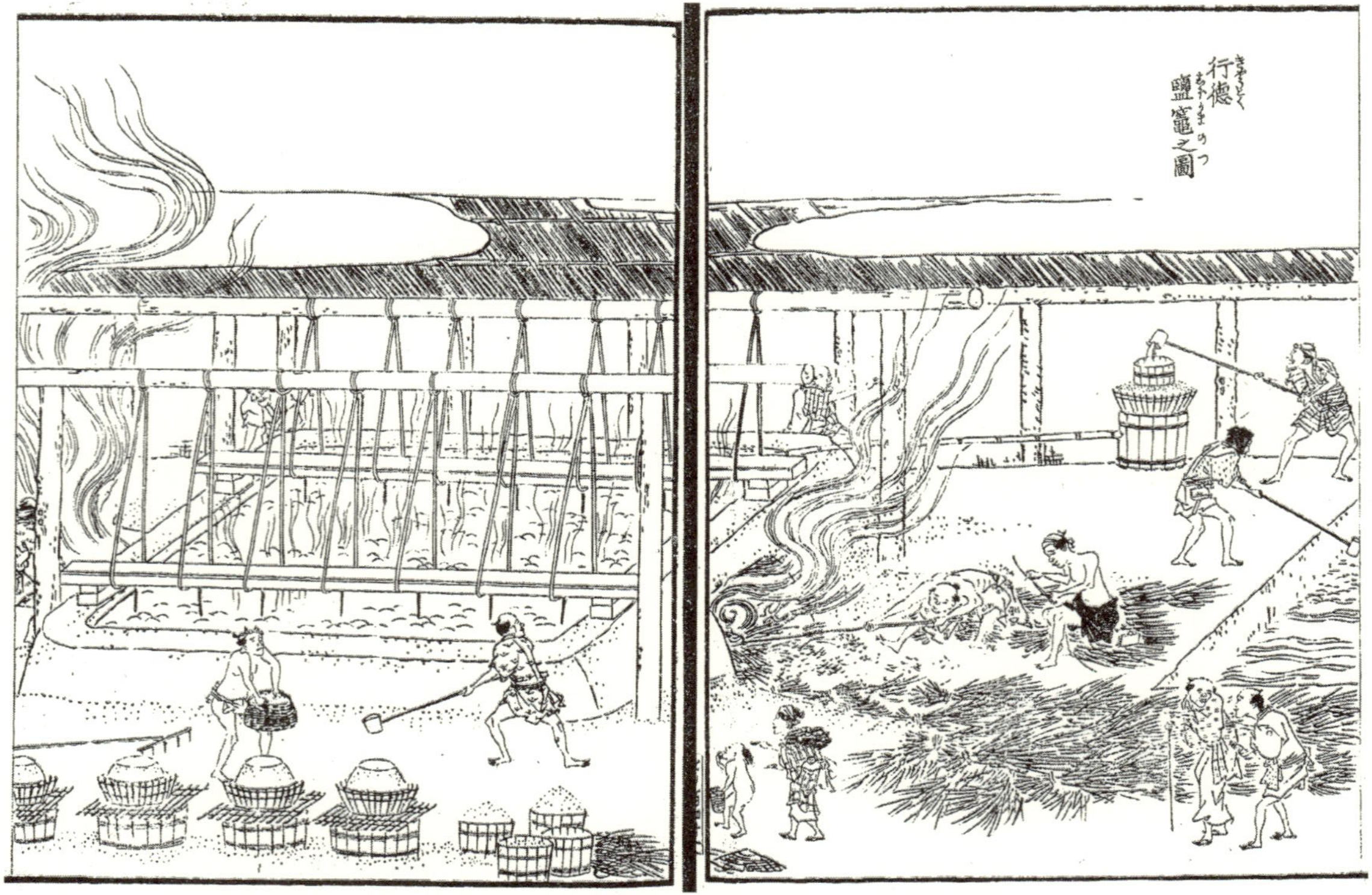

行徳塩竈之図（『江戸名所図会』国立国会図書館デジタルコレクション）

此地《このち》の塩鍋《しほなべ》は、其製《そのせい》他《た》に越《こ》え、堅強《けんがう》にして、保《たも》つ事久《ことひさ》しとぞ。東八州《とうはつしう》悉《ことごと》く是《これ》を用《もち》ひて食料《しよくれう》の用《よう》とす。（『行徳鵆《ぎやうとくちどり》』の図略）

（1）斎藤月岑。江戸末期の著述家。名は幸成。江戸神田雉子町の草分け名主。『武江年表』『東都歳時記』など著述が多い。『江戸名所図会』は祖父幸雄が撰し、父幸孝が補修、月岑が校刊した。全七巻二〇冊。文政《ぶんせい》一二年（一八二九）自序、天保《てんぽう》五～七年（一八三四～一八三六）月岑刊。行徳は第七巻二〇冊目に掲載されている。

（2）今井の渡しについての項はない。しかしながら「龍亀山浄興寺《りうきさんじやうこうじ》」の項に「今井《いまゐ》の津頭《わたしば》」「今井浄興寺琴弾松《いまゐじやうかうじことひきまつ》」「松風入琴《しようふうきんにいる》」の図がある。それぞれの図に挿入された文字を次に記しておく。

今井《いまゐ》の津頭《わたしば》

柴屋軒宗長《さいをくけんさうちやう》の永正《えいしやう》六年（一五〇九）の紀行《きかう》 東土産《あつまのつと》より隅田川《すみだかハ》の河舟《かハふね》にて葛西《かさい》の府《ふ》のうちを半日《はんにち》ばかり葭芦《よしあし》をしのぎ今井《いまゐ》といふ津《わたり》より下《をり》て浄土門《じやうどもん》の寺浄興寺《てらじやうかうじ》に立寄《たちより》て

とわれハはやくより

此津《わたり》のありし事しられたり

今井《いまゐ》

浄興寺《じやうかうじ》琴弾松《ことひきまつ》

東土産

富士の根ハ遠からぬ雪の千里かな

方丈の西にさしむかひ雪くもりなく見えわたるばかりなり云々　宗長

天文《てんぶん》十五年（一五四六）の秋《あき》小田原《をだはら》の北條左京太夫《ほうでうさきやうたいふ》氏康《うぢやす》むさし野《の》小《こ》鷹狩《たかかり》の時《とき》葛西《かさい》の浄《じやう》興寺《かうじ》に一夜《いちや》のやとりをもとめられ松風入琴といへる和哥《わか》を題《だい》にて詠《えい》ぜられし事

武蔵野紀行《むさしのきかう》より

松風の吹声きけハよもすがらしらべことなるねこそかはらね　北條氏康

（３）弁天山とは現在の弁天公園をいう。

（４）神明宮は元本行徳中洲にあり、寛永一二年（一六三五）現在地に遷座。金剛院は行徳観音札所第二番だが享保年中（一七一六〜一七三五）に退転。観世音像は福泉寺に移された。行徳の地名の由来が記されている。

（５）徳願寺の本尊は北条政子が運慶に作らせた阿弥陀如来像とされるが、徳願寺第二世忠残和尚が安置したとする。

葛西志(1)

三島政行

『葛西志』国書刊行会

行徳川のいわれ、新川の開削理由と時期、今井の渡しの疑問とは

葛西志序

にほとり(2)のかつしかの郡《こおり》は青によし奈良の都のふることにもしるくすみた河(3)の都鳥《みやこどり》はひしりの御代《みよ》(4)てふ

（中略）

三嶋の政行彼万治《かれまんじ》（一六五八〜一六六〇）の昔より世を重ねて此地《このち》に住《とどま》れと遅くひらけし国土なれは風土(6)の文《ふみ》のかけたるをうれひつきつき（月々）かい（書き）つめて十とせ余にして巻をなしける(5)もこよなきいさをとやいふへき

（中略）

文政《ぶんせい》四のとし（一八二一）やよひつこもりの日(7)

間宮士信しるす

葛飾郡総説《かつしかこほり》

（前略）

葛飾郡は、もと下総《しもうさ》の地にして、武総の境は、隅田川《すみだがわ》なりしを、後《のち》の世にそのなかばを割《わり》て武蔵国《むさしのくに》へ入《いれ》られ、利根川今江戸川とも云《いう》をもて、武蔵と下総との境となし、川より東を、下総の葛飾、西を武蔵の葛飾とは、定められしなり、されど利根川を、武総の境と定し事は、正しく記せしものもあらねば、たしかに何《いつ》の頃より、改りしともいひがたし、（後略）

○葛西領総説《かさいりやう》

葛西領は、葛飾郡地《かつしかぐんち》の西なれば、葛飾西《かつしかにし》といふべきを、中略してかく呼べるなり、東鑑《あずまかがみ》等の書に、葛西庄《かさいのしょう》とみゆる是《これ》なり、又古くは葛西郡《かさいごおり》ともいへり。万葉集第十四巻、爾保《にほ》抒里能可豆思加和世乎爾倍須登毛《とりのかつしかわせをにへすとも》、曽能可奈之伎乎刀爾多氏米也母《そのかなしきをとにたてめやも》、と云《いう》歌の仙覚《せんがく》(8)が註釈文永《ぶんえい》六年（一二六九）の筆記なるよし、毎巻奥書あり、其全文は、考証の為に付録に出す、に、かつしかは、下総国葛飾郡《しもうさのくにかつしかごおり》なり、かの葛飾郡の中に、大河あり、ふとゐといふ、按《あん》に東鑑に太井と書す、今の利根川江戸川なり、事は下に載たる利根川の条に弁ぜり、河の東をば、葛東郡《かっとうのこおり》といひ、河の西をは、葛西郡《かさいのこおり》といふと、是なり（中略）年をおひて開墾し、正保《しょうほう》（一六四四～一六四八）の比《ころ》に至りては、七十余村となれり、元禄《げんろく》（一六八八～一七〇四）の末には、百余村に及び（中略）今は百二十余村となりぬ、（後略）

（1）文政《ぶんせい》四年（一八二一）成立。
（2）におどり。鳰鳥。［鳰鳥の］枕詞。「かづく（潜）」「かづしか（葛飾）」などにかかる。
（3）すみた河。隅田川。
（4）ひしりの御代。聖の御代。天皇の御代を尊んでいう語。
（5）十年の歳月をかけて完成したとする。
（6）いさを。勲・功。事をうまくなしとげた名誉。手柄。
（7）やよひつごもり。陰暦三月の最終日のこと。つごもり。みそか、晦日。古くは「つごもりの日」という。
（8）仙覚　せんがく。鎌倉中期の学僧。常陸の人。鎌倉の僧坊で万葉集の校訂・注釈に没頭。従来無訓の歌に新点を加え、古点・次点を正すなど、万葉研究史上に一時期を画した。著『万葉集注釈』（別称『仙覚抄』）など。一二〇三～一二七二年以後。

隅田川《すみだかは》

隅田河原《すだのかはら》　隅田渡《すだのわたり》　待乳山《まつちやま》
菴崎《いほさき》　関屋里《せきやのさと》

（前略）

隅田川は、いにしへ武蔵国と下総国との境なり、古今集《こきんしゅう》の詞書《ことばがき》、及び伊勢物語に、むさしの国としもつふさの国との中にある角田川《すみだがわ》とあり。後世二国の彊界《きょうかい》を改られしより、武蔵国に属せり、此川葛飾郡隅田村と、豊島郡橋場《はしば》村《むら》(9)との間より南に流れ、佃の浦に至《いたる》まで、凡《およ》そ二里余にして海にいる、橋場渡《わたし》の辺《あたり》にては川幅百間許《ばかり》、末《すえ》に至《いたり》ては百五六十間の処《ところ》もあり。此川水上《みなかみ》を荒川といふ。

（中略）

東路《あずまじ》の土産《つとに》(10)云《いう》、或人《あるひと》安房《あわ》のきよずみ《清澄》を一見せよかしとさそひしに、いつこかさしてと思ふせ《イ世》なれは、立帰りて江戸のたてのふもとに《イ御許に》一宿して、角田川の河舟にて下総国葛西の入江《イ府》のうちを半日ばかりよしあしをしのぐ、折しも霜がれは難波《なにわ》の浦にかよひて、かくれて住し里々見えたり、おしかも都鳥堀江《ほりえ》こぐ心地して、今井といふ津《わたり》よりおりて、下略

山岡明阿伝、すみた川の河舟にて葛西の府按《あん》に異本に葛西の府に作れとも葛西の入江とするかたましなるべし。の中をゆくとあれば、まさしく今の本庄竪川《ほんじょたてかわ》通りをゆきて、さかさゐ《（逆井）》より中川を経て、行徳の今井の渡りにいたりしにや、又或は今の行徳川《ぎょうとくがわ》に出《いで》たるか、何《いず》れこの二筋にたがふべからずと、今按《あん》に竪川の疏通《そつう》ありしは万治《まんじ》（一六五八〜一六六〇）寛文《かんぶん》（一六六一〜一六七二）の比《ころ》なるに、此記は永正《えいしょう》六年（一五〇九）の作なれば、竪川を往《いき》たらんといふは誤れり、又行徳川といふは今の小名木川《おなぎがわ》の事なり、此川も御入国（天正一八年、一五九〇）後の疏通なるよし、事蹟合考《じせきがっこう》等にもしるすれば、時代たがへり、おもふに今請地村《うけちむら》の内に古川と称す

るよしあしなとしけりて、鷭《ばん》の御鷹狩場となれる沼あり、隅田川堤の内よりなゝめに押《おし》上村《あげむら》の方へわたりて、三四ケ所あり、元は一連なる川にて、隅田川より今の北十間川に通したるさまなり、土人に尋るに果してしか伝へりといふ、殊《こと》に往古はよほど広き川なりしとみへて、今の請地鶴土手といふもの、全く此川の水除《みずよけ》にまうけし堤なるべしなど語り伝へぬれば、かの宗長が隅田川の河舟にて行しといふは、恐《おそら》くは此川を過て中川に至り、それより今の舟堀川を歴《へ》たるにすきざるべし、もし然《しか》らずといはゞ、隅田川より今井の津《わたり》にゆくべきの枝流なし、されば隅田川を漕下《こぎくだ》りて、海岸に添ふてゆきしものか、さもあらんには、入江のうちをよしあしをしのぐなど書たるに叶《かな》ひがたし、猶《なお》請地村の条合せ見るへし、

（中略）

利根川《とねかは》(12)

国府台《こうのだい》(11)の下を流るゝ利根川は、隅田川にもおとらぬ大河なり、此川は中古は太井川《ふといがわ》ともいえり、万葉の仙覚抄《せんがくしょう》に、葛飾郡の中に大河あり、ふとゐといふ、河の東を葛東郡といひ、河の西をは葛西郡といふと是なり。又葛飾名所記と云《いう》書に、利根川の末《すえ》を葛飾郡にてかつしか川といふ、又太井川とも文巻川《ふみまきがわ》ともいへり、真間の岸の辺をからめき川ともいふ、俗に坂東太郎と云《いう》ともみえたり、

（中略）

中川《なかかは》

中川(13)は、隅田利根両河の間をおなじさまに流るゝ川なれば、たゞちに中川とは名付しなりと、或云《あるいはいう》、東西葛西領の境を流るゝにより、その名起りしと、此川も水元《みなもと》は同し利根川の一派にして、武州《ぶしゅう》葛飾郡松伏領《まつぶせりょう》より分れし流れなり。此川猿《さる》か俣《また》より上を、古利根川と呼び、下を中川といへり。流末は東小松川新田と、砂村との間に至りて、海におち入る。

（後略）

小名木川《をなきかは》(14)　船堀川《ふなほりかは》

小名木川は、浅草川と中川とへ通じたる枝流なり。西は万年橋の下より、東は中川御番所《ごばんしょ》の前まで、川長凡《かわのながさおよそ》一里十町と云《いう》、川幅は二十間余なり、江戸鹿子名所大全に、長四十三町二十六間半、巾二十間とあり、正保《しょうほう》（一六四四～一六四八）の比《ころ》の地図には、此川をうなぎさやほりとしるせり。うなぎさは堀といふの誤なるべし、すでに延宝《えんぽう》八年（一六八〇）遠近道印の撰べる地図には、鰻沢川筋とあり、（中略）又此川のつゞき西小松川村と、東小松川新田との間より、下今井村まで、川路凡一里二十町ばかりありて、利根川に通ぜり、川幅はこれも二十間ばかりなり、これを舟堀川と呼べり、又小名木川と舟堀川とを通じて、総名を行徳川(15)とも云、行徳通船の川なれば、かく称せしならん、（後略）
（中略）

川船極印所《かわぶねごくいんしょ》

川船極印所は、椎木屋敷の北の方、黒田加納両家の間にあり、川船の員数を改め御免の焼印を押渡す御用屋敷なり、昔は鶴武左衛門が家にて、世々是を司《つかさ》どれり、鶴家譜に云、武左衛門正任 享保《きょうほう》五年（一七二〇）十二月二十八日、御船方の事骨折料《ほねおりりょう》として、御船御年《おふねおねん》貢役銀取立高《ぐやくぎんとりたてたか》の内、十分の一賜《たま》ふべき旨《むね》(16)、御勘定奉行《ごかんじょうぶぎょう》立合《たちあい》にて、御作事奉行《おさくじぶぎょう》久松豊前守仰《あおせ》を達し、同十六年三月二十七日、支配勘定の並《ならび》にめされ、延享《えんきょう》四年（一七四七）四月十日、川船 改 役《かわぶねあらためやく》御勘定 上席《ごかんじょうじょうせき》を命ぜらる、と、是《これ》川船 改 役《あらためやく》と称するの始《はじめ》なるべし。

（後略）

---

(9) 隅田村は現東京都墨田区、橋場村は現東京都台東区。

(10) 東路の土産。東路の津登《つと》。柴屋軒宗長《さいおくけんそうちょう》の紀行文。永正《えいしょう》六年（一五〇九）六月から一二月にかけてのもの。浅草から今井の津へ来て今井浄興寺《じょうこうじ》で発句《ほっく》。真間《まま》から中山へ行き一宿、上総へ赴《おもむ》く。帰路市川の渡しを渡り善養寺《ぜんようじ》に一宿し発句。今井の津から浅草へ舟で帰る。本項の評論は宗長の紀行文をもとに船路を検証。的を射ていると思われる。

(11) 千葉県市川市国府台。ここに里見公園があり、絶壁の上部の公園。

(12) 利根川。江戸川、太井川、太日川。

(13) 中川は今、大正時代に開削された荒川（放水路）により分断され、地誌や紀行文に書かれる東京都江戸川区内の行徳や市川への道筋は一部消滅している。
(14) 浅草川。隅田川。
(15) 行徳川の呼称の出典はこの部分の記載にある。
(16) 「本行徳村明細帳（天明《てんめい》六年、一七八六）」に元禄《げんろく》一五年（一七〇二）の検地（新検という）の際の書上《かきあげ》があり、その中で本行徳村には川船は一一〇艘あり、古来より竹蔵役所にて極印を請け年貢役銀を毎年九月中までに上納していると記されている。

小名木《をなぎ》村

（前略）
中川《なかがは》御番所《ごばんしょ》　村の東の方、小名木川より中川へ出る北岸にあり、ゆへに古くは川口の番所といひしと、江戸より下総国行徳の方へ往《い》く、通船改《あらため》(17)の御番所なり、御旗本の士《さむらい》、五千石以上のものをして、かはるがはるその事を司《つかさ》どらしめらる、是を中川御番と称せり、按《あん》に御番所の出来《しゅったい》し始《はじまり》を、いまだ詳《つまびらか》にせず、正保《しょうほう》（一六四四～一六四七）の比《ころ》の図には、此《この》番所なくしてこゝに渡船《とせん》をしるせり、是《これ》行徳今井渡《わたし》への往還《おうかん》と見えたり、その後延宝《えんぽう》八年（一六八〇）の図に、此船渡《ふなわたし》をのせずして、川口御番所と書《かき》たれば、是よりさきのものなるは論なし、又同じ図に、深川万年橋の北に、元番所《もとばんしょ》と書て、番屋を図せず、

よりておもふに、此番所はじめは、かの地に有《あり》しを、後今《のち》の処へ移されしならん。（後略）

（中略）

(17) 中川番所は江戸から行徳へ行く通船を検問するための番所だったとする。

下平井村《しもひらゐ》

下平井村は、葛西領の中央にて、中川の東岸なり、江戸より下総国佐倉《さくら》へ通ふ往来の、船《ふな》渡《わたし》ある村なり、（後略）

船渡《ふなわたし》　佐倉道《さくらみち》にかゝれる、中川の渡《わたし》なり、対岸は西葛西領葛西川村なれど、渡船《とせん》の事は、すべて当村の持《もち》なれば、平川渡とは呼べりと、前に記せるごとく、正保《しょうほう》(18)のものに、船役七艘とみえ、及其比《ころ》の国図に、船渡三十三間と註したれば、古き渡船場なることしるべし、こゝより今井渡への行程二里余、市川渡へは、二里半余といふ。（後略）

（中略）

(18) 平川。平井。平井の渡しは浅草からの旅人が渡る。直進すると十字路になる。ここを四俣と言う。更に直進するとそれは行徳道と言い、今井の渡しに達する。ここは男しか渡さない。今井までは二里だという。四俣を直進せず左折すれば市川の渡しへ通ずる。これは元佐倉道と言い、江戸時代初期の幹線道路である。今井へ行き本行徳から船橋へ歩いた方が近道だったとわかる。

西小松川《にしこまつがは》村

西小松川村は、新佐倉街道、逆井渡《さかさいのわたし》(19)の東岸にあり、（後略）

船渡　村の西より、亀戸村《かめいどむら》へ達《たっす》る、中川の渡なり、則前《すなわちさき》にいへる、下総国佐倉へ通ふ往来なり、此渡《このわたし》をわたくしに逆井渡《さかさいのわたし》と呼ぶ、こは隣村逆井村なれば、誤り称せしならん、延宝《えんぽう》八年（一六八〇）梓行の、江戸安見図には、新佐倉海道、小松川舟渡と書たり、こゝより市川渡へ二里半余、今井渡へは二里余と云、（後略）

二野江《にのへ》村

（前略）

古川《ふるかわ》[20]　船堀川《ふなぼりがわ》の北より、斜《ななめ》に東北の方、利根川へ通じたる川なり、此川昔は船堀川の本流なりしに、通船の便よろしからずとて、寛永《かんえい》六年（一六二九）、東西の直流に堀かへありしゆへ、古川の名ありといふ、今は此川、利根川の辺にて圦樋《いりひ》を設け、全く水田の悪水《あくすい》落しに備ふといへり、（後略）

（中略）

下篠崎村《しもしのざき》

下篠崎村は、上篠崎の東南に並べり、説上村にみゆ。

船渡　下総国河原村《しもうさのくにかわらむら》[21]へ通ふ、利根川の渡《わたし》なり、此船渡は、古くより始りて、寛永《かんえい》八年（一六三一）利根川付村渡《むらわたし》の分へ、御証文を渡されし、（後略）

（中略）

上今井村《かみいまゐ》

（前略）

船渡　下総国欠真間村《かけままむら》へ達する、利根川の渡なり。是江戸より行徳へ通ふ往還筋なり、今井村より渡すをもて、たゞちに今井渡と呼べり、此渡の事は、伊奈半十郎が書出せし、記録あれば、左に出す。

利根川通船渡場僉議之覚《とねがわどおりふなわたしばせんぎのおぼえ》

伊奈半十郎御代官所東葛西領
上今井村
池田新兵衛御代官所行徳領
川向《かわむこう》欠間々村《かけままむら》

右《みぎ》上今井村ゟ《より》欠間々村え利根江戸川舟渡之儀《ふなわたしのぎ》古来ゟ《より》欠間々村に舟有之《これあり》舟渡申候《もうしそうろう》御証文は両村共に無御座候得共《ござなくそうろうえども》行徳領東葛西領近郷之《きんごうの》樵夫《きこりふ》草刈耕作人《くさかりこうさくにん》双方ゟ舟渡申候《よりふなわたしもうしそうろう》併《あわせて》女並《ならびに》手負は不及申《もうすにおよばず》怪敷者《あやしきもの》其外《そのほか》往還人等《おうかんのひとなど》一切《いっさい》舟越《ふなこし》不申候《もうさずそうろう》年数は何年以前ゟ渡《よりわたし》申候哉《もうしそうろうかな》覚申候者《おぼえもうしそうろうもの》無御座候《ござなくそうろう》欠間々村に船頭極置《きめおき》船渡《ふなわたし》来候由《きたりそうろうよし》承及候由《うけたまわりおよびそうろうよし》上今井村之者申候《のものもうしそうろう》

十一月

御勘定所　　伊奈半十郎

此書上の文によれば、昔は往来人をば、渡さゞりしとみゆ、何《いつ》の頃より今のごとく行徳道[22]など称して、公に渡船する事に成しや、そのゆるされし年歴等、いまだ詳にせず。（後略）

---

(19) 逆井の渡しは両国橋を渡って竪川通りを進み達する。対岸を直進すると四俣になる。

ここは今は荒川（放水路）の川底だが、この十字路を直進すると市川の渡しに達する。二里半だという。右折すれば行徳道で今井まで二里である。

(20) 船堀川全部を通称新川と呼んでいるが、新川の開削は寛永六年のことと知れる。古川と呼ばれるようになる一部の旧の本流部分は川幅狭く江戸川からの高低差による急流のため、常に船の破損の危険があり、「通船の便よろしからず」として新川を開削し直線の水路にしたのである。古川は現在は江戸川区の古川親水公園として緑と水の豊かな水路としてある。

柴屋軒宗長が浅草から川舟でよしあしをしのぎながら今井の津に来た時は船堀川のこの古川部分を通過したことが理解できよう。新川はまだ掘られていないからである。

(21) 東京都江戸川区内には河原道という河原村への渡しに達する道筋が戦国時代から存在した（『江戸川区史』）。その道は四俣で交差した今井の渡しへ達する行徳道と市川の渡しに達する元佐倉道の途中から枝分かれして河原の渡しから市川の渡しに達する岩槻道（現篠崎街道）に接続していた。河原の渡しを渡って船橋へ行く近道だったが、表向きは旅人の渡しは禁止されていた。本行徳新河岸の舟会所から人が出て旅人渡しを監視していたとされる（『葛飾誌略』）。

(22) 著者の三島氏の疑問は尤ものことであり、筆者も同様の思いである。今井の渡しは河原の渡し同様に農業渡しである。旅人は渡さない。それがいつの時代からか、男だけ渡す、しかも今井側から欠真間村へ渡す一方通行のみが許されていた。実際にあったことだったから郷土史関係の書籍でも当然そのように記述されているが、果してそれはいつの頃からそのように変わったのであろうか。

現代語訳 成田参詣記（1）

『現代語訳 成田参詣記』

川向こうの行徳領の本地はいつ本行徳へ移されたのか

欠真間村

吉田佐太郎が陣屋の跡

欠真間村にある。親縁山了善寺《しんえんさんりょうぜんじ》〈現市川市相之川。開基は吉田佐太郎〉という浄土真宗の寺がある地が陣屋跡である。里の故老の話に、此の寺の人、児童のときは吉田と名乗ることを例とするという。明和《めいわ》年間〈一七六四〜一七七二〉のころ、境内に井戸を掘ったところ、石槨を土中から掘り出した。其の内に鏡・太刀等を蔵していた。鏡は今も什宝《じゅうほう》として存し（現在は散逸）、太刀は元のまま埋んでおいたという（吉田佐太郎はこの辺の最初の代官である）。

行徳畷《きやうとくなハて》の圖《づ》

今の行徳ハ元亀《げんき》元年(2)川向《かわむこう》行徳領より引移ると(3)云《いう》

（1）本文は行徳金堤著『勝鹿図志手くりふね』の記載とほぼ同じである。『成田参詣記』の著者は金堤の著を参考にしていた可能性がある。

（2）元亀元年は一五七〇年。

（3）対岸の東京都江戸川区に行徳という土地があった。本地である。本行徳中洲と明治まで呼ばれていた地に神明社が祀られていた。葛西御厨《かさいみくりや》の一部だった。元亀元年に「行徳」という地を今の行徳へ移したという。なぜだろうか。塩焼という産業が盛んになり、人も家も増え本地よりも新地の方が栄えるようになったからであろう。寛永《かんえい》一二年（一六三五）千葉県市川市本行徳の地に神明社を遷座する。このことによって名実ともに行徳の地は対岸から引移ったことになる。

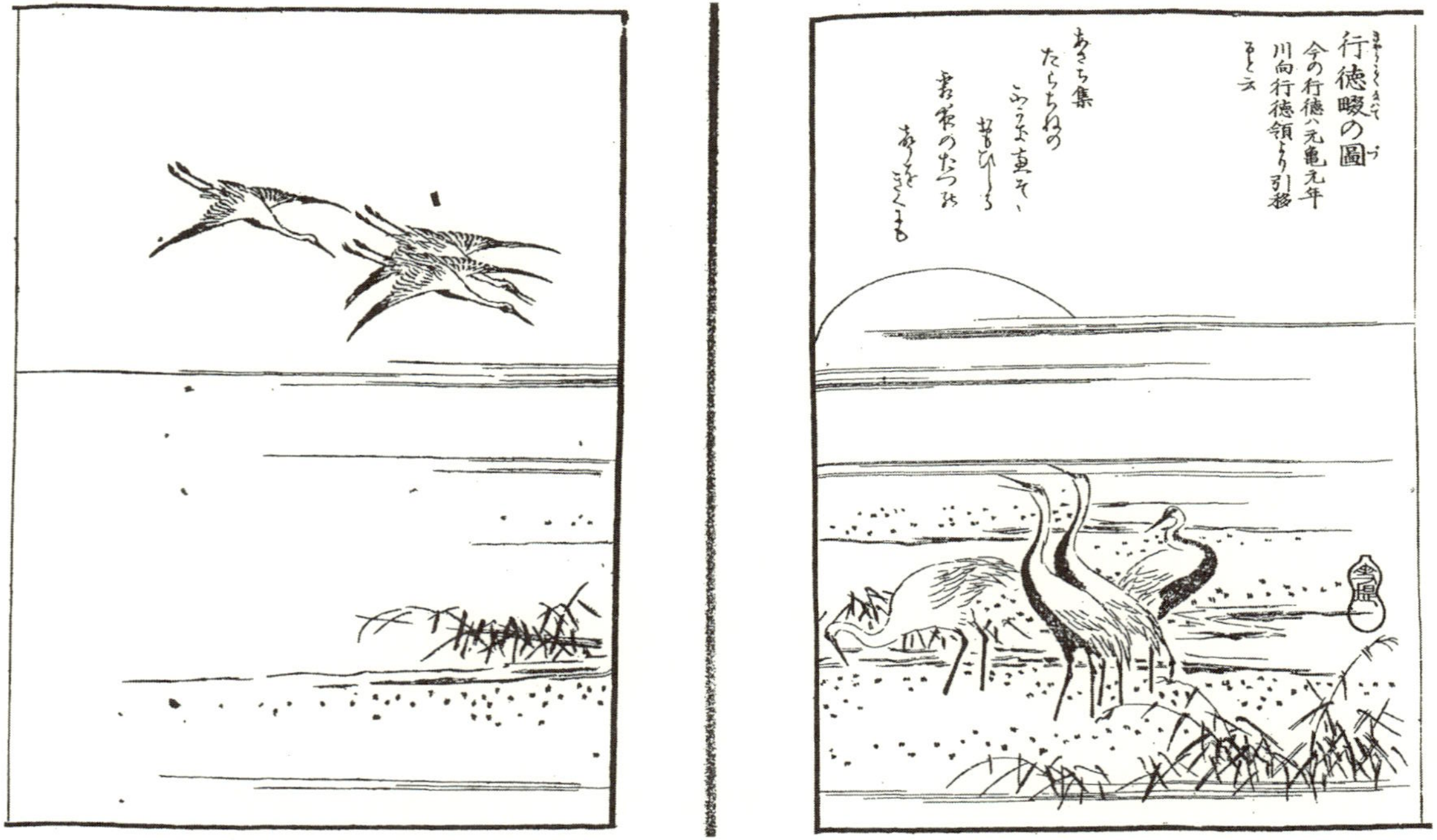

『現代語訳　成田参詣記』

近現代（明治～昭和）

海舟語録

勝海舟(1)

『勝海舟全集20　海舟語録』江藤淳

江戸城開城交渉の最中に行徳の人と会っていた

明治三十年三月二十七日

（前略）

5　西郷(2)でも、コチラへ来る時、西京で色々議論があつた。（中略）どうして、向ふが西郷だもの、まだ仕様があるがネ、西郷は訳がわかつてるもの、安心なものサ。己はチヤント見込をつけて居たよ。ダガ、用心は用心だから、毎晩、夜半から、辻駕《つじかご》(3)でホイホイと出て行つて、それぞれ、急所々々に頼んで置いたのサ。召出したりなにかして、何を聞くものかナ。己《おれ》の顔で頼むよと言つて、頼むのサ。それも、コウコウだと訳を言ふと、モウだめだよ、その辺の事は話すことは出来ない。あとで、ミンナ、ハハア、さういふおつもりでしたかと言つたよ。

6 （略）

7 幕府の末《すえ》の時に、この帳面（小さな横帳）を持つて、覚《オボエ》にして、方々説いて廻つた。

先づ当時の世は、

大名　士大夫　物持町人　□□□
遊手《あそびて》(4)、非人《ひにん》(5)、ゴウムレ(6)、博奕者《ばくちもの》

となつて居る。町人以上は、みな騒ぎはしない。その以下のものが騒ぎ出しては如何《いか》んとも仕様がない。中島などは二百両やると言つても、火をつけもすまいが、遊び人などが仕方がないのだ。それを鎮《しず》めるのに、骨が折れたのだ。

えた(7)の頭《かしら》に金次郎、吉原では金兵衛、新門《しんもん》の辰《たつ》(8)。此の辺で権二。赤坂の薬鑵《やかん》の八。今加藤。清水の次郎長(9)。行徳の辺まで手を廻した。松葉屋惣吉《まつばやそうきち》(10)。草苅正五郎《くさかりしょうごろう》(11)と八百松の主人などはそれぞれ五百人も率ゐて居る。公事師《くじし》(12)の正兵衛。講武所の芸者。吉原の肥つた芸者でシメ。花柳寿助。君太夫。山谷の酒井屋。増田屋。神田のヨ組纏《まとい》。六七十人もある、その六七十軒は皆続けてやつた。

女では八百松の姉。橋本。深川のお今。松井町の松吉サ。剣術の師匠をした頃は、本所のきり店の後に居た。(13) 鉄棒引《かなぼうひき》(14)などに弟子があつた。それで下情に明るい。言語もぞんざいだ。
（後略）

（1）勝海舟。勝安芳《やすよし》。幕末・明治の政治家。通称、麟太郎。海舟と号す。江戸生まれ。幕府代表として江戸開城の任を果し、維新後、参議・海軍卿・枢密顧問官。伯爵。一八二三〜一八九九。
（2）西郷。西郷隆盛。海舟はとても用心深かったとともに、その行動は大胆だった。
（3）辻駕篭。町の辻で待っていて客を乗せる駕篭。町駕篭。
（4）遊手　あそびて。遊ぶことを好む人。遊び人。
（5）非人　ひにん。江戸幕藩体制下、えたと共に四民の下に置かれた最下層の身分。卑俗な遊芸、罪人の送致、刑屍の埋葬などに従事した。
（6）ゴウムレ。乞胸。ごうむね。江戸時代、編み笠を被り、辻噺《つじばなし》・辻講釈などをし、路傍で銭を乞うた乞食。
（7）えた。中世・近世の賎民身分の一。牛馬の死体処理などに従事し、罪人の逮捕・処刑にも使役された。江戸幕藩体制下では、非人と共に士農工商より下位の身分に固定、一般に居住地や職業を制限され、皮革業に関与する者が多かった。
(8)新門辰五郎。幕末・維新の侠客。江戸町火消の頭《かしら》。姓、町田。大名火消との喧嘩で一時入獄するが、のち幕府に出入りし徳川慶喜の護衛に当たった。一八〇〇～一八七五。
(9)清水の次郎長。山本長五郎の通称。幕末・維新の侠客。任侠をもって鳴り、晩年、富士山麓の開墾に力を尽くした。駿河清水港の人。一八二〇～一八九三。
(10)松葉屋惣吉。行徳の人かどうかは不明。松葉屋の屋号は惣吉の職業からと思える。塩焼の燃料である松葉・薪を塩垂百姓に供給する元締めと考えられる。松葉は火力があり、燃料の主。行徳の塩は「おマツたき」と別称される。本項では行徳の辺りまで手を廻した、という点に注視したい。
(11)草苅正五郎。行徳の人かどうかは不明。草苅の屋号から正五郎の職業が推測できる。おそらく江戸川その他に自生する茅・葦などを刈り取って塩焼の燃料として供給していたに違いない。茅を燃料とした塩は黒くならず、上品な白い塩ができる。但し、茅の調達費用が高くて塩の値段も高くなる(『行徳歴史街道2』所収「勝海舟と塩場師」)。
(12)公事師。江戸時代、謝礼を受けて他人の訴訟の代人となった人。代言人。
(13)きり店。時間決めで売色した、江戸の下等な遊女屋。
(14)鉄棒引。鉄棒を突き鳴らして警護、夜回りをする人。

勝海舟・その人と時代――対談――　司馬遼太郎　江藤淳

『勝海舟全集20　海舟語録』江藤淳

維新後の海舟

（前略）

江藤　（前略）勝の晩年の字は達筆で読みにくいですから、ぼくは勝家にうかがってちょっと見ただけで、くわしい内容はまだ知りませんけれどね。

司馬　勝の文字はわかりませんよ。

江藤　要するに人の出入りとかそういうものが、チョコチョコと書いてある。もうひとつ祐筆が、きちんと楷書で書いた金銭出納録があるんです。そうすると、金何千円、どこどこより至る、松平因州につかわす、などと書いてある。これは当時の金ですから相当の金額です。それから金三円五十銭、若党権助につかわすというのが隣りに書いてあるんですよ。松平因州も若党権助もみんな同じなんです。

『海舟語録』のなかに、あのころは古着屋などに行って、夜にまぎれては人を訪ねたものさね、というのが出てくるでしょう。あれは江戸っ子の露悪趣味の典型ですな。韜晦《とうかい》した表現で古着屋などを回ったなどというのは、実は金何千円を松平因州につかわす、なんですよ。
つまり幕臣の不安定要素に金で手当てして回っている。ここは一切中立を守ることが幕臣側のプレスティージをいちばん高めるぞということをいって回って、金の力で承服させているんですね、おそらく。
司馬　それが出てくればおもしろいですね。
江藤　そのとき一緒に行ったある海舟研究家に、どうですあなた、この両方をちゃんと突き合わせて、金銭出納録と彼の備忘録、日記ですね、その照応関係を調べたら明治政界裏面史が書ける、学士院賞ものですよ、あなたやりますか、といったら眼の色を変えてましたがね。その後どうしましたか。
司馬　そういう話を聞いて、非常に私自身も目が開きつつあるんですが、私は海舟のその、古着屋にいったのさというやつですね。あれは海舟のホラだろうと思ったんです。それでずいぶん金を使ったんだよ、というようなこともありますね。あれはおれが金で押えておいたんだということがあったり、江戸開城のときには、どこどこというような、ヤクザものにはちゃんと手を打ってあったんだというのは、海舟がホラ吹いているんだなと思っていたんですが、どうもほんとうですね。
江藤　ほんとうです。あの金の動きはたいへんですよ。いまでいえば億に近い単位の金が、ツーツカ、ツーツカ彼の前を通ってどこかへいくんです。

ある政治記者の古手の人から聞いた話ですが、日本はいまでもそうだそうですね。つまり政治家というのは金をこう動かさなきゃいけない。自分のポケットに少しでも入れるやつは俗物だが、巨億の金をどこからつくってくるかわからないというんです。その新聞包みをもってくるやつがいるのだけれども、そいつがつくった金でもないらしい。みんな素手に新聞包みだそうですね。その金を、ああそうかといって、フワッと撒くやつは大物、新聞包みのひとつふたつをふところに入れるやつはだめ。（笑）それで政治家の人格がわかるそうです。（笑）たとえば三木武吉という人はその点で大物だったそうですね。

司馬　あれはそういう人間らしいですね。もっともそれ専門だからね。

江藤　そういう金の動きというのはたいへんなものですよ。

司馬　本格的な政治家ですね。

江藤　一万円前後の金というのは、毎日のように動くんです。ところがその隣りに三円五十銭、若党権助が出てくるところがおもしろい。権助はほんとうにどこかの飲み屋のつけがたまっちゃって困ったのかもしれない。それでもやっぱり金は出す。自分のふところにはいる金などあるわけないんです。

司馬　ほんとうに不思議な人だな。私は金の動きでいまほんとうに感動しているんですけれどもね。（後略）

英国貴族の見た明治日本　A・B・ミットフォード

『英国貴族の見た明治日本』長岡祥三訳

東郷平八郎提督が御猟場で鴨猟の手ほどきをした

第一章　横浜到着

横浜到着―新橋駅での天皇陛下のお出迎え―有栖川宮邸での晩餐会

一九〇六年（明治三十九年）二月十九日の早暁《そうぎょう》、セイヴォリー艦長[1]の指揮する英国海軍の巡洋艦ダイアデム号が、コンノート公アーサー殿下とガーター勲章使節団の一行を乗せて、横浜の港に入ってきた、この時ほど、栄光に輝いた日の出はなかったのではあるまいか。

（中略）

錨《いかり》を下ろすと同時に、駐日英国大使サー・クロード・マクドナルドが、殿下の日本滞在中、その接待の役を務める何人かの著名な日本の政府高官と一緒に乗船してきた。[2]その中でも特に著名な人物は黒木（為楨《ためもと》）大将と東郷（平八郎）提督であったが、彼らの偉業は世界中に鳴り響いていたのである。我々が彼らと初めて会見した時、少からず興奮していたことは想像できると思われる。東郷提督は静かな口数の少ない人で、どちらかといえば物憂げな表情をしていたが、きげんのよい時には極めて優しい微笑を浮かべることがあった。彼の表情は優しく穏やかで、話しかけられていない時は、時折、瞑想《めいそう》に耽《ふけ》っているらしく、ほとんどいつもじっと地面を見つめて、頭を少し右へかしげていた。これと反対に黒木大将は、日焼けしたがっしりした体格で、まるでオリンピック競技の選手のように鍛練された、典型的な軍人タイプであった。彼はいつも陽気で、愛想がよくどっしりとしていて、物事の良い面を見ようとする人物であった。この二人ほど一目見た時、対照的な人物はないだろう。しかし、二人には共通した特色があった。彼らの謙遜《けんそん》と自制心は、まさに人々の心をとらえるものがあった。彼らが話すのを聞いて、本当に彼らが日本の歴史の上ばかりでなく、世界の歴史に残るような立派な役割を果たした人物だとは信じられないだろう。両者ともに、誇らしげな様子は全く見られなかった。ここに私が特に強調しておきたいのは、私の日本滞在中にいろいろな種類の多くの日本人と話をしたが、さきの日露戦争の輝かしい勝利を自慢するかのような発言を、一度も耳にしなかったことである。戦争に導かれた状況と戦争そのものおよびその結果について、全く自慢をせずに落ち着いて冷静に話をするのが、新しい日本の人々の目立った特徴であり、それは全世界の人々の模範となるものであった。このような謙譲の精神をもって、かかる偉大な勝利が受け入れ

られたことはいまだにその例を見ない。（後略）

（中略）

第四章　鴨猟、打毬競技および歌舞伎見物

雨中の鴨猟─伏見宮邸で打毬競技─上野の慈善音楽会─歌舞伎座の日英同盟記念観劇

二月二十三日（金曜日）

今日の一番目の予定行事は、新浜《にいはま》での鴨の網打ちであった。チェンバレン氏の好著『日本事物誌』では「鴨猟」と呼ばれている。最初、私の頭に浮かんだのは、翼を持たない単なる人間にすぎない者が、どうやって鴨を生け捕りにしようとするのかということだった。次に天気を見て私が思ったのは、狩人になるより鴨になったほうがはるかに増しだということであった。それは今までになかったほどの激しい雨で、まるでそれまでの遅れを取り戻そうとしているのではないかと思えるほどだった。私が起床した朝六時半から絶え間なしに降り続いていたので、万一にも狩りが延期されたというられしい電報が来ることを期待していた。しかし、そんな電報は来なかった。馬車が玄関に回され、我々はそれに乗って出発した。

（中略）

さて、鴨猟の話に戻るが、それは長い道程で、この大都会のはるかに離れた境界線を越えて、まだ先のほうであった。川を二つ渡り、石で造った不格好な新しい橋の上を二回通ったが、それらは昔の絵のように美しい木の橋の代わりにかけられたものであった。石の橋に代えなければならなかったことはよく分かるが、なぜ昔のあの優美な姿を残そうとしなかったのだろうか。

（中略）

たっぷり二時間は走った後で、広い川の岸に到着したが、その川を渡し舟で渡ると、向こう岸に我々を新浜へ運ぶ人力車が待っていた。川の少し手前で町からはずれた所を通ったが、その辺りはどちらかといえば田舎風の景色であった。それは我々老人がチェルシーとフラムの間で昔に見た覚えのある野原や野菜畑と同じ風景であった。しかし、川を渡ると、遂に本当の田舎に来たと感じた。(3)

（中略）

土手道が氷のように滑りやすく、足元が不安定な今日のような日には、人力車の車夫にとっては水田の間の道を無事に走るのは容易なことではなかった。小さな車がやっと通れるくらいの幅しかなかったので、一歩誤れば乗客もろとも車が田圃の中へ真っ逆さまに落ちる危険があった。濡《ぬ》れるのは、これ以上濡れても同じことだったが、田圃の肥料が何かを考えると、ぞっとする思いであった。しかし、車夫たちの足どりは確かで、泥や雨にもめげずに走り続け、遂に新浜の館の庭に到着した時には、彼らは出発の時と同じくらい意気溌剌《はつらつ》としていた。

主猟局長戸田（氏共《うじたか》）伯爵が部下を従えてアーサー殿下をお迎えに我々の前に現れたが、彼らの衣服は飾り紐のついた鮮緑色の制服だったので、まるでロビンフッドのシャーウッドの森を思わせる場面であった。狩りの館は飾りの少ない木造の建物で、見たところ、食堂と待合室しかなかった。待合室のコンクリートの床には大きな溝が切ってあり、その所々に炭火が燃えていた。我々は火で暖まり、濡れた服の一部を乾かせるのを喜んだが、これは全く無駄であった。というのは、それからすぐに前と同様にずぶ濡れになってしまったからである。しかし、そんなことは大したことではない。我々の親切な主人役は我々を喜ばそうと決意していたし、我々もそれに応える決意であったからすべてうまくいった。

まず最初に、これから何が行われるか、我々が幾らかでも知識を得ておく必要があったので、下稽古《したげいこ》をすることになった。これについての熟達者の一人である東郷提督が教師になって我々に稽古をつけてくれた(4)。

我々が網を扱う術《すべ》の基本を覚えると、狩りの現場へ案内された。館から百五十ないし二百ヤード離れた所に入り江になった塩水湖があり、そこには季節になると、あらゆる種類の野鳥が群れをなして集まるのである。この湖は大きな土の堰堤《えんてい》で遮蔽《しゃへい》されていて、そこから大きくはないが、かなり深い掘割が通じている。掘割のもう一方の端には小さな堤防があって、そこにうがった覗《のぞ》き穴から、餌か囮《おとり》でおびき寄せられた鴨《かも》が、狩りを始めるに十分な数になるのを、猟番が見張りできるようになっている。墓場のようにしんと静まり返った中で、狩人《かりうど》たちは堰《せき》の外側でうずくまって待っている。物音一つ立ててはいけない。猟番の合図の手が上がると、狩人の全員が、ガリバー物語の巨人国から持ってきたような、蝶《ちょう》をつかまえる網に似た形の、大きな網が片方についた竹の竿を手に持って、這《は》うようにして前進するのである。そして身を隠しながら掘割の両側に四人ずつ並ぶと、間もなく鴨は危険を感じて彼らの目の前から飛び立とうとする。これは興奮の瞬間である。用心深い鴨を捕らえることは想像以上にずっと難しいことで、我々の場合は何らかの理由で、おそらくひどい天候のせいと思われるが、大きい堰堤の覗き穴から見た時は、湖にかなりの群れがいたのに、実際に掘割に入ってきた鴨の数はあまり多くなかった。しかし、喜びの声や笑いのさざめきは、どんな時でも楽しいもので、お互いをからかう声も聞かれた。我々は数羽の、鴨というより、むしろ真鴨を捕らえて、肌までずぶ濡れになりながら館へ戻ったが、大変楽しかった。宮内大臣の田中（光顕《みつあき》）子爵が主人役を務めた昼食会は、いつものように素晴らしいご馳走《ちそう》で、我々が炭火の暖炉の周りに腰かけていると、ベルが鳴って「掘割に鴨が入った」との知らせがあった。再び勇み立って出かけたものの、今回は全く失望する運命にあった。鴨は皆戻ってしまい、一匹も姿を見せなかった。そこで我々を慰めるために行われた、底の浅い小舟に乗った北斎の絵にあるような風雅な蓑《みの》を着た漁師が網を打つ素晴らしい芸当や、鷹《たか》が鴨に襲いかかって捕らえてくるのを見物した。

しかし、東京へ帰らなければならない時間となったので、いつものことながら、我々に楽しい興奮に満ちた一日を過ごさせてくれるために多大の努力を払った主人役に別れの言葉を告げた。

私は、昔、日本にいた時、この種のスポーツについて聞いたことがなかった。しかし、それは不思議でも何でもなく、チェンバレン氏によれば（彼が知らなければ他に知っている者は誰もいないが）、このスポーツは皇室の慰みとしては三十年前に始まったものだという[5]。もし、鴨がたくさんいれば、それは、このうえない楽しい遊びに違いない。一日七、八百羽もとれるということである。我々が訪れた日は運が悪かったが、その他の点では、すべて楽しかった。それは新しい経験であったし、少しぐらい濡れたとしても全く気にならなかった。

日本を訪れた人で地震を経験しなかった人はほとんどいない。この日の夜も、今度の旅行で初めての経験であったが、着換えの最中に地震が起きた。建物が揺れ出し、瀬戸物がガチャガチャ音を立てたが、それは大したことはなく、中途で収まって静かになった。

（後略）

（1）ガーター勲章。イギリスの最高勲章。ナイトを授けられたものが身に着ける。一三

四八年頃、エドワード三世によって制定。
（２）東郷平八郎。軍人。海軍大将・元帥。侯爵。薩摩藩出身。日露戦争に連合艦隊司令長官に就任、日本海海戦にバルチック艦隊を破り名声を博した。一八四七～一九三四。
（３）今井の渡しを渡った。今井へ到着する前はイギリスの田舎に似ていると思っていたが、対岸へ渡ったら遂に本当の田舎に来てしまったと感じたと書いている。今井の渡し場に初代の橋（下江戸川橋）が架けられたのはこの六年後の大正元年のことである。
（４）行徳にとってとても重要なことは東郷平八郎提督が自ら下稽古の手ほどきをしたことである。使節団一行はとても感激したことだろう。鴨猟の様子は詳細に書かれている。鷹匠による鷹狩りも披露されている。
（５）鴨猟は鷹狩りを含めて元々は貴族のものだった。武士階級の台頭に伴い貴族の手から武士に移り、明治になって皇室のもとに戻された。

断腸亭日乗

永井荷風(1)

『荷風全集』十九巻〜二十四巻所収『断腸亭日記』

午食の後行徳の町を見むとて八幡よりバスに乗る

(前略)

昭和七年

一月廿九日、快晴、午後中洲に往き薬を求めて後、清洲橋を渡り、萬年橋を過ぎ高橋《たかばし》(2)に至り、行徳行の汽船に乗る、小名木川《おなぎがわ》を下り、放水路(3)をよこぎり行徳川の堀割(4)に入り、宇《う》喜田村《きたむら》(5)の岸にて汽船より、陸に上る、橋ありて堀割の水分れて田家の間を流る、岸辺には竹藪あり老松あり、風景描くが如し、岸に沿ひて歩むこと数町にして放水路の堤に出づ、(6)放水路は二条あり、東を中川放水路といひ西なるを荒川放水路と称す、二流の間に築かれたる堤防の上に佇立《たたず》めば、右も左も枯蘆《かれあし》ばかりにて船も人家も遮《さえぎ》られて目に入らず、幽静《ゆうせい》限りなし、折から日は既に砂村《すなむら》の彼方《かなた》に没し晩照の影枯蘆の間の水たまりに映ず、風景ますます佳《よ》し、漸《ようや》くにして葛西橋に至る頃あたりは全くくらくなりぬ、橋を渡り砂村城東《じょうとう》電車《でんしゃ》の停留場より電車に乗り、深川洲崎に至り、更に又電車にて銀座に来り酒肆太訝に夕飯を食す、家に帰れば早くも初更《しょこう》(7)を過ぎたり、

（中略）

六月念九。(8)くもりて風涼し。午後丸の内に用事あり。久しく郊外を歩まざれば電車にて小松川に至り、放水路を横ぎり、再び電車にて江戸川今井の堤に至り、今井橋のほとりを歩む。(9)浦安行徳あたりに通ふ乗合自働車(10)過《すぎ》行く毎に砂塵《さじん》濛濛《もうもう》たり。されど河岸には松榎《まつえのき》の大木あり。蒹葭《けんか》(11)の間より柳の茂りたる処あり。葭雀《よしきり》(12)鳴きしきりて眼に入るもの皆青し。水辺の掛茶屋に葵の花夏菊などさき揃ひたり。電車道に沿ひたる水田は大方蓮の浮葉に蔽《おお》はれ、畠には玉蜀黍《もろこし》(13)既に高くのびたり。稲田には早苗《さなえ》青々として風になびき、夏木立茂りたる処々には(14)釣堀の旗ひらめきたり。哺下錦糸堀に帰り銀座にて独《ひとり》夕飯を食し家に至る。

（後略）

（1）永井荷風。本名、壮吉。東京生まれ。作『あめりか物語』『すみだ川』『墨東奇端』、日記『断腸亭日乗』など。文化勲章。一八七九～一九五九。

（2）高橋は汽船の発着場である。

（3）放水路とは荒川放水路のことで現在の荒川。

（4）この場合の行徳川の堀割とは船堀川《ふなぼりがわ》（新川と別称）のこと。江戸時代、小名木川と船堀川を一緒にして行徳川と呼んでいた。

（5）宇喜田村は現江戸川区宇喜田町で一部は東葛西になっていて、船堀川の南に位置する。

（6）船堀川の南側を西に進むと放水路に出る。手前が中川放水路、大きな方が荒川放水路である。左手下流へ歩むとほどなく葛西橋である。

（7）初更とは今の午後八時頃。

（8）念九は二九日。

（9）丸の内からの電車の便はないので、省線（今のＪＲ）で錦糸町あるいは亀戸で下車、城東電車（のちの都電）で西小松川（荒川で東西に分断）で下車、荒川に架かる小松川橋を徒歩で渡り、東小松川からまた電車に乗り今井の終点まで。このコースはのちにトロリーバスが運行され、のちに都バスになった。今井橋は大正《たいしょう》元年（一九一二）に架橋。

（10）乗合自動車は八幡から、あるいは浦安からの今井終点の便があった。今はない。

（11）蒹葭　けんか。水草の名。おぎとあし。また、ひめよし。

（12）葭雀。葦雀（切）。よしきり。

（13）蜀黍　もろこし。イネ科の一年草。トウキビ。コーリャン。団子にしたりする。

（14）釣堀。江戸川区今井近辺は金魚の養殖と釣堀の里だった。

昭和二十二年

十月初八(15)。晴。午前読売新聞記者来り杵屋五叟娘窃盗の事を問ふ。明後日の新聞に其顛末《てんまつ》を記載したしと言へり。午食の後行徳の町を見むとて八幡《やわた》よりバスに乗る。省線《しょうせん》電車線路を越ゆれば一望豁然《かつぜん》たる水田(16)にして稲既に刈取られて日に曝《さ》られたり（らされたり）。路傍に筵《むしろ》を敷きて稲を打つ家もあり。右側に一古松の蟠《わだかま》れるあり。樹下に断碑《だんぴ》(17)二三片あれど何なるかを知らず。忽《たちまち》にして行徳橋を渡る。放水路に架せられし木橋にして眺望ますます曠く水田の彼方《かなた》に房州の山を見る。これより車は江戸川の堤に添ひたる行徳の町を走る。人家は大抵平屋にして瓦屋根と茅葺《かやぶき》と相半す(18)。ところどころに雑貨を売る商店あり。通行人割合に多く、バスの停る毎に乗降するもの数人あり。二三十分にして浦安町入口の終点に達す。木造ペンキ塗の休憩処あり。右方に鉄橋ありて欄干に網を干したり(19)。橋は妙見島を過ぎて対岸に至れば真直に江戸川区を貫き走れる新道につゞく。両岸に小舟多く繋がれ三々伍伍(20)釣客の糸を垂るゝを見る。島上には石油会社の門札出したる工場あり。時に東京鎧橋《よろいばし》へ往復する小蒸汽船一艘乗客を満載し川を下り来りて浦安の岸に着するを見る。踵《きびす》を回《めぐら》してその桟橋のほとりに至り見るに、沿岸の人家は皆釣客を迎ふる貸舟屋なり。一筋の細流(21)あり。漁舩輻湊《ふくそう》し或は帆を干し或は網を干す。岸には女供の或は物洗ひ或は小魚を料理するに忙しきさまなり。魚の名を問ふに小女子魚《こうなご》なりと言ふ。細流には昔風の木橋(22)をかけたり。水辺の漁家陋穢《ろうわい》(23)甚し。小橋を渡れば道路狭隘《きょうあい》にして迂曲限りなく玉の井の路地に入るが如し。商店住宅錯雑し人の往来賑なり。小学校の運動場(24)ひろびろと見ゆるあたりに曲りて広き道を半町あまり歩み行けばもと来りしバスの終点に出づ。帰途行徳橋にて車を下り放水路の関門を観て後堤上を歩む。農夫黒き牛数頭を放ちて草を食《は》ましむ。来路を辿り八幡に出で野菜を購《あがな》ひて(25)かへれば夕陽既に低し。

（中略）

十一月初三。晴。午後行徳橋(26)散策。

（後略）

---

(15) 初八は一〇月八日のこと。

(16) ＪＲ総武線本八幡駅《そうぶせんもとやわたえき》北口からバスに乗り行徳へ来るにはどうしても省線電車の線路を渡る。今では想像できないが、線路を越した途端に見渡す限りの水田だった。

(17) 断碑は一本松バス停脇にある碑である。昭和二二年（一九四七）当時の橋は木橋で、現在の新行徳橋のやや下手にあった。この橋は永井荷風のお気に入りの場所だったようで、スーツにハット、ステッキという粋な姿で写真を撮っている。

(18) 行徳町は大抵平屋で瓦屋根と茅葺と半々だった。
(19) 浦安の漁師は網を浦安橋にも干した。
(20) 一〇月の釣りは秋ハゼ釣りである。
(21) 細流とは境川のこと。
(22) 昔の浦安町役場近くの橋は新橋という。
(23) 陋穢。狭くて汚らしいこと。
(24) 小学校の運動場は浦安小学校のこと。
(25) 行徳橋北詰下車。農家が牛を放牧していた。八幡で野菜を買ったと書く。自炊だ。荷風はバスで通過しただけで行徳橋から先の行徳の町には降り立っていない。ただ、この時の見聞は三年後の『にぎり飯』（別項）という短編小説の中に用いられている。
(26) 一一月三日のこと。お気に入りの行徳橋を訪れている。いつもはここから原木《ばらき》方面の寺を巡る。原木も昔の行徳町である。荷風のいう行徳とは行徳橋の北側の意識だろう。

昭和二十九年
二月廿八日。日曜日。晴。午後亀井戸よりバスに乗り(27)今井橋に至り江戸川の風景を見る。
浅草に至り飯田屋に飰す。

（中略）

三月十日。陰。高梨氏来話。午後省線新小岩駅よりバスにて浦安に至る。浦安橋より錦糸町行のバスあるを見たれば帰途これに乗る。葛西橋を渡る(28)。放水路の両岸とも見所なき場末の貧しき町となり戦争前の風致今は全く無し。錦糸町より省線にて新橋に至り大和田に夕飯を食し浅草を過ぎて夜九時家にかへる。

（中略）

三月十二日。陰。午後再び新小岩駅前より出るバス(29)にて浦安に至り葛西橋辺散歩。別のバスにて秋葉ケ原に出で有楽町フジアイスにて晩食を喫す。

（中略）

三月廿八日。日曜日。陰。哺下浦安(30)より錦糸堀を過ぎ浅草に至る。フランス座楽屋に少憩してかへる。

（中略）

---

(27) 亀井戸は亀戸のこと。この頃は都電はバスに替わっている。のちにトロリーバスになる。

(28) バスは浦安橋を渡り江戸川区の新道を直進、行きつく先は葛西橋である。荷風はよく出歩く。葛西橋を渡ったバスが途中で右折すれば錦糸町である。浦安の漁師の遊び先は錦糸町と相場が決まっていた。錦糸町へ浦安の漁師が行かなくなったのは東京メトロ東西線が開通したからである。

(29) この頃の荷風は新小岩からのバスを愛用している。八幡からよりは使いやすかったのか。

(30) 浦安へはどのコースで行ったのだろうか。

昭和三十一年

二月十日。晴。正午凌霜子毎日記者小山氏写真師を伴ひて来る。直《すぐ》に其《その》車にて行徳橋より浦安に至り処々水郷の風景を撮影し(31)葛西橋をわたり吉原京二木戸外の洋食店ナポリにて昼《ひる》餉《げ》の馳走になりまた車にて家にかへる。午後四時なり。

(31) 水郷の風景を撮影したのは行徳・南行徳・当代島・猫実・堀江のどこだろうか。

にぎり飯

永井荷風

『荷風全集』所収『にぎり飯』

行徳に心安い所があるんです……行徳なら歩いて行けますよ

深川古石場町の警防団員であつた荒物屋の佐藤は三月九日夜半の空襲に、やつとのこと火の中を葛西橋近くまで逃げ延び、頭巾《ずきん》の間から真赤になつた眼をしばだ、きながらも、放水路堤防の草の色と水の流《ながれ》を見て、初《はじめ》て生命拾《いのちびろ》ひをしたことを確めた。

（中略）

すると、そのすぐ傍《そば》に泥まみれのモンペをはき、風呂敷で頰冠《ほほかむり》をした若いおかみさんが、頭巾をかぶせた四五歳の女の子と、大きな風呂敷包とを抱へて蹲踞《しやが》んでゐたが、同じやうに真赤にした眼をぱちぱちさせながら、

「一寸伺《ちよつとうかが》ひますが東陽公園の方へは、まだ帰れないでせうか。」と話をしかけた。

（中略）

「家は遠いんです。成田です。」

「成田ですか。それぢや、どの道一度町会へ行つて証明書を貰つて来た方がいゝでせう。一休みしてわたしも行つて見やうと思つてゐるんですよ。わたしは古石場にゐました。」

「あの、もう一軒、行徳に心安いとこがあるんです。そこへ行つて見やうかと思つてゐます。」

「行徳なら歩いて行けますよ。(1)この近辺の避難所なんかへ行くよりか、さうした方がよかアありませんか。わたしも市川に知つた家がありますからね。あの辺はどんな様子か、行つて見た上で、考へやうと思つてるんです。もうかうなつたら、乞食同様でさ。仕様がありませんよ。」

（中略）

佐藤は或日いつものやうに笊《ざる》を背負ひ、束《たば》ねた箒《ほうき》をかついで省線浅草橋の駅(2)から橋だもとへ出た時、焼出されの其朝、葛西橋の下で、いつしよに炊出しの握飯《にぎりめし》を食つて、其儘《そのまま》別れたおかみさんが、同じ電車から降りたものらしく、一歩先へ歩《あし》いて行くのに出会つた。わけもなく其日の事が思出されて、佐藤は後《うしろ》から、「もし、おかみさん。」と呼びかけた。

（中略）

「おかみさん、もう此方《こつち》へ帰つて来たんですか。」

「いゝえ。まだあつちに居ます。」

「あつちとは。あの、行徳ですか。」

「え、。」

(中略)

「飴を売つて歩きます。野菜も時々持つて出るんですよ。子供の食料代だけでもと思ひまして……。」

「わたしも御覧の通りさ。行徳なら市川からは一またぎだ。好い商売があつたら知らせて上げませうよ。番地は……。」

「南行徳町□□の藤田ツていふ家です。八幡行のバスがあるんですよ。(3)それに乗《の》つて(4)相川《あいのかわ》ツて云ふ停留場で下りて、おきゝになればすぐ分ります。百姓してゐる家です。」

(後略)


(昭和廿二年十一月稿)

[一九五〇(昭和二五)年二月二〇日、中央公論社『葛飾土産』]

---

(1)「行徳なら歩いて行けますよ」。これは葛西橋のたもとからのことだ。真っ直ぐな道を東へ進めば浦安橋に出る。それを渡り、左折、あるいはバスに乗る。浦安から相之川まででおよそ二キロである。

(2) 行徳から浅草橋の駅へ行くにはバスで本八幡へ出るしかない。省線電車で秋葉原まで行く。

（３）八幡行きのバスがあると書く。これは浦安からバスに乗ることを想定している。浦安までは錦糸町からのバスの便がある。

（４）相之川の農家で藤田という苗字の家はない。

遠乗会

三島由紀夫(1)

『三島由紀夫短編全集』所収『遠乗会』

一行は左折して鴨場道という田圃道にさしかかる

葛城《かつらぎ》夫人のやうな気持のきれいな母親に、こんな苦労を背負はせた正史《まさぶみ》はわるい息子である。彼の事件以来、夫人は食物も咽喉をとほらず、夜もおちおち眠れない。（中略）

正史は友達の自転車を盗んで売つたのであつた。

（中略）

或る日、葛城夫人は息子宛の遠乗会の案内状をうけとつた。それは良人名義で入会してゐる乗馬倶楽部からの、家族会員に宛てられた案内状である。

（中略）

正史が自転車を盗んだのは、或る女に贈り物をするためであつた。

（中略）

正史がさうまでして歓心を買ふことに汲々としてゐた女は、葛城夫人のまだ見ぬ人であつた。その名は大田原房子《おほたはらふさこ》といふのである。

（中略）

大田原房子は必ずや遠乗会に現はれるに相違ない。

（中略）

彼女は申込の電話をかけた。

（中略）

遠乗会の当日は四月二十三日の日曜日(2)である。

倶楽部の持馬に比して参加者が数多いところから、行程は三組に分けられてゐる。第一班は早朝丸の内の倶楽部を出て、午前九時すぎに市川橋に到着する。そこで一行を待つてゐた第二班がこれに乗り継ぎ、目的地の千葉の御猟場へむかふ行程(3)を、第一班は出迎への乗合自動車に便乗して先行するのである。目的地にはすでに第三班が到着してゐる。全員はそこで中食をしたため、午後にいたつて、直線距離の還路を騎乗の第三班が辿るのであつた。

（中略）

葛城夫人は乗馬服姿で市川駅に下り立つた。磨き立てた長靴の踵には黄金鍍金《きんめっき》の拍車がかがやいてゐる。手には猟犬の頭部の飾りがついた独逸製の鞭を携へてゐる。

（中略）

しかし葛城夫人は乗り手を見て愕いた。それは由利将軍であつた。

（中略）

ほぼ三十年前に彼女は当時大尉であつた由利氏の求婚を拒んだ。(4)

（中略）

「出発！」と第二班の先達が白馬の上で叫んだ。

（中略）

二十頭は二列を組んで草の青みかけた江戸川堤を速歩で走つた。日は再び曇り、川面は澱んだ空のいろを映してゐる。釣をしてゐる人が点々と川ぞひにうしろ姿を見せてゐるのが、時ならぬ騎馬の一隊にふりかへつて、これを見送る。竿が上る。釣糸がひるがへる。

（中略）(5)道ばたの煉瓦造りの硝子《ガラス》工場から犬が走り出て吠えかけた。道のまんなかに臥《ね》てゐた黒牛が、風を切つて走つてくる馬の群におどろいて、周章狼狽して河原へ駈け下りた。牛の駈ける姿は、都会ではあまり見ることができない。この頭陀袋のやうな獣のあわてやうが馬上の一行を笑はせた。

やがて一行は並足に戻つて、長い木橋(6)を渡りだした。

(中略)

橋をわたると一行は行徳の町のコンクリートの通りへかかつた。急に響きを高めた蹄の音が、葛城夫人を我に返らせた。

「また自動車！　あたくしの馬は今日はヒステリーだわ」

傍らを通る赤い郵便自動車に脅えて足並の乱れた馬を鎮めながら、うしろから蓮田夫人がさう呼びかけた。

一行は左折して一列になつて田圃道にさしかかると(7)、野末から吹き寄せる遠い海風の香りをかいだ。海は見えない。行手の小暗《をぐら》い森影が御猟場であつた。

(中略)

静かな庭の池に臨んだ芝生の上に、椅子や卓が散在して、

(中略)

一同は室内へ入つて、鋤焼《すきやき》(8)の中食をとつた。

(中略)

食事がすんで余興がある。元騎兵大尉の老幹事が詩を吟じた。御猟場にすでに三代に亙

つて勤めてゐる吹寄せの名人[9]が千鳥の笛を吹いた。その霊妙な人工の囀りに、一同はうつとりして聴き惚れた。

（中略）

むかうの卓から、房子が目礼して頬笑んだ。

（中略）

正史を堕落させたのは、あの少女の清純さだ。

（中略）

葛城夫人は思はず人ごみをわけて、由利将軍のはうへ近づいた。（中略）

「しばらく」

と夫人が言つた。

「やあ、本当にしばらくですな」

と将軍が言つた。

（中略）

由利氏はやゝ迷惑げな表情で彼女を眺めてゐた。するうちに葛城夫人は彼の目に何か一心に探索してゐるやうな影のあることに気づいた。

（中略）

「さうですね。若い息子や娘をもつた親御さんには今はこりやあ心配な時代だ。葛城さんのお若い時代はいかがでした?」

「何もございません」

と葛城夫人は言つた。

由利将軍は彼女の馴れ馴れしい口調になほすこし訝りながら、まだ何も思ひ出さぬままに、あけすけにかう言つた。

「好きになられて困つたことも、好きになつて困つたこともですか?」

「何もございません。」

「さうですかねえ。私もそんなことがあつたかもしれないが、みんな忘れてしまつた」

「あたくしも」

「みんな忘れてしまつた」

由利将軍は馬鹿笑ひをした。

(後略)


(昭和二十五年八月・別冊文藝春秋)

---

(1) 三島由紀夫。小説家・劇作家。東京生まれ。東大卒。作『金閣寺』『仮面の告白』『豊饒の海』など。一九二五~一九七〇。

（2）四月二三日が日曜日に当たるのはこの時代では昭和二五年だけである。『遠乗会』は昭和二五年八月に別冊文藝春秋に掲載されたので、乗馬クラブの遠乗りが実施されたのちにすぐに執筆したのだろう。
（3）江戸川土手から御猟場に至る描写は省略せずに載せた。
（4）市川橋のたもとで待機していた第二班に所属していた主人公は三〇年前に求婚を拒絶した将軍と出会うが、将軍は何一つとして記憶していない風情だった。主人公の片思い。
（5）黒牛のことは『断腸亭日乗』昭和二二年一〇月八日条にも書かれている。三島由紀夫はそれを承知していたか。たぶん知らないと思える。発表されていないからだ。
（6）長い木橋とは初代の行徳橋のこと。大正一一年（一九二二）三月一八日、開橋祝賀式挙行される。二代目の橋は昭和三二年（一九五七）三月、竣工。現在三代目の橋を建設中。
（7）行徳街道を浦安方向へ騎馬で進み、市川市湊が入口の鴨場道に達し、左折する。この道は切れ切れになってしまったが、途中に今は行徳駅前公園などがある。
（8）昼食は鴨肉のすき焼きである。
（9）吹寄せ名人とは鷹匠のことである。

青べか物語

山本周五郎(1)

『青べか物語』新潮社

役者が逃げ出した道は猫実〜当代島〜島尻〜広尾〜今井橋のコースだった

浦粕《うらかす》町(2)は根戸川(3)のもっとも下流にある漁師町で、貝と海苔《のり》と釣場《つりば》とで知られていた。町はさして大きくはないが、貝の缶詰《かんづめ》工場と、貝殻《かいがら》を焼いて石灰を作る工場と、冬から春にかけて無数にできる海苔干し場と、そして、魚釣りに来る客のための釣舟屋と、ごったくやといわれる小料理屋の多いのが、他の町とは違った性格をみせていた。

（中略）

しかし、そこに伏せてあったのは胴がふくれていてかたちが悪く、外側が青いペンキで塗ってあり、見るからに鈍重で不恰好《ぶかっこう》だった。

「あのぶっくれ舟か」と長(4)が或るとき鼻柱へ皺《しわ》をよらせ、さも軽蔑《けいべつ》に耐えないというように云った、「青べか(5)ってえだよ」

（中略）

私の借りた家は、蒸気河岸《がし》(6)から百メートルほど北にある一軒家(7)で、東は広い田圃《たんぼ》、左右は草のまばらに生えた空地、西が根戸川の土堤になっていた。土堤の上はずっと上流の徳行《とくぎょう》(8)町まで続く道があり、人の往来はあまりないが、話しながら通る者があると、四帖《じょう》半で机に向っていても、その話し声はよく聞えた。

（中略）

ちょうどいい機会だからうちあけておくが、浦粕時代の私の収入は、中・商という商業新聞の家庭欄に、週一回ずつ載る童話をときたま書かせてもらい、また少・世という少女雑誌に、少女小説を買ってもらっていた。前者は高品さんという浦粕の名家の息子で、中・商紙に勤めていた人の世話であり、後者は少・世の編集長で、のちに高名な小説作者になった井内蝶二の好意によるものであった。稿料は前者が一回「五」であり、後者が一編「四〇」または「五〇」くらいであった。もちろんその差は原稿の枚数によるのであるが、――そして、それで足りないところは、京橋木挽町《こびきちょう》に店を持っていた恩人、山本洒落斎《しゃらくさい》翁《おう》(9)のところへ借りにゆく、それも極めてしばしば借りにいったものであった。

（中略）

私は時計を持っていなかったが、およそ十一時をまわったころであろう、蒸気河岸のほうからこっちへ、土堤の上を近づいて来る人ごえを聞いた。

「十台島(10)の連中だな」と私は呟《つぶや》いた、「ごったくやで遊んだ帰りだろう」

（中略）

「——を持って来たか」としゃがれた男の声がどなった。「源、おめえ持ってるか」「下駄《げた》がぬげちゃった」と幼い女の子が泣き声で叫んだ、「あたい下駄がぬげちゃったよ、かあちゃん」

「おぶってやれ」とべつの男の声がした。

はだしの者もいるらしく、ぴしゃぴしゃと雨水を踏む音がした。かれらはひどくいそいでいるようで、ふっと声が跡切《とぎ》れ、すぐにまた女の声が聞えた。

「どっちへゆくのよ、親方」

「黙って歩け」としゃがれ声の男が云った、「助十郎はこ、こを濡《ぬ》らしちゃいねえか、はこ、は大丈夫か」

問いかけられた相手がなにか答えた。

「寒いよ」と女の子が泣き声で（かれらはこのときちょうど私の家の前にさしかかっていた）云《い》った、「かあちゃん寒いよ、耳へ雨がはいるよ」

「井前橋(11)から新川堀(12)へいったらどうかな」と云う声がした。「とくぎょう(13)は危ねえと思うが」

「黙って歩けねえのか」しゃがれ声の男がどなった、「みんな持ち物を落すな、早くしねえと、……」

そのあとは聞きとれなかった。

（中略）

「ゆうべ浦粕《うらかす》座が焼けたのよ」ときん夫人は茶を淹《い》れながら云った、「知らないでしょ」

（中略）

「可哀《かわい》そうなのはあの役者たちよ[14]」ときん夫人は炉端から云った、「あの夜更《よふ》けの雨の中を、どんな気持で逃げていったかしらねえ」

（中略）

私は浦粕《うらかす》から逃げだした。（中略）私は町の隅《すみ》ずみを歩いた。（中略）こうして、土地や風景には別れを告げたけれども、東京へ去ることは誰《だれ》にも云《い》わなかった。高品さん夫妻にさえ話さず、売り残って半ば不用の本の詰った四つの本箱や、机や、やぶれ蒲団《ぶとん》や穴だらけの蚊屋《かや》。よごれたまま押入へ突込んである下衣《したぎ》や足袋類。その他がらくた一切をそのままにして、（中略）書きあげた幾篇《いくへん》かの原稿と、材料ノートと、スケッチ・ブック五冊とペンを持っただけで、蒸気にも乗らず、歩いて町から脱出した[15]。

（後略）

（1）山本周五郎。小説家。本名、清水三十六《さとむ》。山梨県生まれ。とり残された人間の哀歓

を汲む技法と作風で大衆文学の地位を高めた。作『樅ノ木は残った』『青べか日記』など。

一九〇三～一九六七。

（2）浦粕町。千葉県浦安市。

（3）根戸川。江戸川のこと。

（4）長。千葉県浦安市猫実の船宿吉野家の息子。周五郎が初め下宿した家の子ども。

（5）べか舟。浦安をはじめ東京湾全域に見られた一人乗りの海苔採取用の小型船。

（6）蒸気河岸。大正一〇年（一九二一）、葛飾丸が深川高橋から浦安終着の蒸気船の便を就航させ、吉野屋という船宿の地先を発着場としたので別称、蒸気河岸と言われた。

（7）小説では土堤の一軒家という。

（8）徳行町。千葉県市川市本行徳。

（9）山本洒落斎翁《しゃらくさいおう》。周五郎は一三歳の時に東京・木挽町に質屋を営んでいた山本周五郎商店に徒弟として住み込む。その主は洒落斎《しゃらくさい》と自称した。店主は文壇で自立するまで物心両面のよき庇護者だった。

（10）十台島。千葉県浦安市当代島。

（11）井前橋。今井橋。

（12）新川堀。東京都江戸川区の船堀川の別称。元行徳船の通船の川。

（13）とくぎょう。行徳。

（14）役者一座が夜逃げする様子を書いたもの。周五郎も後日、この道を辿って東京へ逃げていく。伏線はきちんと敷かれている。

（15）自分のことをこれほどあけすけに書くことは勇気がいることだと思う。若き周五郎はたくさんの人たちに不義理をして去って行った。後年になって出世した周五郎は浦安に戻って来たが、若い時代の周五郎のことを記憶している地元の人は誰一人としていなかった。

青べか日記

山本周五郎

『青べか日記』大和出版

恋に破れ、職を失い、失意の周五郎はカワウソのように浦安を逃げる

二五八八年＝昭和三年(1)＝二五歳（在浦安町）

（中略）

在浦安町（柳の家に移る）

（中略）

朝のうち海の方へ行った。葦の洲(2)の中では、鴨が飛び廻っていた。鶺鴒《せきれい》(3)が鳴いていた。林檎の朝食を採ったあとで、汽船(4)で行徳へ行った。スケッチ(5)をした。行徳の町はこれですっかり見た訳。江戸川放水路の堤で休み、行徳橋(6)を渡って八幡の方へ行ったが、中途で止めた。徳願寺と云うのを見た。「文化四年八月十九日　深川富岡八幡祭礼の日　永代橋が墜ちて溺死した者の碑(7)が建っていた」古風な鐘楼があり、雅味ある松があった。山門の仁王は駄作、見るに足らぬ(8)。今夜も高梨の家(9)で夕食をよばれた。あいなめ、と云う小魚と栗と新しい野菜の漬物で茶漬をうまく喰べた。食後河岸の田川堂で紅茶を三杯飲んだ、野蛮なことである。ああ行徳の船着場にある燈籠(10)は文化九年建造のものである。さて寝よう、明日から当分また東京だ、もう間もなく浦安ともお別れである。

夕景に水番所の方を散歩した。物音一つしない広い川原、半ば枯れた雑草を戦《そよ》がせて吹く風、淋しい葦の花、静かな日の光を見ていると、人生はまことに侘しく生甲斐なく思われる。全体我我は何を求めるのか、生は我々に何を与えて呉れるのか、おかしな話だ。酒も女も喧騒も名誉も、みなこれを忘れる手段でしかないではないか、おかしな話だ。何度も斯《こ》う呟いた。ああ早く東京へ帰ろう、そして為事をしよう。末子よ平和な生活が卿の上にあるように。静子よ私の健康を護っておくれ。さて寝よう、佳き睡りと甘き夢があるように。（一二五八八、一〇、一四）

（前略）其の日、余は勤先からの通知で職を遂われた。大きな打撃で少し参った。（後略）（二五八八、一〇、二四）

在浦安町（船宿葛西の二階にて）

予は居を移した。舟宿⑾の二階である。（後略）（二五八八、一一、一）

今朝　早朝零時半頃　堀江に火事が起こった。暴風雨の中で物凄く燃えた、一時間余り燃えておちた、演伎館という演芸場が火元である。丁度《ちょうど》出演していた「安来節」の女達は雨に濡れしょぼれ乍ら、川岸の土堤伝いに逃げて行った⑿、館の主人は焼死、家婦は発狂した。（後略）（二五八八、一一、三）

（前略）

昨夜は夕景から、松戸の方へ出掛けた。「一軒家」から乗った船⒀は北風の吹く薄暮の川面を遅遅として川上の方へと進んだ。三日月が、暫く西の空に光っていたが、船が行徳を過ぎる頃に落ちて了った。（中絶）

(1)昭和三年は一九二八年。
(2)葦の洲とは、かつて大三角と呼ばれ、今、東京ディズニーランドがある地域。
(3)鶺鴒《せきれい》はスズメ目で尾を上下に振る習性が特徴。
(4)行徳へ行く汽船は現千葉県市川市島尻《しまじり》の「一軒家《いっけんや》」と名付けられた発着場から乗船する。地元市川市新井地区の住民は島尻のことを一軒家と呼んでいた。あった家は一軒だけ。本行徳四丁目の新河岸に上陸した。
(5)周五郎は浦安町を逃げ出す時にこのスケッチブックを持って逃げる。
(6)行徳橋は初代の橋で大正一一年(一九二二)に開橋祝賀式が行われた木橋。現在の新行徳橋のすぐ下手に橋桁の基礎のコンクリートが残っている。
(7)永代橋水難横死者供養塔を見た。
(8)山門の仁王像に対する周五郎の批評は辛辣である。
(9)高梨とは浦安の旧家。周五郎の庇護者の一人。東京へ逃げる時に高梨家に挨拶もせず、不義理だった。
(10)成田山常夜燈を見ている。
(11)舟宿とは千葉県浦安市猫実《ねこざね》の船宿吉野屋のことで「船宿千本」の看板を出している。

船宿葛西とは吉野屋のこと。
（12）これは周五郎が土堤の家から浦安を夜逃げしていく役者一座の人たちの会話を聞いたとして『青べか物語』の中で再現している。実際は船宿吉野屋の二階で聞いたこと。今井橋へ続く土堤の道を逃げるには、どうしても吉野屋の前を通らなくてはならない。
（13）深川の高橋から出船した蒸気船。一軒家とは千葉県市川市島尻にかってあった汽船乗り場の名称。地元の新井地区では島尻のことを一軒家とも呼んでいた。江戸川上流へ行く蒸気船は浦安へは寄港せず、当代島の一軒家に立寄ってから上流を目指す。周五郎は一軒家から乗って新河岸に着く。

二五八九年＝昭和四年(14)＝二六歳

（前略）

今朝は大川に氷が終日流れていた。非常に寒い、（中略）今は午前二時半である、大川は一面に氷が張りつめた。氷の凍《し》み割れる音がしている。(15)（後略）（午前二時三十五分、二五八九、一、四）

予の浦安町の生活は終りをつげる。両三日内に予は此の懐かしい町を去る。(中略)予は職を失って四月、愈々《いよいよ》金に窮し、蔵書を売却して、新しく踏み出さねばならぬ。然も唯一の友は予を棄て、約婚の少女は遂に予の手を飛去った。(16)予の唯一人の後援者である木挽町家(17)でも最早《もはや》予の為には金銭的補助は拒んでいる。(後略)(二五八九、一、三一)

在浦安町(茫屋にて)

予は浦安町に居着くことになった。
藁葺《わらぶき》屋根の古い朽ちかかった茫屋《ぼうおく》である。(後略)(二五八九、二、七、夜)

(前略)

今日は寒かったが、矢張りべか舟を漕いだ、今井橋まで行った、午後からは海苔《のり》取りに行くべか舟が川の面を黒くしていた。(18)(後略)(二五八九、三、五)

今日はべか舟で沖へ行った。「ヴェルテル」を読んだ、(19)少し風があった。(後略)(九)

昨日は「あちや」原稿を持って博文館を訪ね、帰路木挽町に寄った、主人は元気にして

いた。（中略）帰りは船がなくなって電車で今井まで来て、そこから歩いて帰った。[20]（後略）（一二）

幸運を望む男よ、
お前が三つしか事を為さないのに
十の結果を望んでいる間は
幸運は来はしない

幸運を望む男よ
お前が二つの結果を得る為に
十の事を為たら必ず
幸運は来るぞ[21]（二七）

在浦安町（土堤の家にて）

昨日土堤の家[22]へ引移った。明るくて風通しの良い家だ。心は未だ落着かない。雨が降りつづいている。（五、一六）

金がない。金が無い。[23]弘高推敲はかどっている。昨日、本を売った、（中略）家賃が払えない。小さくなっている、笑止。（三一）

凡《すべ》ての計画は破れた。余は浦安を獺《かわうそ》のように逃げる、[24]多くの嘲笑が余の背中に投げられるだろう。

午後からの雨催いの空を気遣《きづか》い乍《なが》ら土堤に沿って下り、沖の弁天社から堀、江川、猫実と歩き廻った、川や堀では子供達が鮒を掬《すく》っていた、河では沙魚を釣る人が並んでいた、稲は熟《う》れ、田畝には海苔乾架が造られつつある、[25]心愉しくひと廻りして来た、お名残りである。（中略）余は横浜へ帰る、そして新しく始めるだろう。（九、二〇）

---

(14) 昭和四年は一九二九年。
(15) 現在では考えもつかないほどの寒気である。大川とは江戸川のこと。船宿の二階に寝ている周五郎の耳に氷の凍み割れる音が聞こえるとは凄いことだ。
(16) 周五郎の婚約者は結婚を拒み去った。
(17) 木挽町とは周五郎の庇護者山本周五郎商店のこと。

（18）青べかを漕いで今井橋まで行き戻る。今井橋は木橋で大正元年（一九一二）架設。東京都江戸川区今井側の部分だけが深い淵になって曲がっていた。千葉県側の半分は葦に蔽われた中洲が上流まで続いていた。海苔取りに行くべか舟とは江戸川区の漁民のこと。

（19）青べかで現東京ディズニーランドがある辺りのかつての洲（大三角という）の間の水路を漂いながら『若きウェルテルの悩み』を読書。職を失い、婚約者に去られ、失意の周五郎。

（20）木挽町とは周五郎の庇護者山本周五郎商店のこと。小松川橋の手前までの電車を降り、橋を徒歩で渡り、また電車に乗り今井まで。今井橋を徒歩で渡り右折、葦や芒《すすき》が茂る土堤を浦安まで行く。途中に今井橋下流にねね塚跡地、新井川出口に首切り地蔵があったのだが、周五郎は知っていたのだろうか。首切り地蔵は昭和二〇年（一九四五）以後に延命寺に移される。この土堤の道は周五郎が浦安を逃げ出す時に辿る道である。

（21）私（筆者）はこの言葉がとても気に入っている。

（22）小説『青べか物語』の中で土堤の一軒家とする家のこと。ここで役者一座の逃亡のことを経験したと小説の中では記している。

（23）この金がないという場面は日記の中で随所にあり、周五郎の極貧の様子がよくわかる。いつも自虐的に書いている。

（24）周五郎は浦安から逃げる。カワウソのようにこそこそと。土堤の道を背丈よりも高く伸びた芒をかき分けながら今井橋へ行く。現在の浦安市猫実～当代島～市川市島尻～広尾～相之川～今井橋のコース。さすがに吉野屋の前の蒸気河岸から船に乗ることはできなかった。それではカワウソのように逃げたことにはならない。

(25) 田畝は田のあぜ。あぜみち。日当たりのよいあぜ道に浦安では海苔干しのためののろしを作る。

行徳の文学年表

元号	西暦	出来事
天平宝字《てんぴょうほうじ》3	759	『万葉集』二〇巻できる。過去三五〇年分の長歌、短歌、連歌《れんが》その他約四五〇〇首。「葛飾《かつしか》の真間《まま》の浦廻《うらみ》を漕《こ》ぐ船《ふね》の船人騒《ふなびとさわ》ぐ波立《なみた》つらしも」(作者不詳)。真間の浦とは狭義では古来からの行徳地先の海。
大同《だいどう》2	807	2月13日、斎部広成『古語拾遺《こごしゅうい》』を撰上《せんじょう》、総《ふさ》の国、上総《かずさ》、下総《しもうさ》、安房《あわ》のいわれを記す。
嘉祥《かしょう》3	850	在原業平《ありわらのなりひら》、角田川《すみだがわ》(隅田川《すみだがわ》)を渡り下総国府《こくふ》へ来《きた》る。『伊勢物語《いせものがたり》』で富士山を「なりはしほじりのやうになむありける」とする。しほじりは塩尻のことで塩焼に関する言葉。
寛仁《かんにん》4	1020	9月18日、菅原孝標女《すがわらたかすえのむすめ》(一三歳)、父上総守《かずさのかみ》の帰順に従い、江戸川を松戸で渡り武蔵国《むさしのくに》を通過。康平《こうへい》元年(1058)、『更級日記《さらしなにっき》』を著す。
永万《えいまん》元	1165	3月21日、『櫟木文書《くぬぎもんじょ》』「占部安光文書紛失状寫」に「皇太神宮御領《こうだいじんぐうごりょう》下総国葛西御厨領家《かさいみくりやりょうけ》」とあり。伊勢神宮関係文書。
文治《ぶんじ》2	1186	3月12日、『吾妻鏡《あずまかがみ》』に「八幡《やわた》」の記載。八幡庄《やわたのしょう》の初見。

応安《おうあん》5	1372	11月9日、『香取文書《かとりもんじょ》』「藤氏長者宣寫」に「行徳等關務《ぎょうとくとうせきむ》」とあり。「行徳」の初見。地名の使用はもっと早いだろう。香取文書とは香取神宮関係文書のこと。11月14日、『香取文書』「室町将軍家御教書寫」に「行徳關務事《ぎょうとくせきむのこと》」とあり。
永和《えいわ》3	1377	3月17日、『中山《なかやま》法華《ほけ》経《きょう》寺《じ》文書《もんじょ》』「希朝寄進状」に「下総国葛西御厨篠崎郷《しのざきごう》内上村を永代《えいだい》寺領にめさるべく候《そうろう》」の記載あり。
至徳《しとく》4	1387	5月1日、『香取文書』「大中臣長房譲状」に「きやうとくのせき、合《あわせて》　五けせきの事」とあり。行徳の地名の使用はもっと時代を遡ると思われる。
応永《おうえい》5	1398	8月、『櫟木文書』「葛西御厨田数《でんすう》注文寫」に「今井」とあり。伊勢神宮関係文書。
永正《えいしょう》6	1509	7月～12月、連歌師《れんがし》柴屋軒宗長《さいおくけんそうちょう》、すみた川の河舟にて今井の津《わたり》に下りる。紀行文『東路《あずまじ》の津《つ》登《と》』を著す。今井は浅草からの河舟の津《つ》。江戸城を出立、今井の浄興寺《じょうこうじ》に立ち寄り「ふじのねは遠からぬ雪の千里哉《かな》」を詠《よ》み、上総へ赴《おもむ》き、帰路市川の渡しを渡り、馬に乗って葦の枯葉の雪を打ち払いながら進み、小岩《こいわ》の善養寺《ぜんようじ》に止宿、豆腐を焼いて酒を飲み、「堤行《つつみゆく》野は冬かれの山路《やまじ》かな」を詠む。

天文《てんぶん》 11	1542	「行徳といふ地名は、其昔《そのむかし》、徳長《とくたけ》たる山伏此所《やまぶしこのところ》に住す。諸人《もろびと》信仰して行徳と云《い》ひしより、いつとなく郷名となれりと。云々《うんぬん》。其後《そののち》、この庵へ出羽国金海法印《でわのくにきんかいほういん》といふもの来りて、行徳山金剛院といふ。羽《は》黒法漸寺《ぐろほうぜんじ》末と成《な》る。天文十一 壬 寅年也《みずのえとらのとしなり》。御行屋敷《ごぎょうやしき》といふ。此寺享保《きょうほう》年中退転すといふ」（『葛飾誌略《かつしかしりゃく》』）。行徳の地名発祥の由緒とされているが、既に『香取文書』にある。
元亀《げんき》 元	1570	この年、江戸川向こうの行徳領（本行徳中洲《ほんぎょうとくなかす》）より現在地へ「行徳」が引き移る（『現代語訳成田参詣記《なりたさんけいき》』）。
天正《てんしょう》 18	1590	8月1日、徳川家康、豊臣秀吉の命により関東へ移封、江戸城へ入る。
寛永《かんえい》 2	1625	押切《おしきり》、伊勢宿《いせじゅく》、関ヶ島《せきがしま》の地で江戸川を締め切り、現在の流路に変更。本行徳のはずれの海側に新規の行徳船津《ふなつ》を設ける。新河岸《しんがし》とは別のもの。
寛永 9	1632	本行徳村が他村に勝ち、関東郡代伊奈半十郎《かんとうぐんだいいなはんじゅうろう》の許可を得て、行徳《ぎょうとく》船《ぶね》の運行始まる。本行徳河岸～江戸日本橋小網町《こあみちょう》間、三里八丁（一二・六キロ）。当初一六艘《そう》、寛文《かんぶん》11年五三艘、嘉永《かえい》年間六二艘、明治12年廃止。

寛永 12	1935	塩浜一五ヶ村の塩垂百姓《しおだれびゃくしょう》、江戸川対岸の本行徳中洲にあった神明《しんめい》社《しゃ》を本行徳（一丁目）の現在地に遷座《せんざ》（『葛飾誌略』）。これにより名実ともに行徳の地が本行徳に移されたことになった。
貞享《じょうきょう》 4	1687	8月、松尾芭蕉、本行徳村から木下道《きおろしみち》にて鹿島《かしま》へ吟行《ぎんこう》。『鹿島詣《かしまもうで》（鹿島紀行《かしまきこう》）』を著す。芭蕉庵の門より舟に乗り、行徳からは徒歩で小金牧《こがねまき》を通過、布佐《ふさ》から夜船《よぶね》で鹿島へ来たが、その日は雨で月見はできなかった。「月はやし梢《こずえ》は雨を持ちながら」「寺に寝てまこと顔なる月見かな」を詠む。なお、芭蕉が通過したときはまだ新河岸《しんがし》は設置されておらず、芭蕉は新河岸を知らない。
元禄《げんろく》 3	1690	行徳船津が新河岸《しんがし》に移され、祭礼河岸《さいれいがし》（貨物専用河岸《かもつせんようがし》、行徳河岸《ぎょうとくがし》とも）が押切の現在地に移される。
享保《きょうほう》 20	1735	徳願寺十世覚誉上人《かくよしょうにん》により行徳領三十三所札所《しょふだしょ》ノ観音順礼《じゅんれい》始められる（『葛飾記《かつしかき》』）。 1月、『続江戸砂子《しょくえどすなご》』が刊行され、近国の土産大概《みやげたいがい》として「行徳塩下総なり。この入海《いりうみ》を袖の浦という。海辺の村々塩浜多し。江戸より六、七里ほど。もしほくむ袖の浦風さむければほさてもあまや衣うつらん」と紹介される。

寛延《かんえん》2	1749	青山某『葛飾記』二巻を著す。「行徳領三十三所札所ノ観音西国模《さいごくも》シ寺所名 幷《ならびに》道歌《どうか》」を収録した唯一の地誌。葛飾郡中の名所旧跡、神社仏閣の縁起などを解説した観光ガイドブック。上巻は「葛飾の郡」について書き、下巻では「これより行徳領の内」として本行徳の塩浜、神明宮、新河岸、弁財天、香取《かんどり》神社その他を紹介している。
宝暦《ほうれき》6	1756	10月、本行徳村名主《なぬし》平蔵、『塩浜由来書』提出。代官所からの塩浜発起《ほっき》についての調査に対する回答書。何百年以前からの塩浜であること、小田原へ船で塩を納めていたこと、権現様《ごんげんさま》お声掛かりであり新塩浜開発御書付写があること、五分の一塩・五分の四金納が、四分の一塩・四分の三金納になった訳、塩浜二六カ村の推移、寛永6年と元禄15年の検地の内容、塩浜の災害とその対応策を記し、その他の証明書を添付。塩浜由来書は『「葛飾誌略」の世界』に全文を収録済み。
明和《めいわ》6	1769	8月、『塩浜由緒書』作成される。「覚」は元代官小宮山杢之進《こみやまもくのしん》の手になり年貢減免願書《ねがいしょ》として使用された。塩焼は往古に上総国《かずさのくに》五井へ行って習い覚えたこと、権現様東金鷹狩《とうがねたかがり》お成りの節、塩の儀は御軍用第一の事、御領地一番の宝と思《おぼ》し召《め》したこと、家康・秀忠・家光・吉宗らが塩浜開発手当金を支出したこと、塩浜の経営方法など

		が記されている。塩浜由緒書は『「葛飾誌略」の世界』に全文を収録済み。
寛政《かんせい》3	1791	3月、小林一茶、房州を行脚《あんぎゃ》して、帰路、新河岸から行徳船にて江戸へ帰る（『寛政三年紀行』）。
寛政10	1798	7月、『成田《なりた》の道の記』著される。著者未詳。三泊四日の成田参詣の紀行文。竪川《たてかわ》沿いを歩き、逆井《さかさい》の渡しから小松川《こまつがわ》を通って今井の渡し場の茶店で休憩し、渡ってからも徒歩で行徳笹屋《ささや》まで来てうどんを食べ、その後、海浜に出て塩焼の煙を眺めたり砂浜に海水を汲み上げて撒《ま》く様子を見た。「塩やきの手業《てわざ》を共にくみて見ればあま口ならぬ賤《しず》のいとなみ」を詠む。
享和《きょうわ》元	1801	1月、十返舎一九《じっぺんしゃいっく》、行徳、船橋を経て香取、鹿島、日光を旅行。翌年、『南総紀行旅眼目《なんそうきこうたびすずり》』を刊行。船堀《ふなぼり》のわたりを渡って道づれの人と語らいながら行徳へ歩いて来て笹屋で休憩、うどんは名物だが、打つも切るも主一人でなかなかできあがらない。「御ていしゅの手うちうどんまちかねていづれも首をながくのばせし」。笹屋の主があやしげなる色紙短冊《しきしたんざく》を出して歌を書いてくれというので「歌かけと色紙短冊出されしはこれ七夕のささやなるかも」と書いた。 6月19日、20日、伊能忠敬《いのうただたか》、幕命により行徳領塩浜の村々を測量

文化《ぶんか》 7

1810

（『沿海測量日記』）。朝から晴天、八時出立。小松川新田、二ノ江新田、下今井新田、桑川《くわがわ》新田、小島、西浮田《うきた》村、東浮田村、堀江村、猫実《ねこざね》村、当代島村、新井村、欠真間《かけまま》村、湊新田、湊村、押切《おしきり》村を測量、日が暮れたので本行徳村名主惣右衛門《そうえもん》方に泊る。道路はいつも使っていないところが多く、海岸は泥深くて足をとられ、葦野原竹藪覆《あしのはらたけやぶおお》い重なりとても大変だった。したがって、測量ははかどらず、方位も密にならなかった。予定では船橋泊まりだったので荷物は行徳になにもなかった。

『葛飾誌略』刊行される。著者不明。行徳領はおよそ四〇ヶ村。高《たか》およそ一万石。本行徳は母郷《ぼきょう》とする。また、内匠堀《たくみぼり》に言及した唯一の地誌。紹介された村々は、堀江・猫実《ねこざね》・当代島・新井・欠真間《かけまま》・湊新田・湊・押切・伊勢宿・関ヶ島・本行徳・行徳新田・川原《かわら》・大和田・稲荷木《とうかぎ》・下妙典《しもみょうでん》・上《かみ》妙典・田尻《たじり》・高谷《こうや》・原木《ばらき》・二俣《ふたまた》・西海《にしかい》神《じん》・船橋海神・船橋・山野《やまの》・二子《ふたこ》・小栗原《おぐりはら》・古作《こさく》・中山・北方《ぼっけ》・丸山新田・中澤・高石神《たかいしがみ》・鬼越《おにごえ》・八幡《やわた》・平田・菅野《すがの》・宮久保・貝塚・高塚・曽谷《そや》・須和田《すわだ》・大町・大野・市川・市川新田・真間《まま》・国府《こうの》台《だい》・上小岩・下小岩・笹カ崎・下篠崎・伊勢屋・上今井・下今井の五五ヶ村。

文化 10	１８１３	新井村名主鈴木清兵衛（俳号、行徳金堤《きんてい》）『勝鹿図志《かつしかずし》手くりふね』刊行。上下二巻。上巻は葛飾の浦を中心に行徳領の紹介、下巻は句集で挿絵は葛飾北斎、谷文晁《たにぶんちょう》ら、俳句は小林一茶、夏目成美《なつめせいび》ら著名人を含めて二〇〇名余。了善寺境内《りょうぜんじけいだい》で井戸を掘ったところ、鏡、太《た》刀《ち》を含めた石櫃《いしひつ》が出土したとの記載あり。文化12年、13年に小林一茶、金堤宅に止宿し高谷から茨城県などへ行く。
文化 11	１８１４	釈敬順《しゃくけいじゅん》『十方庵遊歴雑記《じっぽうあんゆうれきざっき》』を刊行。下総行徳についての記述がある。行徳の駅は今井の渡しからおよそ一里、賑やかなのは船場《ふなば》周辺だけで、世上もてはやされる笹屋のうどんは名は高いが風味粗悪《ふうみそあく》で食するよりも土産に干《ほし》うどんを買う人が多いこと、川筋は釣りの名所で釣り道具を預かる旅籠《はたご》があること、ここのアサリ、ハマグリは他よりは余程に大きいこと、銭湯の湯水は川から引き、きれいで豊富、男女混浴であること、船橋への駕籠《かご》は人足《にんそく》が下手《へた》で客は頭痛がすること、街道は海浜の風色よく房総の山々が遠望でき、塩竈《しおかまど》がたくさんあり汐水《しおみず》を汲んで運ぶさまが面白い、などと書いている。曲亭馬琴《きょくていばきん》『南総里見八犬伝《なんそうさとみはっけんでん》』を刊行。これより二八年間にわたる長編伝記小説が続く。完成は天保《てんぽう》13年（１８４２）。

文化12	1815	『行徳志』刊行される。著者不明。『葛飾誌略』とほぼ同内容の記載とされる。共通の基礎資料があったか、どちらかが他方を基にしたかは不明。翻刻《ほんこく》された書物がない。
文政《ぶんせい》4	1821	三島政行『葛西志』を著す。巻之二十五まで全一巻。新川の開削時期と理由、行徳川の由来、柴屋軒宗長が浅草からたどった舟筋の説明など行徳にとっての貴重な記述が多い。
文政8	1825	6月29日、渡辺崋山、下総、常陸《ひたち》両国を旅行し、「四州真景図巻」を制作。その中に「行徳船場の図」がある。同日午前六時、家を出て小網町三丁目行徳河岸から船賃五〇〇文で船を借り切り本行徳の新河岸に着く。朝は曇っていたが行徳へ来た時は晴れていた。大坂屋で朝食をとりスケッチをした。その後、八幡《やわた》の葛飾八幡宮をスケッチし、鎌ケ谷《かまがや》の鹿島屋で夕食、白井の藤屋に宿泊した。
文政10	1827	十返舎一九『房総道中記』を著す。日本橋小網町行徳河岸から船で行徳へ来た。陸路は両国、本所竪川通り、逆井の渡しから行徳へ来るがともに行程三里。行徳に徳願寺《とくがんじ》と云う大寺がある。笹屋うどんは名物。中山蒟蒻《こんにゃく》もある。ここからまっすぐに行けば八幡《やわた》、真間《まま》、国府台《こうのだい》、木下《きおろし》への道で、右へ行けば船橋、上総、房州道である。狂歌「七夕の笹屋なるべし手ぎわよくつなぐ妹背《いもせ》のほしうどんとて」などと記す。

天保《てんぽう》7	1836	『江戸名所図会《えどめいしょずえ》』全七巻二〇冊刊行される。編者斎藤月岑《げっしん》ほか。市川市域は二〇冊目に記載。行徳船場《ぎょうとくふなば》、弁財天祠、善照寺、行徳八幡宮、金剛院廃址、徳願寺、塩浜の項目で説明があり、行徳船場、行徳徳願寺、行徳汐浜《しおはま》、行徳塩竈之図《しおがまのず》、行徳鵆《ちどり》など五図がある。なお、一九冊目に今井の津頭《わたしば》の図がある。
天保13	1842	『南総里見八犬伝』完成。著者曲亭馬琴。文化11年（1814）に第一輯《しゅう》を出し、二八年に亙る長編伝記小説。馬琴は勧善懲悪を標榜。天保11年失明。嘉永《かえい》元年（1848）没。物語のはじめに行徳を舞台にした記述がある。第九輯巻之十二下、巻之三十五に「ここにまた下総国葛飾郡《しもうさのくにかつしかごおり》、行徳なる入江橋の梁麓《はしづめ》に、古那屋文五兵衛《こなやぶんごべえ》といふものありけり。（中略）荘助と小文吾等はそがまま人馬をすすめて、この日行徳へ来ぬれども、あへて民の業を妨げず、又民家を焼き払はず、地の利によりて、塩浜に陣するに、南は左の方に当りて、ぼうぼうたる大洋なり（後略）」とある。
天保末年		深河元儁《ふかがわげんしゅん》『房総三州漫録《ぼうそうさんしゅうまんろく》』を著す。江戸から行徳を通り上総に至る見聞録。小網町より出船。中川御番所は「とーりまんす」といえばよい。船堀川は曳《ひ》き船で一二四文、行徳までは曳かない。松がいが大木がなく風が強いのでみんな西の方に傾いている。四丁目は

		上り場だが富士山がよく見える。利根川の水は汲み置きしてもこまかい残り物が生じない。その水で飯を炊くと半日以上余分に持ちがよい。笹屋のうどんは箱入りで一〇〇文からある。塩は近辺の山から買った松葉で焚《た》いたオマツ焚《た》きで値段も安い、などとある。「オマツ焚き」の出典はここにある。
安政《あんせい》元	1854	3月、間宮永好『神野山日記《かのうさんにっき》』刊行。房州の鹿野山《かのうさん》に遊んだ紀行文。小網町の筥崎《はこざき》というところから笹の一葉を浮べて隅田川に出て行徳で下りた。中川御番所は舟人が「通り候ぬふ」というと足軽《あしがる》が「を」と答える。行徳では、しがらきという茶屋で人を待った。あまり遅いので言付《ことづ》けを置いて出立《しゅったつ》した。
安政3	1856	成田山新勝寺『成田参詣記』五巻を刊行。仮名垣魯文《かながきろぶん》『成田道中記』を刊行。別称『成田道中膝栗毛《ひざくりげ》』。滑稽《こっけい》本《ぼん》。かくて弥次喜多《やじきた》の両人は、そのあけの朝、ゆっくりとおきいで、朝餉《あさげ》の仕度しまひ、そろそろと旅装をなし、わが家をたちいづるやいなや、生得《しょうとく》旅のすきのことなれば、おもしろ狸《たぬき》の腹鼓《はらつづみ》をうって、ぶらぶらと道を歩み、まず両国より本所なる竪川どふりをまっすぐに、逆井のわたしをうちすぎて、四軒茶屋《しけんちゃや》のところよりわかれて、ぶらぶら行徳にさしかかる。二兵衛《にへえ》（笹屋のこと）で昼飯をくらひ、

		徳願寺へ参詣して又、例のむだごとをこじつける。〇しんじんもとくのあまりのとくぐわん寺とちでしほやくからきうき世に、とある。
昭和3	1928	山本周五郎、千葉県東葛飾郡浦安町に止宿。この時の体験と観察により後年『青べか物語』『青べか日記』を刊行する。
昭和7	1932	6月19日、永井荷風、電車で今井橋まで来て浦安・行徳行のバスを見る。『断腸亭日乗《だんちょうていにちじょう》』「昭和七年六月念九」の条に「くもりて風涼し。午後丸の内に用事あり。久しく郊外を歩まざれば電車にて小松川に至り、放水路を横ぎり、再び電車にて江戸川今井の堤に至り、今井橋のほとりを歩む。浦安行徳あたりに通ふ乗合自動車過《すぎ》行く毎に砂《さ》塵朦朦《じんもうもう》たり。されど河岸《かわぎし》には松榎《まつえのき》の大木あり。蒹葭《けんか》の間より柳の茂りたる処《ところ》あり。葭雀《よしきり》鳴きしきりて眼に入るもの皆青し（後略）」とある。
昭和16	1941	10月30日、楫西光速《かじにしみつはや》『下総行徳塩業史』刊行。序論、徳川幕府の保護政策、明治前期の塩制、製塩方法、塩田経営、販売、塩専売法の実施とその影響、塩田の整理と再製塩の八章からなる行徳塩業に関する古典。
昭和22	1947	10月8日、永井荷風、八幡からバスに乗り行徳の町を走る。『断腸亭日乗』「昭和二十二年十月初八」の条に「午食の後行徳の町を見

むとて八幡よりバスに乗る。省線《しょうせん》電車線路を越ゆれば一望豁然《かつぜん》たる水田にして稲既に刈取られて日に曝られ《（さらされ）》たり。路傍に筵《むしろ》を敷きて稲を打つ家もあり。右側に一古松の蟠《わだかま》れるあり。樹下に断碑《だんひ》二三片あれど何なるを知らず。忽《たちま》ちにして行徳橋を渡る。放水路に架せられし木橋にして眺望ますます曠《ひろ》く水田の彼方《かなた》に房州の山を見る。これより車は江戸川の堤に添ひたる行徳の町を走る。人家は大抵平屋にして瓦屋根と茅葺《かやぶき》と相半す。ところどころに雑貨を売る商店あり。通行人割合に多く、バスの停《とま》る毎に乗降するもの数人あり。二三十分にして浦安町入口の終点に達す。（中略）帰途《きと》行徳橋にて車を下り放水路の関門を観て後《のち》堤上を歩む。農夫黒き牛数頭を放ちて草を食《は》ましむ。来路を辿り八幡に出《い》で野菜を購《あがな》ひてかへれば夕陽既に低し」とある。

11月、永井荷風『にぎり飯』を著す。前述の八幡からのバスに乗り相の川バス停《てい》を見ていたものと思われる。「南行徳町□□の藤田ツていふ家です。八幡行のバスがあるんですよ。それに乗って相川ツて云ふ停留場《ていりゅうじょう》で下りて、おき、になればすぐ分かります。百姓してゐる家です」とある。

昭和25	1950	三島由紀夫『遠乗会《えんじょうかい》』を発表、新浜鴨場《にいはまかもば》へ来たことを書く。乗馬で市川橋〜江戸川土手〜初代の旧行徳橋〜行徳街道〜鴨場道《かもばみち》〜御《ご》猟場《りょうば》に至り、飲み物と昼食をとり、吹き寄せ名人の吹く千鳥の笛の音に聞き惚れた。
昭和36	1961	山本周五郎『青べか物語』刊行。行徳へのいざないは、昭和3年10月14日、蒸気船に乗って新河岸に着き、常夜燈、徳願寺、江戸川放水路などを見て浦安に戻る(『青べか日記』より)。
昭和47	1972	山本周五郎『青べか日記』刊行。 11月13日、講談社、勝海舟全集20『海舟語録』刊行。江戸城開城交渉の最中《さなか》、海舟は行徳の二人の人物と密会していた。
昭和50	1975	『市川市史』全八巻(九冊)が完成。 7月30日、高橋俊夫『影印《えいいん》・翻刻《ほんこく》・注解《ちゅうかい》 勝鹿図志手繰舟《かつしかずしてくりふね》』刊行。
昭和51	1976	宮崎長蔵『行徳塩浜と新井村の足跡』刊行。
昭和52	1977	宮崎長蔵『行徳物語』刊行。
昭和53	1978	3月22日、遠藤正道『葛飾風土史 川と村と人』刊行。
昭和55	1980	市川民話の会『市川の伝承民話』第一集刊行。2004年5月31日までに第八集まで刊行される。 10月31日、遠藤正道『郷土と庚申塔《こうしんとう》』刊行。
昭和57	1982	1月10日、遠藤正道『浦の曙』刊行。

昭和58	1983	3月31日、市川市教育委員会『市川の文学』刊行。
		3月31日、市立市川歴史博物館『行徳の塩づくり』刊行。
昭和59	1984	8月20日、祖田浩一『行徳の歴史散歩』刊行。
		11月3日、中山書房仏書林『観音札所のあるまち行徳・浦安』刊行。
昭和61	1986	4月1日、行徳野鳥観察舎友の会『よみがえれ新浜《にいはま》』発行。
		7月10日、新人物往来社『英国貴族の見た明治日本』刊行。東郷平八郎提督が鴨場に来てイギリス貴族の一行に鴨猟の手ほどきをしたときの模様。
昭和63	1988	市川市教育委員会『市川の歴史を尋ねて』刊行。
平成2	1990	3月18日、市立市川歴史博物館『市川の板碑』刊行。
		9月29日、宮崎長蔵『勝鹿図志手ぐり舟』刊行。
平成6	1994	11月20日、宮崎長蔵『行徳と浦安の今とむかし』刊行。
平成7	1995	9月1日、市川博物館友の会歴史部会『内匠堀《たくみぼり》の昔と今・市川の郷土史』刊行
平成10	1998	4月28日、大本山成田山新勝寺『現代語訳成田参詣記』刊行。
		7月1日、市立市川歴史博物館『中世以降の市川』刊行。
平成11	1999	3月、本行徳フォーラム『私たちの行徳今昔史・パート1』刊行。

		9月26日、市立市川歴史博物館『木下街道展　江戸と利根川を結ぶ道』刊行。
平成12	2000	1月5日、鈴木和明『おばばと一郎』刊行。行徳地域の農家の跡取りが自然と家族の愛情にはぐくまれて成長する物語。行徳弁の会話と民俗。
		10月1日、鈴木和明『おばばと一郎2』刊行。
		11月10日、行徳昔話の会『ぎょうとく昔語り』刊行。
平成13	2001	2月15日、鈴木和明『おばばと一郎3』刊行。
		8月15日、鈴木和明『おばばと一郎4』刊行。
平成14	2002	12月18日、花見薫『天皇の鷹匠《たかじょう》』刊行。
平成15	2003	3月16日、市立市川歴史博物館『幕末の市川』刊行。
		11月15日、鈴木和明『行徳郷土史事典』刊行。
平成16	2004	7月15日、鈴木和明『行徳歴史街道』刊行。
平成17	2005	3月15日、鈴木和明『明解 行徳の歴史大事典』刊行。
平成18	2006	2月18日、財団法人市川市文化振興財団『図説市川の歴史』刊行。
		12月5日、鈴木和明『行徳歴史街道2』刊行。
平成20	2008	10月19日、市立市川歴史博物館『市川市の石造物』刊行。
平成22	2010	3月15日、鈴木和明『行徳歴史街道3』刊行。
平成23	2011	3月20日、市川博物館友の会『かいづかの35年』発行。

平成24	2012	3月9日、市川市文化国際部映像文化センター『下総国戸籍　釈文編・解説編』『下総国戸籍　写真編』刊行
平成25	2013	4月15日、鈴木和明『行徳歴史街道4』刊行。 9月20日、森亘男『学び・歩き・語り合った30余年』刊行。
平成26	2014	1月15日、鈴木和明『郷土読本 行徳 塩焼の郷を訪ねて』刊行。 3月31日、市川市文化国際部文化振興課『下総国戸籍　遺跡編』刊行。 7月15日、鈴木和明『郷土読本 行徳の歴史・文化の探訪1』刊行。 11月3日、市川市文化国際部文化振興課『市川市史写真図録この街に生きる、暮らす』刊行。 11月15日、鈴木和明『郷土読本 行徳の歴史・文化の探訪2』刊行。
平成27	2015	4月15日、鈴木和明『「葛飾誌略」の世界』刊行。 11月15日、鈴木和明『「葛飾記」の世界』刊行。
平成28	2016	5月15日、鈴木和明『行徳歴史街道5』刊行。 11月15日、鈴木和明『「勝鹿図志手くりふね」の世界』刊行。

参考文献

『新版　漢語林』（四版）鎌田正・米山寅太郎共著　大修館書店　平成九年三月一日発行
『広辞苑』（第四版）岩波書店　一九九一年一一月一五日発行
『遊歴雑記初編1』朝倉治彦校訂　平凡社　一九八九年四月一七日発行
新潮日本古典集成別巻『南総里見八犬伝』濱田啓介校訂　新潮社　平成一六年三月三〇日発行
『日本庶民生活史料集成』第七巻　飢饉・悪疫　三一書房　一九七〇年三月三一日発行
『日本庶民生活史料集成』第八巻　見聞記　三一書房　一九六九年一一月三〇日発行
『校註國歌大系　第二十二巻　夫木和歌抄下』講談社　昭和五一年一〇月一〇日発行
『燕石十種』第二巻　中央公論社　昭和五四年七月二〇日発行
『行徳歴史街道3』鈴木和明著　文芸社　二〇一〇年三月一五日発行
『江戸府内絵本風俗往来』菊池貴一郎著　青蛙房　平成一五年五月二〇日発行
『下総行徳塩業史』楫西光速著　アチックミューゼアム　一九四一年一〇月三〇日発行
『江東事典』（史跡編）東京都江東区総務部広報課発行　平成四年四月一日発行
『改訂房総叢書』第四輯　地誌（二）日記、紀行　房総叢書刊行会　昭和三四年五月三〇日発行
『十返舎一九の房総道中記』鶴岡節雄校注　千秋社　昭和五四年三月一〇日発行
『仮名垣魯文の成田道中記』鶴岡節雄校注　千秋社　昭和五五年八月五日発行

『一茶全集』第五巻　紀行・日記／俳文拾遺／自筆句集／連句／俳諧歌　信濃毎日新聞社
昭和五三年一一月三〇日発行
『一茶全集』第三巻　句帖Ⅱ　信濃毎日新聞社　昭和五一年一二月三〇日発行
新編日本古典文学全集『松尾芭蕉集②』校注・訳者　井本農一、久富哲雄、村松友次、堀切実
小学館　一九九七年九月二〇日発行
新潮日本古典集成『伊勢物語』渡辺実校注　新潮社　昭和五一年七月一〇日発行
『江戸近郊道しるべ』村尾嘉陵著　朝倉治彦編注　平凡社　一九八五年八月一五日発行
『群書類従』第十八輯　日記部紀行部　塙保己一編纂　続群書類従完成会
昭和七年一〇月一五日発行
『中世日記紀行集』海道記／東関紀行／弁内侍日記／十六夜ほか　小学館　一九九四年七月二〇日発行
『日本名著全集第二十三巻　膝栗毛其他下』日本名著全集刊行会
昭和二年九月二四日発行
『江戸名所図会・下』原田幹校訂　人物往来社　昭和四二年五月一日発行
『影印・翻刻・注解　勝鹿図志 手繰舟』高橋俊夫編著　崙書房　一九八〇年七月三〇日発行
『「勝鹿図志手くりふね」の世界』鈴木和明著　文芸社　二〇一六年一一月一五日発行
『行徳の塩づくり』編集・発行市立市川歴史博物館　昭和五八年三月三一日発行
『房総叢書』第六巻　房総叢書刊行会　昭和一六年一一月一〇日発行

『「葛飾誌略」の世界』鈴木和明著　文芸社　二〇一五年四月一五日発行
『燕石十種』第五巻　中央公論社　昭和五五年一月二五日発行
『「葛飾記」の世界』鈴木和明著　文芸社　二〇一五年一一月一五日発行
『史跡をたずねて―改訂版―』江東区企画部広報課　平成一二年一〇月二六日発行
『江戸砂子』菊岡沾涼著　編者小池章太郎　東京堂出版　昭和五一年八月二五日発行
『葛西志』三島政行著　国書刊行会　昭和四六年八月一五日発行
新潮日本古典集成『更級日記』秋山虔校注　新潮社　昭和五七年七月一〇日発行
『市川市史』第五巻　史料　古代・中世　市川市　昭和四八年三月三一日発行
『雑兵物語・おあむ物語 附おきく物語』中村通夫・湯沢幸吉郎校訂
岩波書店　一九四三年五月一〇日発行
『定本折たく柴の記釈義』宮崎道生著　近藤出版社　昭和六一年一月二五日発行
『英国貴族の見た明治日本』A・B・ミットフォード著／長岡祥三訳　新人物往来社
昭和六一年七月一〇日発行
『荷風全集』永井荷風（壮吉）著　岩波書店
『三島由紀夫短編全集』新潮社　昭和六二年一一月二〇日発行
『青べか物語』山本周五郎著　新潮社　昭和三九年八月一〇日発行
『青べか日記』山本周五郎著　大和出版　一九七二年九月三〇日発行

『勝海舟全集20　海舟語録』勝海舟刊行会　講談社　昭和四七年一一月一三日発行
『現代語訳 成田参詣記』大本山成田山新勝寺成田山仏教研究所　平成一〇年四月二八日発行
『改訂房総叢書』第一輯　縁起・古文書・軍記　改訂房総叢書刊行会　昭和三四年四月一〇日発行
『市立市川歴史博物館報』第十二号（平成五年度）市立市川歴史博物館　一九九五年三月二〇日発行
『行徳歴史街道』鈴木和明著　文芸社　二〇〇四年七月一五日発行
『行徳歴史街道2』鈴木和明著　文芸社　二〇〇六年一二月一五日発行
『行徳歴史街道3』鈴木和明著　文芸社　二〇一〇年三月一五日発行
『行徳歴史街道4』鈴木和明著　文芸社　二〇一三年四月一五日発行
『行徳歴史街道5』鈴木和明著　文芸社　二〇一六年五月一五日発行
『行徳の歴史・文化の探訪1』鈴木和明著　文芸社　二〇一四年七月一五日発行
『行徳の歴史・文化の探訪2』鈴木和明著　文芸社　二〇一四年一一月一五日発行
『明解　行徳の歴史大事典』鈴木和明著　文芸社　二〇〇五年三月一五日発行

あとがき

幸運を望む男よ、
お前が三つしか事を為《な》さないのに
十の結果を望んでいる間は
幸運は来はしない

幸運を望む男よ、
お前が二つの結果を得る為《ため》に
十の事を為《し》たら必ず
幸運は来るぞ

山本周五郎が『青べか日記』の中で吐露したこの言葉を私は大好きです。行徳の郷土史に興味を惹かれて書き続けて一八年になりました。何かに背中を押されて夢中になって過ごしてきました。

このような著作を刊行できることを幸せなことだと心から思っています。

私の本が世に出たことを喜んでいただける方々がおられる間は、きっと書き続けていくと思うのです。私の背中を押しているのはそのような方々だと思います。

これまで筆者の著書を快く受け入れて図書館や学校へ配本していただいた市川市教育委員会の方々に心から感謝申し上げます。

また、連載の紙面を提供していただいている京葉タイムス紙及びＪ：ＣＯＭいちかわのみなさんにも御礼申し上げます。

最後に、執筆を見守り続けてくれている妻に感謝。

二〇一七年三月吉日

鈴木和明

も

や

よ

り

ろ

わ

へ

ほ

ま

み

め

と

な

に

ね

は

ひ

ふ

す

せ

そ

た

ち

つ

て

さ

し

き

く

け

こ

お

か

索　引

あ

い

う

え

著者プロフィール

鈴木 和明（すずき かずあき）

1941年、千葉県市川市に生まれる。

南行徳小学校、南行徳中学校を経て東京都立上野高等学校通信制を卒業。

1983年、司法書士試験、行政書士試験に合格。翌1984年、司法書士事務所を開設。

1999年、執筆活動を始める。

南行徳中学校PTA会長を2期務める。新井自治会長を務める。

市川博物館友の会会員。2016年3月末まで新井熊野神社氏子総代を務める。

趣味：読書、釣り、将棋（初段）

著書に『おばばと一郎1 ～ 4』『行徳郷土史事典』『明解　行徳の歴史大事典』『行徳歴史街道1 ～ 5』『郷土読本　行徳　塩焼の郷を訪ねて』『郷土読本　行徳の歴史・文化の探訪1 ～ 2』『「葛飾誌略」の世界』『「葛飾記」の世界』『「勝鹿図志手くりふね」の世界』『僕らはハゼっ子』『江戸前のハゼ釣り上達法』『天狗のハゼ釣り談義』『ハゼと勝負する』『HERA100　本気でヘラと勝負する』（以上、文芸社刊）『20人の新鋭作家によるはじめての出版物語』（共著、文芸社刊）などがある。

http：//www.s-kazuaki.com

行徳の文学

2017年 5 月15日　初版第 1 刷発行

著　者　鈴木 和明
発行者　瓜谷 綱延
発行所　株式会社文芸社
〒160-0022　東京都新宿区新宿1－10－1
電話　03-5369-3060（代表）
03-5369-2299（販売）

印刷所　株式会社フクイン

©Kazuaki Suzuki 2017 Printed in Japan
乱丁本・落丁本はお手数ですが小社販売部宛にお送りください。
送料小社負担にてお取り替えいたします。
本書の一部、あるいは全部を無断で複写・複製・転載・放映、データ配信することは、法律で認められた場合を除き、著作権の侵害となります。

ISBN978-4-286-18206-3

のどかな田園風景の広がる行徳水郷を舞台に、幼年時代から現在に至るまでの体験を綴った私小説。豊かな自然と、家族の絆で培われていった思いが伝わる渾身の『おばばと一郎』全４巻。

男手のない家庭で跡取りとして一郎を育むおばばの強くて深い愛情が溢れていた。
四六判 156 頁
定価 1,296 円（税込み）

貧しさの中で築かれる暮らしは、日本人のふるさとの原風景を表現。
四六判 112 頁
定価 1,188 円（税込み）

厳しい環境の中で夢中に生きた祖父・銀蔵の生涯を綴った、前２作の原点ともいえる第３弾。
四六判 192 頁
定価 1,404 円（税込み）

つつましくも誠実な生き方を貫いてきた一家の歩みを通して描く完結編。
四六判 116 頁
定価 1,080 円（税込み）

鈴木和明著既刊本　好評発売中！

『行徳歴史街道』
いにしえから行徳の村々は行徳街道沿いに集落を発達させてきた。街道沿いに生まれ育ち、働いた先達が織りなした幾多の業績、出来事をエピソードを交え展開した物語。
四六判 274 頁
定価 1,512 円（税込み）

『行徳歴史街道 2』
いにしえの行徳の有り様とそこに生きる人々を浮き彫りにした第２弾。行徳の生活史、産業史、風俗史、宗教史、風景史など、さまざまな側面からの地方史。考証の緻密さと文学的興趣が織りなす民俗誌の総体。
四六判 262 頁
定価 1,512 円（税込み）

『行徳歴史街道３』
行徳塩浜の成り立ちとそこに働く人々の息吹が伝わる第３弾。古代から貴重品であった塩、その生産に着目した行徳の人々。戦国時代末期には塩の大生産地にもなった。歴史の背後に息づく行徳民衆の生活誌。
四六判 242 頁
定価 1,512 円（税込み）

『行徳歴史街道４』
小林一茶、滝澤馬琴、徳川家康など行徳にゆかりの深い先人たちを登場させながら、災害と復興の伝説・民話の誕生から歴史を紐解く第４弾。
四六判 218 頁
定価 1,512 円（税込み）

『行徳歴史街道 5』
行徳に生きた人々が遺した風習、伝統、記録はこれからを生きる私たちに「智慧」をもたらす。身近な歴史から学ぶ「行徳シリーズ」第５弾。
四六判 242 頁
定価 1,512 円（税込み）

『郷土読本　行徳の歴史・文化の探訪 1』

古文書の代表である「香取文書」や「櫟木文書」をはじめ文書、物語などあらゆるものを駆使し、豊富な資料から、古代より江戸時代の行徳の塩焼と交通の様子を読み解く。
各種団体、学校、公民館などでの講演・講義資料をまとめた行徳の専門知識・魅力が満載の郷土史。

四六判　236 頁
定価 1,404 円（税込み）

『郷土読本　行徳の歴史・文化の探訪 2』

行徳の郷土史講演・講座の記録第 2 弾。行徳地域の歴史や文化がていねいに解説され、楽しみながら学習できる。行徳地域がどのような変遷で今にいたっているのか、知れば知るほど興味深くなる郷土読本。

四六判　180 頁
定価 1,404 円（税込み）

『「葛飾誌略」の世界』

『葛飾誌略』を全文掲載、解説を試みた研究書 !!
当時のガイドブックと言える『葛飾誌略』には、詩歌も多く収録されている。行徳の郷土史研究に欠かせない、江戸時代後期の地誌『葛飾誌略』から見えてくる行徳塩浜と農民の姿。

A5 判 382 頁
定価 1,944 円（税込み）

『「葛飾記」の世界』

『葛飾記』を全文掲載、解説と関連史料も多数紹介！
享保年間刊行の『江戸砂子』『続江戸砂子』に続く、これぞ江戸時代の「行徳」ガイドブック決定版！ 「葛飾三地誌」研究、第2弾。
行徳塩浜の名所、寺社の往時の姿が今、鮮やかに甦る。

A5 判 254 頁
定価 1,836 円（税込み）

鈴木和明著既刊本　好評発売中！

『明解　行徳の歴史大事典』
行徳の歴史にまつわるすべての資料、データを網羅。政治、経済、地理、宗教、芸術など、あらゆる分野を、徹底した実証と鋭い感性で変化の道筋を復元した集大成。
四六判 500 頁
定価 1,944 円（税込み）

『行徳郷土史事典』
行徳で生まれ育った著者がこよなく愛する行徳の歴史、出来事、エピソードを網羅しまとめた大事典。
四六判 334 頁
定価 1,512 円（税込み）

『郷土読本　行徳　塩焼の郷を訪ねて』
時代と歴史の深さを知ることができる充実した学んで身になる郷土史。
塩焼で栄え要衝としてにぎわった行徳の町の様子や出来事、産業、人物、伝説など、興味深い話が続々と登場。中世から江戸、明治、大正に至る歴史的背景を紐解きつつ紹介。
A5 判 290 頁
定価 1,512 円（税込み）

『勝鹿図志手くりふね』の世界
『勝鹿図志手くりふね』を全文掲載、関連史料による詳細解説。
遠き先祖・鈴木金堤の想いを継ぎ、行徳の名所など寄せられた数多の句とともに、小林一茶をはじめとする俳人から葛飾を紹介した文芸的地誌の決定版！　「葛飾三地誌」研究、第３弾。
A5 判 238 頁
定価 1,836 円（税込み）

鈴木和明著既刊本　好評発売中！

『僕らはハゼっ子』
ハゼ釣り名人の著者が、ハゼの楽園江戸川の自然への愛情と、釣りの奥義を愉快に綴ったエッセイ集。
四六判 88 頁
定価 864 円（税込み）

『江戸前のハゼ釣り上達法』
江戸川でハゼを釣ること 16 年。1 日 1000 尾釣りを目標とし、自他ともに認める“ハゼ釣り名人”がその極意を披露。ハゼ釣りの奥義とエピソードが満載！
四六判 196 頁
定価 1,404 円（税込み）

『天狗のハゼ釣り談義』
自分に合った釣り方を開拓して、きわめてほしいという思いをこめ、ハゼ釣り名人による極意と創意工夫がちりばめられた釣りエッセイ。釣り人の数だけ釣り方がある。オンリーワン釣法でめざせ 1 日 1000 尾!!
四六判 270 頁
定価 1,512 円（税込み）

『ハゼと勝負する』
1 日 1000 尾以上を連続 22 回達成。限られた釣りポイントでも、釣り師にとって、日々変化する環境に対応して生きるハゼを、どのような釣技でとらえていくのか。その神がかり的釣果の記録をまとめた一冊。
四六判 200 頁
定価 1,296 円（税込み）

『HERA100　本気でヘラと勝負する』
テクニックを追求すればキリがないほど奥の深いヘラブナ釣り。1 日 100 枚。常識を超えた釣果の壁を破る！　釣果を期待したい人はもちろん、幅広い釣り人の要求に応えるコツが満載の痛快釣りエッセイ。
四六判 298 頁
定価 1,512 円（税込み）